琼 瑶

作品大全集

# 菟丝花

琼瑶

著

作家出版社

琼瑶，本名陈喆，作家、编剧、作词人、影视制作人。原籍湖南衡阳，1938年生于四川成都，1949年随父母由大陆赴台生活。16岁时以笔名心如发表小说《云影》，25岁时出版首部长篇小说《窗外》。多年来笔耕不辍，代表作包括《烟雨蒙蒙》《几度夕阳红》《彩云飞》《海鸥飞处》《心有千千结》《一帘幽梦》《在水一方》《我是一片云》《庭院深深》等。

多部作品先后改编成为电影及电视剧，琼瑶也因此步入影视产业。《六个梦》系列、《梅花三弄》系列、《还珠格格》系列等，影响至深，成为几代读者与观众共同的记忆。

琼瑶以流畅优美的文笔，编织了众多曲折动人的故事。其作品以对于梦的憧憬和爱的执着，与大众流行文化紧密结合，风靡半个多世纪，成为华文世界中极重要的文学经典。

我为爱而生，我为爱而写

文字里度过多少春夏秋冬

文字里留下多少青春浪漫

人世间虽然没有天长地久

故事里火花燃烧爱也依旧

　　　　　　　　　　馥锦

第
一
章

那一切终于都过去了。

当我站在这间我和妈妈共同居住了十二年的小屋内，收拾着我的行装时，脑中仍然是昏昏蒙蒙的。似乎从妈妈咽气的一刻开始，我就没有好好地清醒过一分钟。我的哭喊，挤满屋子的妈妈的同事，殡仪馆、花圈、祭吊、火葬场，围绕在棺木前垂泪的小学生，林校长主持的追悼会……这一切一切，难挨的时光，可怕的时光，忙碌而又昏乱的时光，终于都过去了。而今我孤独地在室内整理着妈妈的遗物，收拾我要带走的东西，心中是那样恍惚和迷茫。妈妈去了！多少天以来，我把自己陷在处理后事的忙碌中，虽然曾经抚棺呼唤，曾经号啕痛哭，但是，那份凄楚和无助还远不如现在面对这空旷的屋子时来得深切。妈妈去了！我唯一的亲人！这以后，十八岁的我，将面临怎样的一份前途和命运？

室内那样寂静，那样凄冷。午后的阳光从窗户斜射进来，漠然地照射在石灰剥落的墙壁上。墙上原来挂着两个镜框：一个是我和爸爸、妈妈的合照，那年我才六岁，照这张照片的第二年爸爸就去世了，所以是我们唯一的一张全家福；另一个镜框是妈妈早年画的一张油画，画面是平原、石峰和落照。现在，这两个镜框都已被我收进了箱子里，墙上只留下两块淡淡的灰黄的痕迹。两张单人床，一张属于妈妈，一张属于我，都已经只剩下光秃秃的木板。棉被、蚊帐和妈妈的衣物，全遵照妈妈的意思送给了给我们洗衣服的"欧巴桑"。妈妈！我真佩服她的冷静，在卧病的期间内，她已把一切身后的事都安排得那么井井有条，包括我在内！

"听我说，忆湄，如果妈妈死了，你办好丧事，就离开高雄，到台北去投奔罗教授。他会给你安排一份很好的生活。"

"不！"我叫，"没有那一天！永不会有那一天！"

"会的，"妈妈说，温柔而平静地望着我，"忆湄，你是个从不肯面对现实的孩子。但是，记住，逃避现实不能解决问题，不久之后，我会留下你而去，你一定要学习面对现实，学习独立，和——变成大人。"

如今，是我学习独立和面对现实的时候了。到台北去！投奔罗教授去！这是我唯一的一条路，是妈妈给我安排好的一条路，我没有考虑的余地。但是，罗教授是怎样一个人？他会不会拒绝我？他又会怎样来安排我？……未来的问题似乎还有一大串，不过，那些，都还没有到我的眼前来。目前，我所要做的，是尽快收拾好衣箱，赶下午四点半的柴油特快到台北去！我把最后的几件衣服从壁橱里取出来，收进了衣箱里。薄薄的一口小皮箱，里面已容纳了我春夏秋冬四季的衣服。只因为我和妈妈一直很贫穷，靠着妈妈这份小学教员的薪水，供给我整个中学的教育，已非常吃力了，我们没有余钱来多做衣服。合好了箱盖，我四面张望了一下：好了，什么都整理完了！我也该去向林校长和张老师、魏老师等告辞了。可是，伫立在这小屋中，我忽然失去了力量。这小屋，每一分每一寸的地方，都有着我和妈妈共同生活的痕迹。每一丁点空间，都盛载着过多的回忆。这么多年来，我属于妈妈，妈妈属于我，小屋属于我们两人！而现在，一眨眼间世界已经全变了。妈妈去了，我将离开，小屋不知又会迎接何人？

我伫立了那么长久，几乎忘记了赶火车的事，直到一声门响惊动了我。转过头来，是林校长。她匆匆地向我走来，把一只手同情地放在我的肩膀上。

"忆湄，你马上就去台北吗？"

"嗯，"我轻声地说，"四点半的火车。"

"为什么这样急？你实在可以再多住几天的！"

我摇摇头："反正要去，还是早点去。这间屋子，我一个人住着太难过。"

林校长叹了一口气，凝视着我说："忆湄，我不了解你母亲，我和她共事了十二年，也算得上是她的好朋友了，难道不放心我？认为我不能照顾你？为什么还要你跑到台北去投奔一个多年没有来往的朋友？那位罗教授，就真能照顾你吗？"

我不语。林校长是这所小学的校长，和妈妈已有十二年的交情。但，我知道妈妈为什么不愿把我交给她——妈妈希望我念大学。"只有一个人能为你安排，罗教授！"林校长是个好朋友，但她自己有六个子女，一个读大学，三个读中学，还有两个读小学。她无法再负担我。

"好吧！忆湄，"林校长终于说，"如果要赶火车，就该走了！你去看看情形，假若那边住不下去，还是回来吧！我家不怕多你一个人吃饭！"我点点头。真的，距离火车开行的时间已只有一小时了。我走向小屋的门口，林校长默默地走在我的身边，走出房门，我不胜依依地再回头看了一眼。这间只有六席大的教员宿舍！我和妈妈度过了十二年光阴的地方，再见了！一瞬间，我鼻中酸楚而泪眼模糊了。

"忆湄！"有人叫我，我回过头来，我面前竟黑压压地站着一大群人，张老师、魏老师、何老师……几乎所有妈妈的同事都来了。我吸了一口气，把眼泪逼了回去，我应该变成一个大人了！挺了挺背脊，我走上前去，和他们一一握别。我表现得那么沉静，那么稳重，简直都不像"我"了。我接受了无数的祝福，也喃喃地说了许多感激的言语。最后，我终于走出了××小学的大门，离开了我居住多年的地方。

林校长送我到火车站，站在月台上的车窗外面望着我。我坐在车内，倚着窗子，对着妈妈这位多年的老友，我有满怀愁绪，而又默默无言。只因为前途太渺茫，太未可预料，这份沉重压迫着我，使我无法说话。林校长也一反平日的豪放热情，而显得出奇地沉默，大概她在为我难过，为妈妈难过，也为她自己难过——她竟无力照顾一个老友的遗孤。一声汽笛响，"轰隆"一声，车子蠕动了。

林校长把头伸了过来，喊着说："忆湄！要写信哦！"

"我知道！"我也喊，"再见！林校长！"

"再见！……"林校长不由自由地追了车子几步，又传来一句话，"忆湄！学着自己照顾自己！从今起，你是个独立的人了！"

车子驰远了，林校长瘦瘦的身影消失在我模糊的视线之中。是的，我是个独立的人了，换言之，我是个无依无靠的人了。罗教授，他会成为我的倚靠吗？他会接纳我吗？仰靠在椅背上，凝视着车窗外飞驰而去的青山绿树，我是更加迷惘沉重了。

远在五年前，有一天早晨，妈妈放下了早报，长长地吁了一口气，怔怔地说："罗毅——居然来台湾了。"

"罗毅是谁？"我问。"一位地质学家。"妈妈淡淡地说，开始吃她的早餐。我把报纸拉到面前来，看到一条不大不小的消息。


　　名地质学家罗毅博士昨日携眷由港来台，将应
　聘为×大教授。


这消息引不起我的兴趣，那时是暑假，我正计划和同学游大贝湖。抛开了报纸，我不经心地问："你认识这位罗教授？"

"以前认识，在大陆。我和他太太是好朋友。"妈妈说，

"许多年没见过了。"

"你要去看他们吗？"我问，吃着烧饼。

"看他们？"妈妈愣了一下，"不！何必呢？他们很得意，我去倒显得——"妈妈把话咽住了，对我警告地说，"忆湄！你又弄了一地的烧饼渣！"

关于罗教授的谈话就这样结束了，以后妈妈再也没有提起过他。我呢？在几分钟之后就把他抛到九霄云外了。一直到三个月以前，妈妈已证明患上了子宫癌，我们母女都已很清楚地明白，死亡的阴影正笼罩着，随时可以降临。妈妈有一天让我去寄一封信，信封上收信人的名字是罗毅，地址是台北罗斯福路×段×巷×号。我寄了信回来，妈妈才和我谈起罗毅："他是一位学者，和我们是世交，假如我有什么不幸，他是我唯一想得出来能够照顾你的人！"

正像妈妈说的，我是个不大肯面对现实的"孩子"，或者由于我是妈妈的独生女儿，未免从小有点娇宠，养成了任何事情都不能承担的习惯。因此，虽然我很清楚地明白，妈妈患上了绝症，迟早要抛开我而去，但我拒绝去想它，拒绝去谈它，也拒绝去承认它。每当妈妈提起她身后的事，我就跺着脚嚷："没有那一天，永远没有那一天！"然后跑开，找一个没有人的角落里去悄悄地哭。

可是，而今，"那一天"终于到我眼前了。我行囊中有妈妈临终前三天所写的一封信，嘱咐我面交给罗教授。信是妈妈亲手封好的，我不知道里面写些什么，我猜想，无非是托孤的意思。妈妈一生好强，从不肯向人低头或请求什么，没料到她走到生命的尽头，却必须向一个多年未谋面的朋友，请求收容她那"长不大"的女儿！

"长不大"的女儿！妈妈常常问我："忆湄！什么时候你可以长大？什么时候你能懂事，不再是个毛毛躁躁的小女孩？"

小女孩！我但愿永不长大！永远缩在妈妈的怀里，任何事情，有妈妈帮我做主，我只要吃饭、睡觉、念书和欢笑！可是，妈妈去了！在失去欢笑的这一段日子里，我觉得我已经"长大"了！最起码，我已被迫去面临那许许多多无可奈何的"现实"！车窗外面，黑夜已在不知不觉中来到，旷野中，偶尔有点点的灯火在闪烁。车轮辗过了原野、城市、村庄，把我带向一个未可知的命运。车子误了点，抵达台北时已将近十一点了。下了火车，提着我的箱子，走出了火车站，站在车站门口，四面张望。台北！十二年来，我跟着妈妈住在高雄，一直没有到过这全省最繁荣的城市。抬起头来，霓虹灯在夜色中闪耀，旅行社、小吃店，林立在对街。台北！我久已希望来到的地方！望着成排的三轮车、计程汽车和街头仍然熙攘的人群，我有种慌乱和惶恐的感觉。头一次，我发现这世界竟如此之大，不再是只有六席大的小屋！那么复杂的道路，那么多的建筑，也不再是我和母亲共同生活的那样小小的天地。

一辆三轮车滑到我面前。"要车吗，小姐？"

我有些犹豫，终于说："罗斯福路三段。"

"十块！"

十块！我不知道是贵还是便宜，因为我根本不知道罗斯福路在何方。上了车子，我才有些后悔，深夜十一点钟，贸贸然地跑去投奔别人，不是太晚了吗？或者他们已经睡了，把别人从睡梦中拖起来，多么不礼貌！妈妈总说我做事从不经过思考，看样子我仍然没有成熟。可是，现在，车子已经在黑夜的街道上滑行，初夏的晚风带着微微的凉意扑面而来，我似乎无暇再做别的计划了！

车子在巷子中足足兜了二十分钟的圈子，最后到达了目的地。下了车，我发现自己停在一条占地颇广的围墙前面，嵌在那围墙正中的，是两扇豪华而堂皇的红漆大门。看了看门牌号码，一切都没有错误，我付了车钱，望着三轮车隐没在巷子的尽头，才又怯怯地对那围墙和大门做了一番巡礼。大门边不及三尺的地方，一盏街灯正明亮地照耀着，我的影子瘦瘦长长地投在门前的地上，看来那样孤独、寂寞和渺小！

我手腕上是妈妈的旧表，时间已是十一时半。靠在门边，我迟疑了大约二十秒钟。从门缝中向里偷窥，黑影幢幢的深院内似乎还隐隐地有着灯光。好吧，既来之，则安之，管它是深更半夜，还是半夜深更！我总不能在门外站一夜！横了横心，我揿下了门铃。这屋子一定很深很大，我在门外无法听到门里的铃声。等了很久，里面毫无动静，大概主仆都已熟睡。不管一切，我连揿了三下门铃，揿得长长的。于是我听到门里有了脚步之声，这声音沉重而迅速地"奔"向门口。接着，大门豁然而开，一张满面胡子的脸庞突然从门里伸了出来，是个硕大的脑袋，张牙舞爪的毛发之中，一对炯炯有神的眼睛近乎狞恶地瞪视着我。

"你发什么神经？"一声低沉的怒吼对我卷了过来。

"我……我……"我接连向后退了两步，瞠目结舌，不知所措。这颗刺猬状的头颅惊吓了我。

"你……你……"他对我龇了龇牙齿，像一只猛兽，"你滚开吧！"

我还没从惊吓中恢复过来，门已经砰然一声合上了。我惊觉地扑上前去，用力地打了两下门。无论如何，我不能这样被关在门外，夜色已深，我又无处可去。我打着门，嚷着说："喂喂，等一等，我有话说！"

门又猛地打开了，那颗毛发蓬蓬的头颅差点撞到我的鼻子上，一声使人魂飞胆裂的巨吼震耳欲聋地对我当头罩下。

"滚！听到没有？谁是喂喂？喂喂是谁？"接着，那"怪人"一龇牙齿，又是一声大叫，"滚！"

门再度砰然合上，我目瞪口呆地站在那儿，心脏像擂鼓似的狂跳着，那"怪人"的几声狂吼使我心惊胆战。望着那两扇合得严密之至的门，我完全失去了主意。到台北来之前，我曾经有几百种对罗宅的想象，但没有一种想象是这样的。我曾害怕他们不接待我，但也没有想到会是用这种方式来拒绝我！那个须发怒张的怪人，几声大吼，我竟连见到主人的机会都没有！而现在，我被关在这门外，在深夜十二点钟，一个陌生的城市里。我，怎么办？

好半天，我就呆呆地站在门口，不知该何去何从。夜风拂乱了我的头发，天上疏疏落落地挂着几颗星星。北部和南部的气候相差了几乎一个季节，我裸露在短袖衬衫外的双臂已感到凉意。我总不能在这门口开箱子取衣服，于是只能忍受着夜风的侵袭。长长的巷子里寂无一人，更找不到一辆车子，我难道就从黑夜站到天明？仰视着夜空，孤独和无助使我想哭。怎么办？怎么办？怎么办？我那在泉下的妈妈，可曾知道我所受的"接待"？

我不知道站了多久，忽然间，有一辆脚踏车从巷子的那一头转了进来。我无意识地瞪着那辆车子。戛然一声，车子停在我的身边，一个男人从车子上跳了下来，诧异地望着我。我也望着他，只因为我不知他是谁，也不知该不该向他解释我站在这门外的原因。我们彼此瞪视了几秒钟，那男人先开了口："你在这儿干什么？"我睁大了眼睛，无法回答。干什么？我怎么述说呢？那男人把脚踏车架好了，望望我，又望望地下放着的箱子，点了点头，抱着手臂说："我猜，和妈妈吵了架，出走了，是不是？这样吧，告诉我你的住址，我送你回家。"

我凝视他，一个爱管闲事的男人，他把我当成三岁的小孩子了。在我的凝视下，我才发现他年纪很轻，不会超过二十六七岁，穿着件白衬衫，袖口随随便便地挽着，没有打领带，松着领口，还有一头乱蓬蓬的浓发。

"怎么样？"他继续问，"你准备在这儿过夜吗？要不然，你就进去坐坐吧！"他指指那两扇红门。

我的精神突然振作了，站直了身子，我问："你住在这儿？这是你的家？"

"我住在这儿，"他点点头，"虽不能说是我的家，也等于是我的家，我想，我可以想办法让你住一夜。但是，明天，你一定要好好地回家去。怎样？"

"我——我已经没有家了。"我低低地说，接着就甩了甩头，现在不是伤感的时候，我必须解决我的问题，"我是来找一位罗教授的，罗毅教授。"

"找罗教授？"他诧异地说，"那么，你为什么不按门铃？"

"我按了，"我说，"可是我给一个怪人赶出来了。"

"一个怪人？"

"嗯，"我点头，"一个满脸胡子，找不到眉毛嘴巴的人。"

他用有兴味的眼光盯着我，问："你找罗教授有事吗？"

"有，很重要的事。"我说。

"那么，你跟我进来吧！"

他从口袋里摸出了钥匙，开了门，一手推着车子，一手提起我的箱子，领头向门里走去。走进了门，我发现置身在一个花木葱茏的大院落中了。他把车子推进了大门边的一间小屋内，关好了小屋的门和大门，然后说："好吧，先到客厅去看看罗教授在不在。"

他走在前面，我跟在后面。夜色里，只隐隐地看到一幢幢的花木和树影，穿过了一条龙柏夹道的小径，我看到了那幢挺立在夜色中的建筑物。那是栋二层楼的房子，门前有着石阶，里面还透着灯光。跨上台阶，推开了一扇玻璃门，我走进一间黑暗的房间里。他不知道从哪儿摸到了电灯开关，于是，灯忽然亮了，我停在一间宽敞而漂亮的客厅内，墙边放着沙发，屋角有一架大钢琴，琴上是瓶康乃馨。

"你先坐一坐，我到书房去找罗教授。"

我坐了下来。他推开一扇小门走出去了。我忐忑不安地四面张望着，这客厅仿佛每一面都有着通往各处的小门，只有大门那一面是整面的玻璃长窗，垂着白纱镂空的窗帘。四周有份奇异的寂静，我觉得十分地不安，而且，我非常非常地疲倦。从清晨到现在，我就没有休息过一分钟，何况又有那么多的感触、伤怀、担忧……现在，我真渴望能回到我和妈妈共有的小屋内，好好地睡一觉。

一声门响，我迅速地回过头去，不禁大吃一惊，那个怪人不知从哪一扇门里跑了进来，圆睁着一对怒目，虎视眈眈地望着我。在明亮的灯光下，他的身影那么高大，乱发虬结的面孔又那么怪异，我的心脏一下子提升到了喉咙口。他对我大踏步地冲了过来，一瞬间，我以为他会把我举起来，扔出房间去。但，他并没有碰我，只跳着脚吼着说："谁让你进来的？谁许你进来的？"

"是我！"一个声音在另一扇门边响起。"怪人"回过头去，那个带我进来的青年正走进门来。

"你？"怪人咆哮的目标转移了，他对那青年舞了舞拳头，"你为什么放她进来？谁叫你放她进来？"

"她说要找罗教授，"那青年昂着头说，对怪人的咆哮仿佛一点也不在意，"她似乎有很重要的事要找你，我想你惊吓到她了，罗教授。"

罗教授！天哪！难道这个毫不友善的"怪人"就是妈妈心心念念要我来投靠的人？我瞪大了眼睛，惊异更超过了原先的恐惧。那位罗教授也瞪着我，然后，他用手揉了揉鼻子，不耐烦地蹙了蹙眉头，用忍耐的口气说："那么，你不是皓皓的女朋友了？"

我一愣，他在说些什么？但是，立即我就了解到我一定被误会成一个不受欢迎的人了。无论如何，我现在应该赶快把自己介绍出来。于是，我说："我姓孟，名忆湄，我是江绣琳的女儿！"江绣琳是妈妈的名字，"我母亲有一封信要我交给您。"说着，我从手提包里找出了妈妈的信，递了上去。

我的手停在半空中，那个怪人像是突然触了电，我的自报姓名如同仙人的魔杖，一下子把他点成了化石。他微张着嘴，注视着我，半天都没说话。然后，他突然醒了过来，抽出我手中的信，他迅速地拆开了信封，取出信纸。他的眼光在信笺上游移，他看得那么快，我相信他根本没有看清信里说些什么。他的眼光落回到我身上，近乎粗鲁地说："你母亲怎么了？"

"死——了。"我说。

他蹙蹙眉，鼻子里似乎哼了一声。

"怎么会死？"他简短地问，"死在哪儿？"

"子宫癌，"我也简短地回答，"高雄。"

"高雄，"他喃喃地说，像是在咒诅，又重复地说了一遍，"高雄。哼！"他望着我，发光的眼睛定定地停在我的脸上，迟疑了大约十秒钟，他又用手揉揉鼻子，忽然说："好吧，一切明天再谈，你好像累得眼睛都睁不开了，嗯？"他那粗鲁的声调中有股突发的温柔，"你最好是马上睡一觉，嗯，你从高雄来的吗？"

"是的。"

他看来有些懊恼。"刚刚我开门的时候你为什么不早说？"他责备地问，"假若不碰到中枬，你就预备在门外站一夜吗？"

"噢，"我困恼地说，"你并没有给我说话的机会。"

"哼！"他再哼了一声，转过头去看一直站在一边的那个青年，"过来，中枬！"

那青年走了过来，对我温和地微笑。

"带她上楼去！"罗教授用命令的语气说，又转向我，"喂喂，你说你姓什么叫什么？"

"孟忆湄。回忆的忆，水字边一个眉毛的湄。"

"孟——忆——湄——"他仿佛想把这名字记牢，接着就低低地叽咕了一串，大概是在咒骂什么，可能对我的名字不大满意，然后他挥挥手说，"孟就孟吧，这不是什么好姓！中枬，带这个孟小姐上楼，皑皑隔壁的一间房间，知道吗？"对着我，他用同一种命令的口气说："马上睡觉，明天我还有话和你谈！知道吗？"

我点头，嗫嚅着说："可是……我，想先洗个澡！"

"天哪，"罗教授不耐地喊，"怎么如此啰唆！"挥挥手，他嚷着说："上楼去！上楼去！"

我迟疑地站起身来，那位名叫中枬的青年已经提起我的箱子，领先向一扇门走去。我只好跟在后面，走到门边，我又回过头来，轻声地说："明天见，罗教授。谢谢你收容了我。"

他站着，那分不清眉毛嘴巴的脸似乎痉挛了一下，那些虬结的须发微微牵动，锐利的眼睛里闪过一抹近乎温柔的光。然后他掉转身子，用背对着我，低低地发出许多稀奇古怪的咒语般的言语，自顾自地在一张沙发里坐了下来，仿佛我已经不存在了。

跟着那位青年，我从一扇小门出去，走进了另一间大厅内，这大厅大概是罗宅的饭厅，宽敞而整洁，有一个宽宽的楼梯直通楼上。上了楼，是一条宽走廊，两边如公寓般分作许多房间。他带着我走向右面第三间，推开了门，开亮了电灯，微笑着对我说："孟小姐，我想，罗教授已经等待了你好几个月了，这间房间是三个月前就准备好了的！"

我眩惑地望着室内，这是间小巧精致的卧房，一张单人的弹簧床，一个梳妆台，一个大的衣橱，一张玲珑而精致的书桌，上面放着盏小小的台灯，还有一个玻璃门的书橱。床上被褥枕头都已齐全，书橱的顶上还有一瓶新鲜的玫瑰花。这一切的布置，就好像已料定我今天会到似的。我有些迷惑地转过头来，那位青年仍然对着我微笑。

"还不错，是吗？这是完全仿照皑皑的房间布置的，皑皑是罗教授的女儿。"他说，对我弯了弯腰，"孟小姐，欢迎你成为罗家的一员。我想我不打扰你了。明天见！"他向房门外退去，退了一半，又停住了，加了一句话："还有，浴室在走廊的最后一间。"

"谢谢你。"我说，咬咬嘴唇，不知该如何称呼他，因为我始终没弄清楚他是谁。

"我姓徐，"他看穿了我的怀疑，"徐中枏，中间的中，枏树的枏，木字旁一个丹心的丹字。"他凝视了我几秒钟，"我不知道你是谁，但，我想，我们在罗宅的地位可能是类似的。好，以后有机会再谈吧！再见！"

他退了出去，顺手带上了房门，我站在房子的中间，望着那扇门合拢，才轻轻地吐出两个字："再见。"我不相信他会听到我的道别。流览着室内，我有种置身幻境的感觉，一种不真实感牢牢地抓住了我。这小房间太华丽，太舒适，太不可能是将属于我的！我把手指送到唇边去咬了咬，很痛！那么，这是真的了！我没有被拒绝，没有被嘲笑，却被安插在比我和妈妈的小屋强几百倍的环境中。走到窗边，我拉开了浅蓝色的窗帘，推开玻璃长窗，一阵夜风夹带着强烈的花香向我扑面吹来，我深深地吸了口气，神志恍惚地倚着窗子喃喃地问："我是谁？一个刚刚失去母亲的孤儿。我在什么地方？一个陌生朋友的家中。这——会是真的吗？"

夜风吹过园中的树梢，在我身畔徘徊。掠身而去的风声，依稀在低回地重复着我的句子："是真的吗？真的吗？"

# 第二章

　　我在晨光微现中醒了过来，一时间，非常朦胧和迷糊，不知自己身之所在。软绵绵的床垫，簇新的枕头，带着熏人欲醉的花香的柔风和那玻璃窗在风中轻微的震颤声，这一切，对我来说是那样的陌生而又新奇。我微微地张开眼睛，什么地方吹来的风？那样轻柔细致，那样香气弥漫，我吸了口气，是玫瑰，茉莉，还是早开的郁金香？在枕上翻了一个身，又合上眼睛，我仍然睡意浓厚。但是，有一些地方不对，风使我觉得双臂微寒，我拥紧了棉被，风依旧吹拂在我的脸上。难道昨夜忘记关窗？可是，我清晰地记得曾关好了窗子并拉紧窗帘。那么，什么地方吹来的风？我在枕上摇摇头，吃力地睁开眼睛，真的清醒过来了。

　　我的眼睛正对着那两扇玻璃长窗，一刹那间，我吃惊地愣住了。玻璃窗是敞开着的，浅蓝色尼龙的窗帘在晨风中飘荡。曙色正从窗口涌入，灰蒙蒙地塞满了整间屋子。使我吃惊、发愣的并非敞开的窗子，而是窗前正亭亭地站着一个白色人影，似真似幻地伫立在晓雾迷蒙之中。

那是一个女人的背影，她的脸向着窗外，背对着我，穿着件长长的、白色轻纱的晨褛，一头乌黑的长发一直垂到腰际。在晓风的吹拂下，她的衣袂翩然舞动，长发随风飘飞。她的个子高而苗条，透过那薄薄的衣衫，我几乎可以分辨出她那瘦伶伶的身子。我凝视着她，诧异她为何出现在我的屋内？她又是谁？我等待了一段时间，她并没有改变姿态，仿佛全心全意集中在窗外的某一点。我忍不住地轻咳了一声，于是，她移动了，慢慢地回过头，她朝我的床边走了过来。

她停在我的床前，低头注视我。我仰躺着，也睁大了眼睛注视她。这是一张奇异的脸：瘦削、苍白、凝肃。一对大大的眼睛是唯一能代表生命的地方，乌黑的眼珠空洞迷惘，定定地停在我的脸上。这张脸有股震慑人的神秘的力量，使我在她的眼光下瑟缩而无法发出言语。她那毫无血色的嘴唇也闭得紧紧的，似乎并不想对我说话。我们就这样僵持着彼此对视，谁也不开口。晓色在逐渐加重，室内光线也越来越明亮。跟着光线的转变，我可以更仔细地看清她。她已不再年轻，虽然她的皮肤仍然维持光洁细润，但眼角已有四散的皱纹，嘴边也有着时间刻下的痕迹。她的年龄应该已经超过了四十岁。时间不知道过去了多久，她移开了瞪着我的眼光，发出了一声悠长绵邈的叹息。这叹息那样长，那样幽幽的，给人一种森冷阴沉的感觉。然后，她望着窗外，低低地说："她——死了吗？"

我不知道她是不是问我，我也不知道这个"她"是指谁。不过，听到她说话使我振作，因为我曾怀疑她是属于幽灵一类的东西。言语应该能消除人与人之间的陌生，我渴望我们的关系能够融洽些，我猜，她可能是罗宅的女主人。于是，我热心地说："您——在问我吗？"她看了我一眼，那冷冰冰的眼光使我打了一个寒战。

"你以为我在问谁？"她反问。

"噢，"我有些失措，"你指我母亲？她已经去世了。"

她望了我好一会儿，点点头，自言自语地说："去了！死了！"她怅惘地看了看盛满阳光的窗子："死了，也就解脱了。"她的话显然不是对我而发，再看了我一眼，她一声不响地走向门口，脚步轻悄得毫无声息。扭开门柄，她轻缓地走了出去。当她隐没在门外的那一刹那，我直觉地感到她对我有份敌意。我从床上坐了起来，双手抱着膝，沉思了几分钟，我想不出什么道理，只觉置身在一个奇异的环境中。不过，我迅速地摆脱了这份思想，妈妈常说我不务实际，就会胡思乱想。我要学着"长成"，不再活在孩子气的遐想中。起了床，我换掉身上的睡衣，打开房门，走廊里寂无一人，也没有丝毫声音。腕表上指着八点整，看样子这家人是习惯于晚起的——除了我屋里那位神秘女人之外。

我到浴室里去梳洗了一番。我喜欢镜子里的自己，明亮的眼睛和宽宽的额角。妈妈以前说我从不知道忧愁，真的，妈妈生病以前，我的生命里是从无忧愁的。我喜欢笑，快乐得像一枝"忘忧草"。忘忧草！我不知道是否真有这种草，这是妈妈对我的称呼，她叫我做她的忘忧草！可是，妈妈的病和死，卷走了我所有的欢乐。"忘忧草"也懂得了忧和愁，还有人世间许多的悲哀和无奈。

从浴室回到我的房间里，我惊异地发现一个十七八岁的女仆正在为我整理房间。棉被已整齐地叠好，睡衣收入了抽屉里，连我的箱子都已打开，里面的衣物挂进了橱里。只有那两个镜框并排地躺在书桌上面。

"孟小姐，"那女仆对我弯弯腰，"我叫彩屏，太太叫我来服侍你。"

"噢！"我有些受宠若惊，我从没有被人"服侍"过。望着那干净利落的女仆，我笨拙地说："其实我自己都会做的！"

彩屏望着我微笑，或者她认为我是个见不得世面的穷人家的女孩，但她的微笑里并无嘲弄的意味。抱起了书橱顶上的花瓶，她问我："孟小姐，你喜欢换一种花吗？"

"哦，"我说，"玫瑰就很好了！"

"我们小姐不喜欢红颜色的花，"彩屏说，"她要蓝颜色的花。你不知道蓝色的花多难种，又难得开花。太太是认定要白色的。"

"哦，这些花都是自己培植的吗？"我诧异地问。

"是的，外面是花园，我们还有一间暖房。"彩屏说，"罗家每个人都爱花。噢！"她惊觉地说："差一点忘了，老爷在餐厅里等你。"说着，她向门口走去，又回头说："还是插玫瑰花吗？"

"好的！"

彩屏抱着花瓶退了出去。我在梳妆台前站了站，梳平了我的短发，镜子里的我明朗清新，那两道微向上挑的眉毛使我带着几分男儿气概。有一绺鬈发垂到额前来了，我把它拂向脑后。我又闻到了花香，从敞开的玻璃窗里望出去，绿荫荫的树木中杂着彩色缤纷的花坛，红黄一片的花朵迎着阳光闪烁，我看呆了。新的环境使我兴奋和振作，妈妈去世的阴影在我心头悄然隐退，我那愉快的本性又逐渐抬头了。仰望青天白云，俯视绿草如茵，我觉得心胸开阔，几乎想引吭而歌了。走出我的房间，穿过长廊，我轻快地走向楼下。在那间大而明亮的餐厅里，我见着了罗教授。他正在吃早餐，大概听到我下楼的声音，所以仰着头望着我走下楼梯。在明亮的光线下，他那乱发蓬蓬的头一如昨日，胡子如同春日路边的杂草，茂盛地滋生着，掩盖了他的嘴巴。眼睛是"丛林"中的灯炬，灼灼地从乱草中射了出来。

"早，罗教授。"我微笑着说。

"唔。"他哼了一声，上上下下地打量我。"坐下来！"他命令地说。我在他的对面坐了下来，桌上放着香肠腊肉和小菜。一个中年女仆给我盛了一碗稀饭来。罗教授不再看我，低头吃着他的早餐。我好奇地望着他。猛然间，他抬起头，直视着我："你为什么不吃饭？"他蹙着"眉"（如果分辨得出是眉毛的话）问："你瞪着我干什么？"

"哦，我……"我仓促地说，"我只是有些奇怪，你怎么能顺利地把稀饭喝进嘴里而不弄脏你的胡子？"

我的话才说完，身后就有人爆发出一阵大笑。我回过头去，一个青年正从楼梯上跑下来。他径直走到我的身边，用很有兴味的眼光望着我，我立即发现，他那对炯炯逼人的眼睛简直是罗教授的再版。但是，他整洁而漂亮，下巴上剃得光光的，头发梳得十分平整，穿着件白衬衫，系着一条银灰色的领带。他对我咧着嘴微笑，眼睛里闪着一抹嘲谑的光芒，浑身都带着种玩世不恭的味儿。

罗教授对他狠狠地瞪了一眼："皓皓！你做什么？"

"这就是昨夜差点被你赶到门外去的那位小姐吗，爸爸？"那位青年说，又转向了我，对我深深一鞠躬，"小姐，容我自我介绍，罗皓皓。不过，我不喜欢我的名字，皓皓，像个女人，我宁可叫罗皓，简单明了！"

"你坐下！皓皓！"罗教授咆哮地喊。

罗皓皓坐了下去，仍然用那亮晶晶的眼睛一瞬也不瞬地望着我，他看来十分年轻，年轻得像个大孩子——顶多只比我大三四岁。"爸爸，这位孟小姐将在我们家长住吗？"罗皓皓转头去问他的父亲。

"唔，"罗教授哼了一声，"不关你的事！你今天有课没有？还不吃饭？"

"有课无课都一样，"罗皓皓满不在乎地说，望着我，"孟小姐，你的大名是——？"

"忆湄。"我说。他从口袋里抽出一支原子笔，在一本小册子上写了两个字给我看，写的是"意梅"，他用询问的眼光看我。

"是这样吗？"他问。"不！"我说，接过笔来，写下"忆湄"两个字，他点点头，笑着说："汉字很有意思，是不是？同一个发音，却有各种不同的字。"

"皓皓！"罗教授严厉地喊，"你出去！我有话要和孟小姐谈！"

"爸爸！"罗皓皓抗议地喊。

"出去！"罗教授怒吼着，瞪圆了眼睛。

"好好好，我出去！"罗皓皓站起身来，忍耐地说，再看我一眼，"孟小姐，有机会我们再详谈。我们罗家，父子是不能同在一间屋子里的，否则，屋顶会被掀掉。我们谁看谁都不顺眼！"说着，他头也不回地穿过一扇门走出去了。

这时，罗教授已经吃完了他的早餐。他站起身来，对我简短而有力地说："忆湄，我想我有权直呼你的名字。若干年前，你母亲是我们家的好友，她是个个性倔强的女人。三个月前，她有信给我们，却没有附上地址，我想她并不愿意我们找到她。她要我们照顾你，所以，你会得到照顾和保护。但是，有一点你必须注意，对于皓皓，你最好少理他，他是我们家的浪子，一个不长进的家伙！至于皑皑，我相信你会和她做朋友。"他看了楼梯一眼，似乎在找寻皑皑的踪迹，但楼梯上没有一个人影。他继续说："皑皑是我的女儿，和你差不多大。关于我的太太，"他望着我，声调突然变了，他不由自主地降低了声音，非常柔和地说，"她说今晨见到过你，嗯？"

"是的，"我说，想着那个消瘦苍白的女人，"我并不知道她就是罗伯母。"

"她的身体很坏，"罗教授说，"平常是不离开她的房间的，你——最好少打扰她。"

"我会——"我咬咬嘴唇说，"尽量不麻烦你们。"

他狠狠地盯了我一眼，说："你大概和你母亲的脾气很像，嗯？很倔强，很多心，很执拗，又有——过分强的自尊心！"

"妈妈是个好母亲——"我像分辩什么似的。

"当然！"他打断了我，"吃你的早餐吧！你的饭冷了！"说完，走出了饭厅。

我独自一人在偌大的餐厅内吃完我的早餐，餐厅和客厅有类似之处，四面都有四通八达的门。其中有一面是整面的玻璃长窗，透过这扇长窗，可以看到园内花木扶疏。看样子，这幢房子超过我想象的大。假若不是因为我和罗宅还太陌生，我真愿意去"探险"一番。可是，在我和他们都还没有混熟以前，我想我还是收敛一些的好。放下饭碗，我四面张望了一下，壁上挂着好几幅油画，多半都是烟雾迷离的风景写生，每张的右下角都签着"K－K"两个英文字。

我上了楼，向我的房间走去。但，经过一间屋子时，我停了一下，这房门是敞开的，门内，罗太太正坐在桌前的一张椅子里。她已换了一件白色绣花的衣服，腰间松松地系着根带子，长发挽了起来，在头顶盘成一个髻，露出白皙而秀气的颈项。她的脸侧面对着门，是一张极美的侧面像，高高的鼻子和长长的眼睫毛，高贵、庄重、雅丽，像一张画。

"进来！"她忽然说。我吃了一惊，四面看看，并没有第二个人，那么，她是叫我了？我有些犹豫，不知该不该进去。

她已转过脸来正面向着我，大眼睛静静地落在我身上。

"我说，进来！"她说，语气冷淡而宁静。

我走了进去，想起清晨的见面，我可能对她有些失礼的地方，于是，我向她点头微笑，轻轻地说："罗伯母。"

她凝视我，好长一段时间后，才说："过来！"

我走近她，她上上下下地望着我，然后，她那美丽的大眼睛里忽然浮起一层朦胧的雾气，她轻轻地抬起一只手来，抚摸我的手臂，接着，她就用两只手分别握住了我的双手。她的手指枯瘦苍白，和我那被阳光晒成的健康肤色成了鲜明的对比。她把我的手握得非常紧，用一种做梦似的神情和语气，悠悠然地说："多么美的皮肤，和你母亲一样！"她仰望着我的脸："你的母亲，她和我如同姐妹。她总说：'你不要做这样，你不要做那样，你要多休息，要长胖一点！'她给我布置一个最好的环境，白色的窗帘，白色的床单，白色的桌巾，什么都是白色。她说：'雅筑，只有白色配得上你，你那么美，如果我有你的十分之一就好了！'她不让我劳动，不让我操心，宠我，像宠一个小娃娃。她说：'我会照顾你，永远，永远——'"她的声音低沉了下去，脸色显得更加苍白，眼光透过我的身子，眼神是涣散而昏乱的。

她的神情惊吓了我，我俯下身去，担心地问："罗伯母，你怎么了？"

她的手仍然抓住我，眼光却更加昏乱和狂热。她注视着我身后的某一点，对于我的问话恍如未觉，只继续嚅动着嘴唇，轻轻地说："她说：'你是我的小妹妹，我要照顾你，永远，永远。'她说的，她要照顾我，永远，永远，永远……"

她开始喃喃地，重复着那几个句子，呓语般地讲个不停。大眼睛瞪得那样大，里面像发着热病似的燃烧着。我真的惊慌了起来，我试着要抽出我的手，但她牢牢地扣着我的手腕，像铁索般箍紧了我。她的呓语逐渐加快，逐渐语音模糊而不可辨。我慌乱地喊了起来："罗伯母！罗伯母！你怎么了？你——"

我紧张地想从她的掌握中挣扎出来，她却紧扣着我不放。我们纠缠成了一团，忽然间，一个念头像电光般在我脑中一闪：她是个疯子！这念头使我恐怖，因为我对疯子的惧怕远超过妖魔鬼怪。我开始大声尖叫："放开我！放开我！放开我！"

有人冲进了屋里，我转过头，是个美丽的少女，她只张望了一眼，跑了出去。立即，我听到有重重的脚步声奔上楼梯，接着，一个高大的人影蹿了进来，是罗教授！他一直跑到我们的身边，把两只巨大的手掌压在他妻子的肩膀上，沉着声音喊："雅筑！"罗太太顿时松开了我，茫然地收回了眼光，望着罗教授，接着，她就哭泣了起来，一面哭，一面说："她说她会照顾我，永远照顾我！"

"好了！雅筑！"罗教授说着，声音出奇地温柔，像在安抚一只小猫。他把她的头揽进他的怀里，那梳着髻的小小的脑袋紧倚在他宽阔的胸膛上。他的手拍抚着她的背脊，不断地说："好了，雅筑。好了，雅筑。"

罗太太仍然在呜咽着，但她很快就平静了下去。半晌，她抬起泪蒙蒙的眼睛，迷迷离离地望着罗教授，显然已神志恢复，幽幽地说：“我很抱歉，毅。”

“没事了，是吗？”罗教授说，眼光那么柔和，简直使我怀疑不是出自他的眼睛里。看到他那样暴躁粗鲁的人也会有温柔的一面，令我惊奇而困惑。他又拍了拍她的背脊：“去躺一躺，好吗？我让彩屏来侍候你。”

罗太太顺从地点点头，站起身来，走到床边去，像只听话的小白兔。我退出了房间，罗教授紧接着也走出来了，看到了我，他的温柔一扫而空，他对我圆睁起一对怒目，气冲冲地说：“你！谁叫你来招惹她的？我难道没告诉你，叫你别去打扰她？”我觉得一肚子的委屈，天知道我并不想去“招惹”她，而且，假若我知道她是这样碰不得的，我一定远远地避开。噘起嘴来，我低低地叽咕了一句：“真不知是谁招惹了谁？”

罗教授瞪了我一眼，带着满脸不泽之色，转身走开了。我退到我的房门口，心中充满了懊恼和难堪。这是我到这儿的第一个早晨，就如此不吉利！推开房门，我走进去，在床沿上坐了下来。想到以后漫长的寄人篱下的生活，都要这样看尽别人的脸色，不禁长长地叹了一口气。

有一个阴影遮到我的眼前来，我抬起头，是刚刚那个曾冲进罗太太屋里的少女。她对我点点头说：“你没有关门，所以我进来了。”

我望着她，她的年龄不会比我大。穿着件白色洋装，披着一肩柔发。不用任何人的介绍，我也知道她是谁。她像极了她的母亲，却比她母亲更美。那细腻而白皙的皮肤，和她母亲一样带着不正常的苍白。一对乌黑得像黑色潭水似的眼睛，深不可测。那长长的眼睫，弯弯的覆盖在眼睛上方的眉毛和那薄薄的嘴唇，都具有那样动人的美，使我眩惑而迷惘。虽然我不是个男孩子，但是，我一样为她着迷。我向来崇拜一切的"美"。不过，和她母亲类似，她身上也有那份特殊的气质：高贵、典雅，却令人难以接近。

"你是皑皑？"我问。她点点头。"我是孟忆湄。"我说。

她再点点头，有股冷漠与傲岸的神情，似乎并不想和我说话。于是，我也默默无言。好一会儿，她才又轻轻地说："妈妈有神经衰弱症，但是并没有太大的关系。有时她会忽然发病，只要有爸爸在，她总是很快就会过去的。"

我望望她，心中油然生出一股感动的激情。我想，她是特地为了对我讲这几句话而来的，她怕她的母亲惊吓了我。在她那冷淡的外表下，一定有一颗善良而真挚的心。有一种人，是天生不会表达自己的情感的。这样一想，我更加喜欢她了，我热心地说："是吗？为什么不请医生看看？"

她瞪了我一眼："你怎么知道我们没有请医生看？"

我的一腔热情又被一下子抛进冰窖里了。我想，我还是少说几句话的好，否则注定要碰钉子。闭上了嘴，我在心里发誓不再说话。可是，忽然间，窗外的花园里传来了一个少女的歌声，歌喉婉转抑扬，柔美而富磁性，唱的是一支我很熟悉的歌，因为妈妈生前也常唱：

花非花，雾非雾，

夜半来，天明去。

来如春梦不多时，去似朝云无觅处！

　　那歌声那样荡气回肠，我完全被它吸引了。忘记了刚刚有不说话的誓言，我抬起头来，兴奋地问皑皑："是谁在唱歌？"

　　"是嘉嘉。"她说。冷淡地转过头去，在我第二句问话"嘉嘉是谁？"还没问出来以前，她已自顾自地走出了我的屋子。我愣了愣，就被那歌声引向了窗口。从窗口望出去，花圃之后是一片浓荫，歌声由浓荫深处传来，只闻歌声，却不见人影。我侧耳倾听，那歌声一再反复着："花非花，雾非雾，夜半来，天明去……"

　　我忍不住自己的好奇心了。嘉嘉！罗宅的小一辈似乎都喜欢用重复字做名字，皓皓，皑皑，又一个嘉嘉！这嘉嘉是皓皓、皑皑的小妹妹吗？听那声音，她一定也是个美丽无比的女孩子！我走出房门，心里也隐隐地明白，我最好是留在屋里少出去，一个早上，我已经有些动辄得咎了。但，我无法抵制那歌声的吸引力，我急于找出这个唱歌的人来。下了楼，我循着歌声，向花园中走去。

# 第三章

推开了饭厅的落地长窗，跨下了好几级台阶，我走进了那宽大的花木葱茏的院子里。沿着一条龙柏和杉树夹道的小径，穿了出去，是一个圆形的花坛。花坛以一棵铁树为圆心，外面一层一层地栽植了各种不同的花，最外一层，占地最广，是清一色的玫瑰，香味浓郁地弥漫在空间，随着初夏的柔风向各处飘散。越过这花坛，就是绿荫荫的一座小小的林子。一眼望去，这林子似乎是毫无系统地种植着些树木，但走近细看，却显然经过极细密的一番布置。林木栽种得疏落得宜，大部分都是松与柏，并不高大，但枝干耸直，也劲健有力。松柏之间，还点缀着一棵棵的扶桑和茶花。这不是茶花的季节，可是，扶桑却绚烂地开着。绿树丛中，缀着朵朵不同色彩的花朵，分外别致和引人。树木的脚下，也散植着各种不同的花草，玫瑰、菊花、石榴、蔷薇……数不胜数，还有许多我根本叫不出名字的植物。走到林子的入口，我已经可以清清楚楚地辨认那歌声。抑扬地、轻柔地从林木深处传来，偶尔也会有片刻的停顿，似乎唱歌的人正在工作着。歌词是反复着唱的，同一支歌，永远是那样的几个句子，时断时续，时高时低，起伏间歇，别有韵致。跟踪着歌声，我走进了林里，绕过几株树木，面前陡然一亮。我绝没想到，在这浓荫深处，却还别有天地，一架小巧精致的花棚竖立在林木之中，花棚上爬满了紫藤花，一串串粉紫色的花朵在棚架上迎风轻颤，娇艳欲滴。花棚下是几张竹制的躺椅，椅上空无一人。我站住了，侧耳倾听，歌声忽然停止。我四面张望，看不到一个人影，眼前只有绿树青藤和枝头的轻红点点。穿过花棚，我向各处搜寻着望过去，到处都是树木和花朵，靠在棚架上，我思索着，也倾听着。风在林梢低吟，花棚上有几只麻雀在嬉闹。除此而外，听不到一点其他的声音，我有种被捉弄的感觉，扬起头来，我心有不甘地喊："喂喂！有人在吗？"

我的声音消失在林中的风声里。我又默立了片刻，周遭有种反常的寂静，似乎连小鸟的喧闹声都忽然停止了。我感到微微的不安，浓郁的花香使我熏然欲醉，眼前迷离的树影花影让我眩惑。转过身子，我找寻我来时的路径，想退出这片树林。但，我刚刚起步，那断续飘摇的歌声就响起来了：

> 花非花，雾非雾，
> 夜半来，天明去。
> 来如春梦不多时，去似朝云无觅处！

我捉住那个歌声的尾音,迅速地冲进了林子里,于是,我猛地站住了,我看见了她。

她蹲在一棵松树前面,背对着我。身边放着浇花的水壶和花锄。她俯着头,在清除着树根下的杂草,一面唱着歌,她工作得那么专心,以至于没有听到我的脚步声。我打量着她的背影,纤细,苗条,穿着一件印花的台湾绸的衫裤,头发却旧式地在脑后绾了一个髻。看装束,她应该属于女仆之类。我站住,喊了一声:"嗨!"我喊得很响,但她却寂然不动,依旧唱着她的歌。我诧异地望着她,忽然,我发现她身上有什么地方不对,是了,她的头发!那头发是花白的!一个少女怎么可能有花白的头发?我无法按捺我的好奇了!绕过树木,我走到她的正面站住,再喊了一声:"嗨!"这一次,她抬起头来了,也停止了她的歌声。我凝视着她,这是张奇异的脸,她应该是个老妇人了。但,就和她那少女的歌喉一样,她有张"娃娃"脸。尽管脸上皱纹遍布,可是,那神态,那眼神,却宛如一个三岁的小娃娃。她仰视着我,眼睛里流露的是天真的光芒,微微张着的嘴,带着股孩子气的憨态。无论如何,这张又老又小的脸让我觉得非常的特殊,但,她是不讨人厌的。我试着对她微笑,询问地说:"这花园都是你照顾的吗?"

她从地上站起来,个子比我矮得多,大概只齐我的眉毛。她继续望着我,并不回答我的问话,却对我展开一个近乎痴呆的笑容。"你的歌唱得真好听。"我说,她的笑容对我是一个鼓励，我高兴我终于在这儿找到了"友善"。

她继续对我笑，仍然一语不发，笑得那么单纯，使人不能怀疑她的笑有何心机或嘲弄的意味。可是，我一连两句话都得不到反应，心里就有些不是滋味。鼓起勇气，我想我还是先把自己介绍出来好些。

"我是孟忆湄，将要在罗家长住。"

她还是笑，那张脸像个雕刻出来的笑面佛。我的言语如同落进了海浪里，连一点涟漪都掀不起来。我有些不高兴了，无论如何这罗家每一个人对我都不太真挚，我所伸出的友谊的手，竟无一人愿意接受！我掉开头，有些气愤地说："我很好笑，是吗？你干吗那样盯着我笑？我又没有少一个眼睛或多一个鼻子！"大概我的话使她不好意思了，她低下头去，然后就重新蹲下身子，用手去清除那些杂草，对我看都不看一眼。这份冷漠使我难堪而尴尬，我下意识地把大拇指送到嘴边去咬着，一面呆愣愣地站在那儿，考虑我要不要收拾东西离去，回高雄去。林校长虽然清寒贫苦，无法供给我一份好的生活，但她热情诚恳，是个有血有肉有感情的"人"。

我正想得出神，那位"嘉嘉"忽然又抬起头来了，她仰视着我，依然带着那天真的笑容，对我指指面前的松树，一个字一个字地说："要开花了！"我愕然。要开花了！什么东西要开花了？顺着她的手指，我向那棵松树看过去。于是，我发现在那棵松树的树干上，缠绕着一株小小的、黄褐色的藤蔓，藤蔓上没有叶子，只有成串的小花苞在风中摆动，有股楚楚可怜的、妩媚的味儿。我有些惊喜，一来高兴她终于对我说话，二来也对那成串的小花苞产生浓厚的兴趣。我用手指轻轻地拨弄着那些粉白色的花苞，愉快地问："这种花叫什么名字？"

她傻傻地望着我，仿佛我说的是蒙古话。

"要——开花了。"她重复地说，站起身来，抚摸着那映着阳光而变成金色的藤蔓。"要开花了。起风的时候，叶子落了，花也开了。"她抬头看看天，脸上有种专注的神情。"起风的时候，叶子落了，花也开了。"她再重复一遍。

我诧异地望着她。"为什么要起风的时候呢？"我问。

她不答，望着我一味地傻笑。半晌，才又说："你看见了吗？"

"什么东西？"我一愣。

"花——要开了。"她指指松树。

我凝视她，这个女人是怎么回事？一切似乎都很反常，我有些神智迷茫了。就在我望着她发呆，她望着我傻笑的时候，一个人从树荫间走了出来。我抬头，是那个昨天带我走进罗家的徐中枢！他仍然衣着随便，但神情洒脱。胁下夹着本很厚的书，他大踏步地向我走来，看样子精神振作而心情愉快，眉宇间浮动着开朗的笑意，和清晨的阳光一样温暖和煦。

他对我点点头："早，孟小姐。"

"早，徐先生。"我也点了一下头。

"早，嘉嘉，"他再对那老妇人点点头，走过去拍拍老妇人的手背，像哄孩子似的说，"花开了吗？"

"花——要开了。"嘉嘉热心地指着藤萝。

"噢，"徐中枏高兴地叫了起来，"还是真的要开了呢！今年会提前开花了。"他再拍拍嘉嘉的手背说："好好地照顾它们，今年，不用等到起风的时候，花就会开了！"他转向了我："孟小姐，我们在林子里走走，如何？"

"好的。"我说。

我们在浓荫间缓缓地迈开了步子，他说："你不必费心和嘉嘉'谈话'，她什么都不懂，她是一个白痴。""哦！"我惊叹着。"但是，她是善良而无害的，"徐中枏说，"有的时候，她又好像并不是完全昏昧无知。例如，她很喜欢人夸赞她，她很懂得把自己收拾得干干净净，她又会照顾花草，懂得区别杂草和花苗。有时，我甚至觉得她近乎聪明，她对某一些事或一个人，常会有奇异的记忆力，就像那支她常唱的歌，她从不会把句子漏掉或唱走了调。"

"哦，"我诧异而好奇地听着问，"她是罗家的什么人？"

"一个远房的亲戚，是罗家把她从大陆带出来的。事实上，她等于是罗家的园丁，她照顾整个花园。你一定认为罗家的花园还不坏吧？全亏嘉嘉管理！她对花草很有耐心，而且也很有感情。她能记住每种花的花期……很奇妙，是不是？"

"嗯。"我深思地点点头。

"不过，她有她自己的措辞，她说起风的时候，是指台风季节来的时候。她特别喜欢那株藤蔓，她照顾它就像母亲照顾孩子一样。"

"那藤蔓叫什么名字？"

"噢，"他笑了，"我对植物是很陌生的，这花园里的许多植物我都叫不出名字，但我喜欢研究一切的东西。那藤蔓——你听说过一种植物叫菟丝吗？"

"菟丝？"我仰起头，"旧诗里倒常常看到这两个字。李白有一首很缠绵的诗，讲菟丝和女萝的。"

"对了，我怀疑所谓菟丝花，就是那枝藤蔓，但我并不能证实。有一次我查字典，找菟丝，它的解释和这藤蔓的情形很相似，所以我就叫它作'菟丝花'！"

"可惜没有一枝女萝草，"我笑着说，"否则，'百丈托远松，缠绵成一家'，这种韵味多美！"

他侧过头来，深深地望着我："你很爱诗？"

"不见得，我母亲常常念诗，我是耳濡目染，多少受点影响。不过我很没耐心去专攻一样东西，我的兴趣太广泛，又很不愿意受拘束。诗词这玩意儿，必须用全心灵去体会，对我而言，未免太艰深了。"

我们走到一个石头的长凳前面，他问我："坐一坐吗？"

我坐了下去，他坐在另一端，把胁下夹的书取了出来，放在膝上。我看过去，是一本《普通心理学》。

"你是学心理的？"我诧异地问。

"不，我学艺术。"他说，"可是我对什么都有兴趣，也很喜欢研究心理学。"

"你——"我凝视他，"为什么住在罗家？"

"我是罗教授的学生，念了两年地质系，觉得枯燥乏味，就转了系，学艺术。去年刚毕业，在×中学教书，罗教授找我来住在他家里，教他的女儿画画。"

"皑皑?"我问。

"不错!"他点点头，"皑皑的天分很高，是个非常可爱而用功的学生。"我想起皑皑，她那超凡出众的美和她的冷漠。

"你在这儿住了多久了?"我问。

"一年多。"

我沉思不语，四面张望了一下，我的眼光又落回到那本"心理学"上。"心理学记载些什么?"我问，"它能使你明白别人的心理吗?"

他把书抱在怀里，眼睛亮晶晶地盯着我，带着股调皮的笑意。"不错!"他说，"例如，我现在就可以分析你的心理。"

"试试看!"我说。

"你吗?"他凝视着我的眼睛，"你在想，罗宅的每一个人都出乎你的意料，你奇怪这个家庭的组合：一个脾气暴躁而怪僻的父亲，一个患神经衰弱症的母亲，一双特殊的儿女，还有个白痴的女园丁。再包括那个吃家教饭的我! 你觉得这次投奔罗宅是件不理智的事。你认为你并不受欢迎，而感到自尊心受了伤，你正在计划，是不是离开罗宅，回到你原来的地方去更好些。"他对我微笑，把额前的一绺短发拂到脑后去："有一些对吗?"

"噢!"我非常地惊奇，张大眼睛说，"你可以成为心理学的权威了!"

他大笑了起来，笑得爽朗而开心。笑完了，他说："告诉你，这种分析与心理学风马牛不相及。事实上，心理学完全是一种科学，研究心理学和了解别人的心理是两回事，心理学里面全是些专门性的东西，与医药及人体构造有关，与心理并无太大关系。至于我能分析你的心理，那是非常简单的——一年前，我刚到这儿来的时候，就有你现在这种心理。我想，人同此心，心同此理！你一定会有和我当初类似的心理……"

"哦！"我也笑了起来，"原来如此。"

"很简单，不是吗？"他说。

"确实很简单，"我说，"但是，你怎么克服了你自己不受欢迎的那种感觉呢？"

他深深地望着我，沉吟了一会儿，表情很奇异。然后，他站起身来，凝视着我，慢慢地说："有一天，你也会克服的。"说完，他望望林外，"我要去给皑皑上课了。"他走了两步，又站住，"你高中毕业了吗？"

"是的，毕业快一年了，我的学龄很早，因为妈妈病倒了，我就没有考大学。""要考吗？"我点点头。"预备念哪一个系？""噢！我还没决定。"

他再站了一会儿，微笑着说："人类真奇怪，你觉不觉得？每一个人，同样具有两个眼睛一个鼻子一张嘴，却从没有完全相同的两张面貌；每个人都有一样的内脏、骨骼构造和大脑小脑，却没有相同的个性。至于智慧的悬殊，兴趣的差异，更是一人一个样子，上帝造人，居然不会造出一份重复的来？像你和皑皑，都是十七八岁的女孩子，但完全是两种典型。"

我笑了，说："这就是你研究心理学的原因吗？"接着我又想起来问："皑皑难道没有读书？"

"她只念了高一，就休学了。"

"为什么？"

"肺病，或许还有其他的病。她太孤僻，太不合群，不能适应学校生活，现在她的肺病已经好了，却不愿回到学校去。她兴趣十分狭窄，中学的通才教育不是她所能接受的。"

"换言之，"我说，"她在学校里功课很坏？"

"不错，她很少有及格的功课，除了美术音乐之外。可是，在艺术方面，她又有奇异的领悟力和天才。她的钢琴也弹得很好。对于这种有偏才的孩子，中学教育实在是一种创伤！"

"你很为她不平？"

"确实。她是个——"他深思了一下，"很特殊，但很可爱的女孩子。"我想着皑皑，没有人会认为她不可爱，"美丽"实在是件好东西。上帝造人的确奇怪，同样用眉毛眼睛鼻子来构造，怎么会有妍丑之分？"噢！"他大发现似的说，"我要走了，你可以继续散散步，林子里很阴凉，又有风。好！再见！孟小姐！"他走到林子口，回过头来，对我爽朗地一笑，再说："和你谈话，是一件最愉快的事，你有一个很清醒的头脑。"

我坐在那儿，目送他颀长的身子消失在林木之外。用双手抱着膝，我靠在一棵叫不出名字来的大树上，静静地沉思起来。风在林梢静静地摇撼，好几片落叶飘坠在我的裙子里，我拾起了一片心形的叶子，嫩嫩的浅绿色，带着淡淡的清香。

我把叶片放在鼻尖上摩擦，我喜欢叶子的那股香气。然后，我听到有脚步声，悄悄地、缓缓地向我移近，我回过头去，是嘉嘉！她站在我身边，用一种特殊的神态望着我，那不像个白痴的眼神！她定定地盯着我看，似乎在努力地思索和回忆。我拍拍身边的位子，对她鼓励地笑笑，说："你坐吗，嘉嘉？"

她那痴痴的笑容又浮了上来，转过身，她又悄悄地走开了，一面走过，一面嘴里喃喃地、低低地，不知道在说些什么，我只听清片段的几个字："她说……她喜欢的……她叫我管花……她说你和它们一样，没有照顾……活不了……"

我又独自坐了一会儿，腕表上已经快到十二点了。站起身来，我抖落了身上的落叶，缓步走出了树林。阳光正灼热地照射在花园里，那些五颜六色的花朵亭亭地伸展着枝子，绽开的花瓣正欣欣然地迎着阳光。我走到花坛旁边，摘下了一朵浅蓝色半开的小花，我不知道这花的品种，但那细碎的花瓣别有股娇柔的韵致。拿着花，我跨上台阶，推开玻璃门，走进了房间里。一瞬间，我愣住了。起先我到花园里去的时候，是从饭厅中出去的，但，我现在走进的房间，却并不是那间饭厅！这是间光线幽暗的房间，因为我刚从明亮的太阳底下走进来，一时竟有些目光模糊，接着我就看出这房子之所以幽暗的原因，除了我的入口是玻璃门之外，这间屋子有两面都是大的玻璃柜，里面陈列着许多稀奇古怪的石头，另一边有一扇小门，藏在一大排书架之间，整间屋子居然没有窗子！我好奇地左顾右盼，然后，我发现罗教授正坐在一张大书桌后面，全神贯注地注视着我。"哦，罗教授！"我说，"对不起，我想我走错房间了！"

他仍然注视着我，在那堆茅草般的须发之中，那对闪烁着异样光彩的眼睛看起来是奇怪的。

由于他没有答话，我感到微微有些窘迫，再望了这屋子一眼，我断定这是罗教授的书房，看情形，我的贸然撞入使他着恼了。"对不起，"我再道了一次歉，向门边退去，"好抱歉我打扰了您！"

"别走！"他忽然说话了，"你过来！"

我迟疑地走了过去。他审视着我，然后推了一张椅子在他面前，说："坐在这儿！"我依言坐了下去，现在我和他面面相对了，我可以更清楚地看清他，他有两道浓黑的眉毛和饱满的前额（大部分掩盖在乱发中），还有个代表坚毅倔强的方形下巴。鼻准微微地隆起，应该是个强硬的人物！

"你，你在想什么？"他突然问。

"哦，我——"我吃了一惊，"我在想你刮光了胡子，会是怎么一副样子？"他对我翻翻眼睛。我很懊恼，我是怎么回事，永远会冒出一两句不该说的话？正像妈妈说的，我哪一天才能"长大"？我偷偷地从睫毛下望望他，还好，他并没有发怒的样子。

他的眼光从我的脸上移到我手中的花朵上："你也爱花吗？"他问，语气竟非常平和。

"是的。"他从我手里取下那朵花，审视着。

"这是皑皑的花，"他说，"她叫它作勿忘我。"

"是吗？这就是勿忘我？"我问。

"或者是，"他抛下了花，"花草是女人爱的玩意儿！"他抬起眼睛来望我，忽然间，他定住了，出神地看着我的脸。好半天，他就那样一动也不动地盯住我，仿佛我脸上有什么稀奇的东西。接着，他举起一只粗大的手来，轻轻地拂开我额前的鬈发。这突兀的举动使我吓了一跳，但他是非常温柔而小心的。他的眼光在我脸上四处逡巡，然后他垂下手来，靠在椅子里，低沉地说："你并不很美，最起码，你没有皑皑美。可是，你有对很聪慧的眼睛和开朗的额角，我相信你的颖悟力是很高的。"他顿了一下，又继续打量我，好像他是个看相的人。"你还不止聪慧，你也很热情，是吗？"用不着答案，他又自顾自地说了下去，"美丽两个字应该不单单指外表。"他拍了拍我放在膝上的手："忆湄，你非常美丽！"

我被催眠了，他的眼睛有着异样的魔力，他温柔的语气使我激动。这是怎样的一个男人？那多变的性格下有一颗怎样的心？那毛发蓬蓬的脸——你能说他不漂亮吗？不！他很漂亮，一张十足男性化的脸！像——像什么？像一只气态昂藏的雄狮。雄狮！我想起雄狮的鬣毛和眼前这张脸上的胡须，忍不住扑哧一声笑了起来。

"噢！"他蹙起了眉头，"你常常这样突然发笑的吗？"

"哦，对不起，"我有些慌乱地说，"我常常笑得不是时候，我一定——尽量改正。"

"你说说看，什么事让你觉得好笑？"

"是……是……"我结舌地说，"是……雄狮。"

他狠狠地盯着我，刚刚的温柔已消失得无影无踪。

"你常常这样胡言乱语的吗？"

"不，不，不是胡言乱语。"我嗫嚅着，"只是——说得不大完全。"

他审视了我几秒钟，转开了头，突然显得不耐烦了。把椅子挪后了一些，他冷淡地说："今天——是你假期的最后一天！"

"什么？"我没听懂。

"明天起，定一个作息时间表，开始念书准备明年考大学！我让徐中枏来做你的家庭教师，他文理功课门门都强。这是你母亲的希望，你好自为之吧！你可以出去了！"

我站了起来，有些错愕地望着他，但他似乎不准备再说话了。拿起桌上的一本书，他自顾自地看了起来，不再望我。我走向那扇小门，照我想象，它应该是通饭厅的，推开来，果然不错。那个中年女仆已在摆中饭了。我走进饭厅，合上那扇小门，略一迟疑，我又推开门，伸进头去说了一句话："罗教授，谢谢你，谢谢你待我的一切。"

他瞪着我发愣，好像根本不知道我在说些什么。

# 第四章

我在罗家住下来了。到罗家的第三天，徐中枘就奉罗教授的命令，来做我的家庭教师。他是×中的图画教员，每天下午要去上课，一、三、五的晚间还有别家的家教，常教到深夜十一二点钟才回来。上午十一时至十二时是属于皑皑的时间。于是，我的课程就从每天早晨八点钟开始，到十一时为止。徐中枘很科学地给我定了一张作息时间表，八时至九时，九时至十时，十时至十一时，像上课般分成三节，分别补习三种不同的功课。每星期一、三、五及二、四、六补习的功课又各各不同。因为我决定考乙组，所以功课都偏于文科。下午是我自己温习及做练习的时间，黄昏和晚上，依徐中枘的说法是应该："休息，娱乐，散步，看小说！尽量放松你自己！"

我立即开始了念书。同时，在罗家居住四五天之后，我对这家庭和每个人的生活习惯也逐渐熟悉了。罗家一共是八个人（除我以外），是罗氏夫妇、皓皓、皑皑兄妹，徐中枡，李妈（中年女仆），彩屏，外带一个非主非仆的嘉嘉。八个人的组合，应该是个很热闹的家庭，但罗宅却大部分时间都是安静得找不出人声的。只有嘉嘉的歌声，会不论清晨黑夜，随时飘送。而且，罗家有个很大的特点，是我进入罗宅第二天就发现了的——他们不像一个"家庭"。例如，他们从不会全家团聚在一张桌子上吃饭，永远是各吃各的，谁先到谁先吃，而皑皑和罗太太，还经常是在自己屋子里吃饭，根本不下楼。罗教授和皓皓这一对父子，有些水火不相容：皓皓经常整日整夜不回家，还常常会有些太妹型的女孩子上门来找他，罗教授就不分青红皂白，咆哮着赶出去。再有，他们彼此之间，都非常地不亲热，就像皑皑，我从没有看到她依偎在罗太太面前撒撒娇，如同妈妈在世时我所常做的那样。总之，这家庭给我的印象，是特殊而奇怪的。

我刚刚到的那一天，曾经觉得罗家的人对我都很不欢迎，可是，随后我就发现，他们并非特别对我冷淡，而是他们本来就是这个样子的。事实上，罗教授对我确实很宽大，我有一间华丽而精致的卧室，一个安静的读书环境，还有一位帮我补习功课的家庭教师。我，孟忆湄——一个无父无母孤苦无依的孤儿，这已经是走入天堂了，我还能有什么更好的希望？有了"家"（我已算它是家了），有了安定的生活，有了家庭教师，又有了作息时间表。我应该定下心来，好好努力念书，以期不辜负我的母亲和罗教授的一番栽培。我想，这以后，我的生活会是平静而单纯的，向唯一的一个目标——

考大学——迈进。

我也静下心来接受这份生活了，除了夜深人静，我偶尔会躲在棉被里偷偷啜泣，思念那离我而去的妈妈之外，平日，我尽量使自己安详明快，尽量想使生活宁静和平。按道理，生活中应该是没有波澜的，但是，事实上并不如此。

这是一个晚上，我到罗家已将近一星期了。白天念了过多的书，晚上就不愿再埋进书本里，倚着窗子，看到的是月色朦胧下的满园花影，听到的是夜风吹拂中的树梢低唱。一切那么美，那么静谧，"夜"是上帝所创造的最奇妙的时光。大地沉睡着，月光把所有的东西都染上一层淡淡的白，黑影幢幢的树林迷离而神秘。

无法抵制夜色的诱惑，我离开了窗子，打开房门，沿着楼梯走下去，到了花园里。闻着花香，踏着树影，我穿过龙柏夹道的小径。碎石子铺的小路回应着我的足音，我的影子长长地投在地上，时而和树影相合，时而又倏然呈现在开阔明朗的地上。不知不觉地，我已越过了花坛，而在那小树林之外缓缓地踱着步子。我不想走进树林，因为那盛满风声的树林过于幽暗，给人一种奇异不安的感觉。在林外兜了一圈，我下意识地觉得这花园中并不止我一人，仿佛有一对眼睛正在一个黑暗的角落里注视着我。我站住，四周张望，有花，有树，有月光，还有楼房庞大的黑影，只是，没有人。我继续走，又猛然站住，我几乎听到了呼吸声，一个沉重的呼吸声音。我确定，这花园中还有另外一个人！

停在林外，我的目光向树林中搜索过去，在这样明亮的月光下，只有树林中可以隐住身形。风在林间摇撼着，虬结的树木伸展着枝丫，重重叠叠的树影中偶尔会筛落几点月光，在地上闪烁，如同许许多多镜子的碎片。

然后，我看到了，就在离我身边不远的林内，在一片浓荫里，有一点红色的火光，正静静地闪烁着。有人在树林中抽烟！我可以嗅到花香中所掺杂的那一缕烟味。这是谁？他应该是看到我的，因为我正暴露在月光之中。为什么他竟如此安静？我感到一阵不安，背脊上微微有些凉意，瞪视着那如豆的火光，我问："是谁在树林里？"没有答复，那点火光依旧一明一灭。我的不安加深了，与不安同时而来的，是模模糊糊的一层恐怖感。提高了声响，我再问："有谁在树林里面？"仍然是一片沉寂。我再伫立了几分钟，那点火光突然在半空中画了一个弧线，坠落在草地上，显然抽烟的人已抛掉了烟蒂。我凝视着那躺在草地上的一点微光，只一会儿，就被草上的露水所扑灭了。林子内剩下一片幽暗和繁星一般穿过树隙的几点月光。掉转头，我想我最好是回到我的房里去，夜的世界里永远会包含着一些不可解的神秘。对这个家庭而言，我至今也还是个一无所知的陌生者。追究谜底往往比不追究更可怕。我开始举步，向来时的路走去。

我只走了十几步，就听到身后另一个踏在碎石子路上的脚步声。我停住，那脚步也停了；我再走，那脚步又响了。我手臂上的汗毛全竖立了起来，手心中微微地沁着冷汗，背脊发冷。略一迟疑，我断定这人是在跟着我，而且从我在林外散步起，他就在窥探着我。为什么？他是谁？存心何在？

许多问题在我脑中一闪而过，但，最具体的是妈妈生前常向我说的一句话："面对现实！"于是我倏然地回过头去。

那是一个男人，月光下，他的身形面目都清晰可辨，那是张年轻而漂亮的脸，乌黑的眼珠在夜色中闪着光。当我回头面对他的那一刹那，他仰了仰头，纵声大笑了起来，眼睛愉快而揶揄地看着我，带着股得意和调皮的神情。我惊魂初定，用手抚着胸口，我相信我的脸色一定不太好看。我盯着他，有些愤怒地说："是你，罗先生？为什么要这样装神弄鬼地吓唬人？"

他向我走了过来，咧着嘴对我微笑。"你最好叫我皓皓，我不习惯被称作先生。"他说，"希望我没有惊吓到你。"

"假如符合了你的'希望'，你大概就该'失望'了，"我说，仍然怒气未消，"我想你是有意要'惊吓'我的！"

"你——生气了吗？"他斜睨着我说，唇边的笑意更深了。看他的神情，对我的"生气"和"惊吓"似乎都同样地感兴趣，我想，如果要挫折他，最好是对这个恶作剧装作满不在乎。于是，我也微笑了。

"怎么会呢？"我说，"你仅仅使我有点吃惊而已。"

"我喜欢开玩笑，"他说，"你慢慢会对我习惯的。你很喜欢在月光下散步吗？"

"不错。尤其有这么好的花园。"

他好奇地凝视我："你不会觉得这个花园太大？有些阴森森？"

"你这样觉得吗？"我反问。

"我不知道我父亲为什么看中这幢房子，"罗皓皓说，"现在我对这花园已经习惯了，但刚刚迁进来的时候，我真不喜欢它。尤其这个树林，假若夜里有一个人躲在里面，外边的人一定看不见。它不给人愉快感，而给人一种阴冷的、神秘的感觉。我是喜欢一切东西都简单明朗化，花园，种一些花就好了，要这么多树干什么呢？有一次，我曾经被嘉嘉吓了一跳。"

"于是，就给了你灵感来吓唬我吗？"我说。

他笑了，笑得很开心。

"你似乎胆量很大，皓皓晚上是不敢在树林旁边散步的，除非有人陪她。据说，在我们搬进来以前，这林子里曾经……噢，不说了，你会害怕！"

"说吧，"我的好奇心引起来了，"我不会害怕！"

"有人说，这林子里曾经吊死过一个女人。"他望着我，大概想研究我的反应，"而且，传说每到月明之夜，这女人会重新出现在林子里，吊在树上左晃右晃，还会叹气呢。"

我的后脑冒上一股凉意，但我不愿表现得像个弱者，尤其在他那微带戏谑的眼光里。

"难道你见过，或听到过她叹气？"我问。

"没有！"他仿佛很遗憾，"我的绰号叫'鬼也嫌'，大概鬼真的讨厌我，所以从没在我眼前出现过。可是，李妈发誓听到过她的叹息和呻吟，所以，大家晚上都远远地避开这个树林。"

"鬼也嫌？"我对这绰号发生了兴趣，"多奇怪的绰号！"

"因为我太爱捣蛋，从小没人喜欢我！"他笑着说。

我真想摆脱掉那个关于"女鬼"的话题，虽然我对这位女鬼的传说也很好奇，可是在这样树影幢幢的月夜和这广大的深院中谈起来，总有些让人感到毛骨悚然。所以，我热心地抓住了这个话题："你母亲一定很喜欢你的，是吗？"

"我母亲？"他深思了一下，"我可不能确定，母亲一生中大概有三分之二的时间都在生病，她时时刻刻都需要别人照料，实在没办法再去照顾儿女。如果她喜欢，也只是放在心里，缺乏行动来表现。"

我想着那脆弱而冷漠的女人和她那次突发的病症：她是怎样的一个人？我低头望着脚下的碎石子路，沉思着没有说话。地上，我和他的影子并排向前移动，瘦瘦长长的。我们正穿过曲径，绕向前面的院子里去。

"罗家的人都有些怪，你觉得吗？"他突然问。

"噢。"我抬起头来，罗家的人都有些怪？确实。但，这话竟由罗家的一分子问出来，好像有些奇妙。"怎么呢？"我泛泛地反问。

"你看，我父亲有他的怪脾气，你绝无法认为他是十分平常的人，是吗？我母亲，曾经有一个医生说她是神经病，该送医院。皑皑，是个用冰雕塑出来的美人，美则美矣，毫无暖气！至于我呢？正和皑皑相反，似乎太过于热情了，而且，我很乐意把我的感情广施天下，我的女朋友从女学生到酒家女应有尽有，我都一视同仁……你可别认为我是色情狂，我爱她们，也尊重她们！许多人说我用情不专，其实，根本不是这么一回事，女孩子好像是一朵花——你爱花吗？"

"当然。"

"可是，花有许多种类。玫瑰、蔷薇、康乃馨、百合、兰花、海棠、蒲公英……数不胜数，每一种花都有它特殊的可爱处，对吗？"

"不错。"我点头。

"所以，我每一种花都爱，女人也和花一样，每个女孩子都有她特殊的美处，所以，我也都爱！"

多么奇妙的理论！乍听起来好像还蛮有道理，仔细想想又有点似是而非，只是，一时间想不出理由来驳他。我望着他，他那对漂亮的眼睛也正在凝视着我，嘴边依然挂着那抹笑意。我不赞同他的理论，却很欣赏他那份坦率和洒脱，那微笑和眼神也有其动人之处。笑了笑，我说："怪理论！真的，你们罗家的人都有几分怪。"

"有一次，中枢和我谈话，"他笑着说，"他说我们罗家人人都有些神经病，可以称作'神经之家'！事后，我分析了一下，罗家的人确实都有些神经。可是，这世界上的人又有几个没有神经病？你想想看，每个人的个性都不同，生活习惯也都不同，是不是每人都会有他'怪'的地方？所谓'怪'，不同于一般性就叫'怪'，是不是？"

"嗯。"我表示同意。

"那么，任何人都会有他不同于一般性的地方，也就是说，任何人都有他怪的地方。例如你，你常在不该发笑的时候发笑，常会突然冒出一句没头没脑的话来……"

"哦，"我笑了，脸有些发热，"我有我的道理！"

"每个人都有他自认为合理的'道理'，就像我的'博爱'论，可是，在别人眼里看起来就是'怪'，就是'神经'，就是'没道理'！这样分析起来，世界上每个人都有神经病，只是神经的地方、方式不同而已，所以，我常说——"他顿了顿。

"说什么？"我问。

他笑笑，慢吞吞地念："神经人人皆有，巧妙各自不同！"

我扑哧一声笑了出来，"神经人人皆有，巧妙各自不同！"这算什么话？但是，再分析一下，这话还真的颇有道理。我奇怪他怎么会有这么多的妙论，那活泼幽默的个性和暴躁易怒的罗教授有多大的不同！这父子二人实在是奇异的。

我们已经绕进前面院子里了，前面的花园和后面的比起来就小得太多了。我们一边走着，一边热心地谈着话。他是个容易接近的人，"陌生感"已经迅速地从我心头消除，我感到他仿佛是我多年的老朋友了。就在这时，从大门边传来一阵罗教授的咆哮怒骂声，罗皓皓侧耳听了一下，就皱着眉说："好了，我父亲又在赶我的朋友了，他是个天下最不慈祥和友善的人！他生平最感兴趣的一件事，就是把我的朋友关在门外！"

说着，他向大门口直蹿了过去，我也紧跟着他向大门口走，走到门边，刚好赶上罗教授把门砰然一声合上，他雷霆一般地大吼："滚！我们这儿没有罗皓皓这个人！"

罗皓皓冲了过去，嚷着说："爸爸！你这是什么意思？"

"什么意思？"罗教授把他满是胡子的脸凑到他儿子的鼻子前面，"就是这个意思！你在外面乱交朋友我管不到你，可是你别想把你这些狐朋狗党带到家里来！"

"你怎么知道我的朋友是狐朋狗党？"罗皓皓的声音提得和他父亲同样的高，"你自己不爱朋友就不许别人交朋友！一个家庭像一座大坟墓！"

"你不满意，尽可以走！"罗教授嚷，"晚上九十点钟还在外面闲荡，这种年轻人会是好东西？女孩子打扮得妖里妖气，半夜三更找上男朋友的门，简直不要脸！"

"白天找我的人，你也是照样赶呀！"罗皓皓说，"你希望我怎么样？没有一个朋友，也没爱人，一辈子不结婚，做个老怪物，是不是？"

"你可以交朋友，但要是正派的人！"

"你把我的朋友一概都得罪了，所有的都赶出去，你怎么知道被你赶走的人里，有没有沧海遗珠的正派人呢？"

我站在旁边，望着这父子二人脑袋对着脑袋，斗牛似的把两个头越凑越近，两人的鼻子都快碰成一堆了。这景象奇妙而怪异，罗教授吹胡子瞪眼睛，罗皓皓则脸红脖子粗，两人都大有把对方吃下去才甘心的样子。可是，论起吵架的技巧来，显然罗皓皓比他的父亲高了一着，罗教授只会穷嚷穷叫，罗皓皓则每句话都有些分量，常使他父亲答不上话。

罗教授更加激怒了，他暴跳如雷地狂喊："我断定你那群朋友里没有一个好东西！我断定！"

"好！"罗皓皓说，突然伸手把我拉了过去，"你曾经把忆湄也关在门外，问都不问清楚，你相信你的眼光，那么，你只凭一眼就断定忆湄也不是好东西了？"

罗皓皓这一手完全出乎我的意料，显然也很出乎罗教授的意料。看到了我，罗教授愣住了，他慢慢地站直了身子，瞪视着我的脸，半天，才蹙着眉问："你怎么也在这儿？"

"我——"我说，"我本来就在花园里。"

"我们在散步，谈天和赏月。"罗皓皓冷冷地加了一句。

"散步？谈天？你和皓皓？"罗教授盯着我问，带着股不信任的神情，仿佛我和罗皓皓一块儿散步是件不可思议的怪事。

"是的，"我说，"我们谈了好一会儿。"

罗教授突然地暴怒了，他对我伸过头来，嚷着说："你！不学好！"

我愕然。难道他竟如此讨厌他的儿子？父子之间，又没有深仇大恨，怎么可能如此仇视呢？而且，说实话，我很欣赏皓皓，他有他的一份可爱。幽默、愉快，微微有些玩世不恭，这些，都不能算是缺点呀！年轻人爱交朋友，这也是很正常的事。罗教授未免责人太苛了！我为皓皓不平，再说，我既然住在罗家，和皓皓谈谈天，散散步，就是"不学好"吗？这是不是有些言之过重？于是我带着几分反抗的情绪，低声地说："我和皓皓谈得很愉快，他很温和，又很会谈话，我不觉得他有什么不好。"

"好呀！"罗教授的鼻子差点撞到我的鼻子上，他跳着脚说，"你是个笨蛋！大笨蛋！笨！笨！笨！"他猛然停住，用手揉着鼻子，眼睛奕奕地瞪着我，喉咙里叽里咕噜地不知在诅咒些什么。然后他对我命令地说："你跟我来！"

我不敢不从命，跟在罗教授后面，我们向客厅走去。我曾偷偷看了皓皓一眼，他给了我一个安慰而鼓励的微笑，漂亮的黑眼睛温柔地凝视着我。

走进客厅，罗教授并不停留，而是把我带进了他的书房里。关上了房门，他在书桌前的椅子里坐了下来，拍了拍他面前的另一张椅子："你坐下！"我顺从地坐了下去。他凝视着我，咳了一声，伸伸脖子。好半天，才说："我告诉你，忆湄！"他又蹙蹙眉头，用手抓了抓满头乱发，不知所云地说："你是——是个好女孩。"

我瞪视着他，他到底要说什么？

"你看，忆湄，"他耸耸鼻子，似乎尽量要使语气平和，"我很想帮助你，让你顺利地考进大学。我给你安排一个读书的环境，又叫中枑来帮你补习。可是，你，你居然不学好！"

我涨红了脸。"罗教授，"我嗫嚅着说，"我自认没有做错什么！"

"你还说没有做错什么！"他又大吼了起来，吓得我在椅子上跳了一下。但他立即又忍耐下去了，只一个劲儿地在鼻子里哼着气，半晌，才又说："我告诉你，我期望你好，你该好好地念书，别想交男朋友。皓皓这孩子……是……是……嗯，也不是很坏，可是，嗯，嗯，反正，嗯，他见一个女孩子追一个，嗯，你吗？你是个好女孩……喂！你懂了吗？"

我张大了眼睛，他嗯嗯哼哼了一大串，老实说，我实在没有听懂。他瞪着我，看样子有些懊恼，他又揉鼻子，又蹙眉头，又叽里咕噜地诅咒，闹了半天，才猛地把头向我一伸，吼着说："反正一句话！你少和我的儿子接近！知道没有？"

我有些气愤，站起身来，我说："您放心，罗教授，我不想给您惹麻烦。我知道，您收容我已经是天大的恩惠，一等我考上大学，我就搬到宿舍里去住。我对你们家并无企图，而且——而且——"我憋了半天，终于说了出来，"我一点也没有想要做你家的儿媳妇！你实在不必防范我！"说完，眼泪已经在我的眼眶里打转了。想想看，只因为我无父无母，所以要来受这家人的气！他以为我看上了他的儿子吗？转过身子，我想走出去，但他伸出一只大手抓住了我，他的眼睛看来烦恼而无助。

"喂喂，你别走！"他说，语气又突然地温柔了起来，"忆湄，你不要误会。嗯，哼，我是为了你，我这个儿子不成材，他是个——嗯，色情狂——"

"他不是，"我打断他，"您从没有费心去了解过他，他是个很善良很好的人。"

他盯着我："哼！好吧，就算他很好。不过，我希望你少去招惹他。嗯，你——应该以考大学为重！"

我点头，憋着气说："好，我明白了，我会——按您的希望去做！"

"那么——就没事了，你走吧！"

我向门口走去，刚推开门，罗教授又在房里叫："忆湄！"

我回过头来，罗教授站在桌子旁边，怔怔地望着我。那张被胡子掩盖的脸似乎有些扭曲，发亮的眼睛静静地凝注在我的脸上，里面包含了一些新奇的东西——属于感情的东西——以前，在他安慰罗太太时，也曾出现在他的眼光里，有着使人心碎的温柔和深情。我呆住了，好长的一段时间，我们就这样对立着，然后，他走近了我，俯头望我（他比我高了将近一个头），吁出了一口气："忆湄，你还缺乏什么吗？"

我摇头。

"哦，你会没有钱用，我忘了这一点。"他大发现似的说，伸手到口袋中，掏出一堆乱糟糟的钞票，有一元的、十元的、五十元的和一百元的，也不知道一共是多少张，往我手里乱塞一阵。

我有些犹豫，退后着说："我——我——我并不需要钱用。"

"拿去，你会需要！"他总算把那一大堆钞票塞进了我的手中，沉吟了一下，他又说，"哦，对了，你到台北来，都没有出去玩过，你想玩吗？哪一天，我带你出去玩玩，怎样？"

我点点头。

"好——"他说，"你去吧！"

我走了出去，握着那一大堆钞票，神思恍惚地向楼上走，心里有些昏昏蒙蒙，情绪激荡而不安。刚刚走上了楼梯，一个人影蹿了出来，拦住了我的去路。我一惊，抬起头来，是皓皓！他关心地望着我："忆湄，爸没有为难你吧？"

"没有。"我轻声地说，绕过他的身边，径自走向了我的屋里。我必须单独一个人静静地想一想。

# 第五章

这天，我起了一个绝早。天还只有点蒙蒙亮，清晨的空气清新而馥郁。我梳洗过后，觉得浑身都有着用不完的活力。站在窗前，我听到嘉嘉柔润的歌声，正在晨风中飘送。我走出房门，"跑"下了楼梯，"冲"进了花园，我差一点撞在一个男人的身上，收住步子，我抬起头，是夹着书本的徐中枢。

"早！"我愉快地说，"不过，我并没想到你会比我更早！"

"是吗？"他对我微笑，"我每天都这么早起来的，我喜欢早上到树林里去看书。"

"哦，我一直以为罗家的人不到八点就不会起身的。"

"但是，我并不是罗家的人！"他说，"何况，每天八点钟已经该给你上课了。"

"你觉得厌烦吗？"我问。

"什么事情厌烦？"

"给我上课！我是这样一个笨学生！"

"你?"他望着我笑,"如果我每一个家教的学生都和你一样'笨',就好了!"

"你晚上所教的那个学生很聪明吗?"我问。

"唔,"他锁拢了眉头,"非常聪明,太聪明了!"

"怎么呢?"

"举个例子和你说吧。那孩子今年读初一,预先讲明了我是门门都教。初一的课程里有一门博物,你知道吗?"

"嗯。"

"有一天,我用了整个晚上的时间,给他讲一点,什么是雌雄同体,什么是雌雄异体。讲得我舌敝唇焦,然后问他懂了没有,他说懂了。我想出个题目考他一下,题目太深怕他答不出来,就问了一个我认为近乎荒谬的问题。我问他:'人是雌雄同体还是雌雄异体?'你猜他怎么说?"

"怎么说?"

"他想了半天,回答我:'是雌雄同体!'"

我大笑了起来,笑得前俯后仰。我们并肩走入了龙柏夹道的小径。徐中枒说:"我是只身来台的,到台湾时只有十几岁,我来投奔我的阿姨,结果阿姨不收容我。十几年来,我独自奋斗到大学毕业,就靠家教维持。我教过数不清的学生,对于有一种人最深恶痛绝!"

"哪一种人?"

"庸才!"

"可是,世界上的庸才可能超过了天才。我并不讨厌庸才,我讨厌一种人。"

"什么人？"他反问我。

"奴才！"

他笑了起来。"真的，是庸才更可恶还是奴才更可恶？这是个非常有趣的问题。"他深思地说，"庸才不是可恶，而是可厌；奴才才是可恶！"

"你的话也有道理，"他说，"庸才是无用，奴才是下贱。对于无用的人，或者还可以忍耐；对于专门打躬作揖的那种人，倒真是无法忍耐的。忆湄，你想得比我更透彻些。不过，有一种庸才，一辈子在泥潭中滚屎蛋，滚得自己又脏又臭又窝囊，还偏偏要嘲笑那些赤手空拳打天下的人。他们会自命是与世无争，安于贫贱，而把那些肯努力的人称为野心分子，嘲笑他们热衷名利，不够清高！对于这种滚屎蛋的人，我可真看不起。我从不相信，这世界上真有对名利完全无动于衷的人，假若有人肯说他绝不为名利心动，他一定是虚伪！"

"不错，"我同意地说，"我想，那些嘲笑别人的成功的人，只因为自己无法成功，或不肯努力。如果让他们坐在房间里，而名利能从天上掉到他们的头上，不需要他们去争取就能不劳而获的话，他们一定很乐意于接受的！"我凝视他："你该是个'野心分子'吧？"他也凝视着我，那张方正而清秀的脸庞上有种坚毅的神情，是具有强韧的奋斗力的那一种典型。论漂亮，他远不及罗皓皓，皓皓英俊挺拔，还有份潇潇洒洒的味儿。徐中枬却是个标准的脚踏实地、实事求是的人！他并不"漂亮"，他对衣着十分随便，吃东西也马马虎虎，但做起事、教起书来却非常认真。我喜欢看他蹙眉沉思的样子，每当他蹙眉不语时，我总怀疑有多少的"思想"在他脑中"奔驰"。他一定有一个很发达的大脑，每天忙碌地为他工作，满足他那份强烈的求知欲。他望了我好一会儿，眼睛里有种不常见的光芒。

"不错，"终于，他沉着声音说，"你可以说我是一个野心分子，我不自命清高，我将尽我的力量去'干'，去'努力'，去争取我所能争取到的，不管是名或者是利！不过，对于利，我又有我的看法，我不要贫穷，但我也不想成为富豪！只要能做到不虞匮乏，也就够了，多余的金钱是没有用的。假若有五十万就能给你一份够水准的生活，那么，一百万、一千万、一万万和五十万都等于一样。对吗？"

我点点头，问："那么，你对于名呢？"

他的眼睛更亮了，停了很久，才说："我小时候看了一本书，书名叫《英雄与英雄崇拜》，这本书对我的影响很大。我希望自己是个被崇拜者，不愿做个水面上的小泡沫，无声无息地消逝。庸庸碌碌、平平凡凡地过一辈子，是'浪费生命'！我愿成功，愿做个英雄，愿被万万千千的人所崇拜——你会笑我俗吗，忆湄？"

"笑你'俗'？"我问，"不。我欣赏你的'不俗'！"

真的，他俗吗？他是太不俗了！多少人渴望成功而耻于承认，他却直说不讳。何况，我知道他不是个空口说白话的人，他有"野心"，他有"梦想"，他也有"毅力"！而且，只要有"毅力"去"追求"，他就已经握住了成功的一半。

我们走到花坛旁边了，我站住。嘉嘉正唱着歌，优游自在地浇着花。看到了我们，她停止浇花，抬起头来，望着我们痴痴地笑。"花都开了吗，嘉嘉？"徐中枬温和地问。

"花——开了。"嘉嘉傻傻地说，眼睛愣愣地停在我的脸上，仿佛在我脸上发现了什么新奇的东西。她看得那么出神，以至于水壶越提越低，水全流了出来，淌了一地。

我被她看得有些不舒服了，走上前去，微笑地望着她说："你的水壶要流空了，嘉嘉。"说着，我取过她手里的水壶，说："让我帮你浇浇花，好吗？我很喜欢做。"

她似懂非懂地望着我，但她很顺从地让我取走水壶。我提着水壶，高兴地淋着花，一只手挽着裙子，因为水壶上有个漏洞，会把裙子弄湿。看到水珠沾在花瓣和叶子上，迎着初升的太阳光闪烁，我感到一份孩子气的开心。不知不觉地，我一面浇着花，一面唱起歌来——唱的是嘉嘉唱了几千万次的那支被我听熟了的"花非花"。我一直浇到水壶空了的时候为止，放下水壶，我看到徐中枬正带着欣赏的微笑望着我。我回报了他一个微笑，把裙子拉平。掉转头来，我和嘉嘉的眼光接触了。嘉嘉瞪视着我，眼睛里燃烧着一种狂热的光，满是皱纹的面颊上漾起一片红晕，微微地张着嘴。那神情就像一个孩子，看到一件极心爱的东西一般。我有些惊异，走过去，我摸摸她干枯的手说："怎么了，嘉嘉？"她继续狂热地望着我。然后，她突然地"跳"开了，在花丛中轻快地奔着蹦着，时而停下在花丛里采下一两枝花来。接着，她跑回到我的身边，手中举着一束黄色的不知名的小花，这种花显然并不名贵——是种可以随处生长的小草花。她把那束花递给了我，脸上依然红晕而"快乐"，最起码，是接近"快乐"的。

"你——给我吗？"我十分诧异，她把花往我怀里送，那股诚意是不容人怀疑的。我愕然地接过花，点着头说："谢谢你，嘉嘉，非常感谢。"回过头来，我望望徐中枂，他的神态和我同样地大惑不解。我握着花，和徐中枂继续向前面走去，走了好远，我再回头看，嘉嘉仍然伫立在那儿，凝视着我的背影。我把花送到鼻端闻了闻，又举起来看看，疑惑地问徐中枂："你认得这种花吗？"

"我想，它属于蒲公英一类，是草本植物。"他说，"这花似乎是这花园里最不值钱的一种花。不过，它是嘉嘉的宝贝，嘉嘉允许别人采任何的花，却不许人碰这种花。"

"是吗？"我更迷惑了。

"所以，这件事就有些奇怪。"徐中枂深思地望着我说，"嘉嘉显然很喜欢你，才会把她心目里最珍贵的花采下来送你。她今天的表现，是我从来没有看到过的。"

我们走进了小树林，又走到了花棚底下，在花棚下的椅子上，我们坐了下来。我仍然望着那束黄色的小花发呆，那是由五片花瓣合成的单瓣花朵，虽不美丽，看起来却是楚楚可怜的。"可怜的小花，"我说，"它看来不是有些瘦伶伶的吗？那么脆弱的、细细的花茎，好像碰一碰就会折断。"我把花放在我身边的椅子上，沉思了一会儿，说："你认为嘉嘉也有感情和快乐悲哀的吗？"

"应该是有的，"徐中枂说，"可能，她还有潜意识的记忆。"他凝视我，微微咬着嘴唇，眉毛又轻蹙了起来，他的"思想"又在"奔驰"了："我想，她或者很寂寞，没有人肯把她当朋友看待，而你对她表现了友好，她就对你特别喜欢了。事实上，她也是个人，她也有人的欲望、感情和她的一份'思想'。她的世界说不定比我们的世界更可爱。"

"怎么说？"

"她只要花儿开得好，有人供给她吃饭，她就觉得很开心了，很满足了。她没有过分的奢求，也没有失恋啦，自尊啦……种种的烦恼，而且，她还没有知识的负担，她实在比我们快乐，因为她'单纯'！"

"知识的负担？"

"你不觉得知识是人的负担吗？"他微笑地望着我，"知识越多，负担越重，因为知识和思想成了正比。你看，那些劳力者，做了一天工，洗个冷水澡，大吃一顿，倒在床上呼呼大睡，就什么念头都没有了，睡眠就能给予他们满足。一个学问很丰富、思想很复杂的人就不同了，绝不是吃与睡所能满足的。他们的欲望永无了时，他们研究人性，研究科学，研究社会，研究这个那个，弄得自己头昏脑涨。你看，需要安眠药才能入睡的人，一定都是知识分子。"

他的话引起我的兴趣。用手抱住膝，我望着花棚上的紫藤花沉思。他向后仰，把手臂搭在我身后的椅背上，又说："人有两个大负担：知识和感情。"

我蹙眉，凝思片刻。"不过，"我说，"许多人把'负担'这两个字指物质方面，你所说的知识和感情是指那些生活水准已经很高的人，有些人仅仅为了温饱，就够烦恼了。衣食住行会成为比知识和感情更重的负担。"

"你错了，忆湄。"他摇头，"温饱是一件很容易满足的事情。最初的人类，茹毛饮血，一样满足了温饱的问题。几片树叶，一张皮裘，可以解决衣的问题；几枚果实，一些生肉，就可填饱肚子。至于现在的洋房汽车，华丽的服饰，山珍海味，挖空心思的烹调，都是知识和思想的产物。假若没有知识和思想，我们也还停留在茹毛饮血的阶段。"

"那又有什么好呢？"我说。

"又有什么不好呢？"他说，"人人都如此，你会觉得你的生活是理所当然。你只要能猎到野兽，填饱肚子，就别无所求。生活不是单纯得多，烦恼也少得多了吗？最起码，你不必为了考不上大学而担心！也不必为了做不出一道三角证明题而伤心大半天了！"

我笑了起来，把话题从茹毛饮血的时代，一下子拉回到现实，这真是奇妙！三天前，我曾因为证不出一道三角题目而眼泪汪汪，现在竟被他取笑！我噘噘嘴，笑着说："你在笑我了！"

他也笑了，忽然看了看表，大发现地说："怎么搞的？已经快八点了。我们应该面对现实，上课去！你还没有吃早餐吗？那么，快点吃！然后回到课本里去，今天，如果我记得不错的话，第一节就应该补习你最头痛的三角！"

"哦，"我站起身来，伸了个懒腰，懒洋洋地说，"谈得真开心，比上课有意思多了。"我望着他蹙蹙眉头，"你知道吗？中枬，我想你是个心肠很硬的人！"

"为什么？"

"你看，在这样愉快的气氛中，你会要把我关进书本里去！你过分理智，所以，我想你一定是个不重感情的人！"

"是吗？"他微笑着，眼睛亮晶晶的，"关于这一点，你最好晚一点再下结论——等我们认识得更深一些的时候。"

我收集了椅子上的黄花，准备离去。

"你吃过早饭了？"我问，"不一起走吗？"

"我给你十五分钟吃早餐。"他说，"我还可以在这儿看十五分钟的书。"他把膝上的《普通心理学》翻开了。

我拿着花向树林口走去，走了一半，我回头说："你知道吗？我现在真希望是个上古时代的人！"

他盯着我。"可是，我们不是！对不对？"他说，"生活在现在这个时代中，随时随刻，你要和别人竞争。所以，忆湄，做个强者！不要做个弱者！"

我心中怦然而动，望着他，那是张诚恳的期盼的脸，一个"朋友"的脸，一位"良师"的脸！我点头，心中有些热烘烘的。"你放心，"我低低地说，"我会考上大学！"

拿着花，我走上了楼，回到我的屋里，把书柜顶上的花瓶拿下来，取出了里面的玫瑰花，换上那束不知名的黄色小花。当然，这黄花没有玫瑰艳丽，但它上面有着嘉嘉对我的友谊。倚着书桌，我坐了下来，用双手托住下巴，陷进一阵神思恍惚之中。

十五分钟如飞而逝，徐中枬推开门走了进来。

"你吃了早餐吗？"他问，坐在我对面，拿出了三角课本，准备讲书。

"是——的。"我轻声说，"吃得很饱——很饱。"我对他微笑，懒洋洋地翻开了书本。

一个下午，我走进了皑皑的房间。

皑皑正站在窗口，支着画架，在画一张油画。由于房门敞开着，而她正好抬起头来看到我从门口走过，她和我点了点头。我呢，在迁入罗宅的一个多月中，几乎时时刻刻都在找机会和皑皑接近，我太渴望和她做朋友，她的美丽和沉静使我"倾倒"。所以，我毫不考虑地走了进去。

皑皑的房间和我的布置得差不多完全一样，但却比我的房间雅致得多，浅蓝色的窗帘，浅蓝色的灯罩，浅蓝色的床单，桌上还有瓶散发着淡淡的清香的蓝色花束。她垂着一肩黑发，穿着件鹅黄色的薄纱裙子，站在落地玻璃窗之前，那样地飘逸如仙。我站到她身边去，望着她所画的那张画。

那是张以灰褐及红色为主的风景画，画面是一片平原，平原上矗立着几点石峰，石峰间衔着一轮落日。这画面太熟悉了！我怔了怔，皑皑安安静静地说："这是偷你屋里那张画的布局，我喜欢这画面的气氛，苍凉而雄浑。"我恍然。这是以妈妈那张画为蓝本画的（那张画现在正挂在我的屋子中），可是，让我来批评的话，她这张画却有青出于蓝之势。它比妈妈画的那张"活"得多，"生动"得多，那种暮霭卷尽晴空，山色映在夕阳里的味道，比妈妈的更深刻一层。她画完了，退后一步看了看，然后，突然提起笔来，在暮云堆积的天边，学着妈妈的画面一样，加上两只大雁，这雁更有种画龙点睛的功用。我赞叹了一声："你画得真好！"

她看了我一眼，神态是冷冰冰的。"不是自己的构思，有什么稀奇？"她说。

皑皑永远是这样，她好像很难得用一副愉快的面孔和声调和人谈话。碰她的钉子，在我已经不知道是第几百次了。虽然多少有些讪讪的，可是，由于了解她的个性本就如此，也就不再看得很严重。

走到桌边，我没话找话说："你喜欢蓝颜色的花？据说这花的名字叫勿忘我，对不对？"

她盯着我看了好一会儿。"我喜欢蓝颜色的花，是因为蓝色的花最稀少，我不喜欢平凡的东西！"她蹙蹙眉，"至于这花的名字是不是叫勿忘我，我并不是植物学家，弄不清楚！"

我抬了抬眉毛，觉得还是回到自己房里去好些。但她抛下画笔，用油洗去了手上的油彩，转向了我，大眼睛里有抹雾般的朦朦胧胧的光彩，停驻在我的脸上。她在研究我！我仰着头，也望着她，天呀，她是太美太美了！美得让人迷惑，假若我是个男人，我真会不顾一切地来追求她！她沉默了片刻，忽然问："你长得像你父亲，还是你母亲？"

"我想，比较像我母亲。"我说，"你也很像你的母亲。"

"是的，"她说，"不过我宁愿像父亲！"

"为什么？"我问，"你母亲很美，你——更美。"

她看看我，走开去整理画具，泡画笔，收拾颜料。然后说："你仔细看过我父亲吗？他才是真正的漂亮！尤其，他有个性，直而不曲，是棵高大的松树。妈妈呢——"她歪着头，沉思片刻，"是你屋里插瓶的那种小黄花！"

我凝思着皑皑的比喻，确实有几分对，罗教授之苍劲耿直，罗太太的柔韧细弱，这一对夫妇的结合真奇妙。冥冥中不知有没有一个超凡的力量，在安排着人世间一切的一切？

由于我不说话，皑皑也不再说话了，她热心地整理着画笔和颜料——她是个喜欢把所有的东西都弄得井井有条的人。我无聊地倚着桌子，顺手拿起桌上的一本册子，翻开来，是皑皑的速写簿。第一面画着的是罗教授的速写画像，浓眉、虬髯、乱发、怒目，传神之至。第二面是花园的景致。第三面，我注目了好长一段时间，那是个男孩子，宽额、大眼、方正的下巴，坚毅的眼神，这是徐中枬。再看下去，我跳过好几页，翻开来，里面夹着一朵小小的蓝色花朵，空白的纸页上有皑皑娟秀的笔迹，题着几行小字：

> 别揉碎了那花瓣，你知道它上面记载了些什么？
> 别抛弃这抹微蓝，你知道它也有花"心"一个！
> 别告诉我你不认得它，
> 它的名字叫——勿忘我！

我凝视着这几行字和那朵已经压得薄薄的蓝花，深深地沉思起来。就在我拿着册子出神的时候，皑皑忽然一阵风般地卷了过来，劈手夺下了我手里的册子，那对美丽的大眼睛狠狠地盯着我，愤怒地喊："你在做什么？"

"哦，"我一惊，"对不起，我只是随便翻翻。"

"随便翻翻？"她盛气凌人地说，"难道你母亲没有教过你，不能'随便翻'别人的东西吗？"

她那股傲岸的神态和毫不留情的语气激怒了我。我站直了身子，无法控制从我内心深处向外冲的那份怒气，受辱的感觉使我语气僵硬："我母亲教过我许多东西，尤其是，她教我如何爱人和如何做人。她说：'你如果永远对别人微笑，别人不会向你板脸。你如果待人以诚，别人不会报你以怨。只是——要认清人！有一种人是没有心的，他分不出笑脸，也认不出真心！'现在，我才能深切体会我母亲的话！"

她的腰挺了起来，眼光灼灼地逼视着我。好半天，她才点点头说："你有一个好母亲，嗯？她告诉了你，有一种没有心的人，是会以怨报德的，是不是？我想，我们罗家对得起你！"

我的脸蓦地绯红了，我望着她，她可以说得更厉害一些，我了解。这已经是最和缓的说法了，她那份言外之意表现得十分明显："孟忆湄！别忘了你是罗家收容的孤儿！"

泪水向我眼睛里冲，掉转头，我奔向门外，我跑得那么急，以至于一头撞在一个人身上，撞得我的头发昏。那人抱着的一沓书，也全散落在地上。他抓住了我："咦！忆湄，又是你，你好像总是那么急匆匆……"他顿住了，"怎么了，你？"

我用手背擦擦眼睛，如果我要流泪，只能在自己的房间里。挺起背脊，我勇敢地给了他一个微笑，轻声地说："没有，什么事都没有。"

他凝视我的眼睛，温和的眼光一直搜寻进我的眼底，然后，他点了点头，用一种特殊的语气说："慢慢来，我要弄清楚为什么。"

我摇摇头，他的眼光使我迷惑。

"真的没有什么。"我说，弯下腰去收集地上的书本，他也蹲下身子来捡，书本都收集好了，我从地上拾起一样书本里飘落的东西，一件我刚刚才在一个少女屋里看到过的东西——一朵压得薄薄的蓝色小花。

"这是什么？"

"噢！皑皑的花，"他满不在乎地说，"她总喜欢把花朵随便夹在书本里，也不知道是种什么花。"说着，他从我手中取去花朵，不在意地揉碎了，团在手中准备抛掉。

我愣住了，喃喃地，我念着皑皑的句子。


别揉碎了那花瓣，你知道它上面记载了些什么？
别抛弃这抹微蓝，你知道它也有花"心"一个！
别告诉我你不认得它，
它的名字叫——勿忘我！


"噢，忆湄，你在念些什么？"他问，审视着我，"念书使你太疲倦了，是吗？忆湄，你也该散散心，星期六下午我请你看电影，然后，我们可以逛逛街。我一直想——"他诚挚地望着我："买几件漂亮点的衣服送给你。忆湄，你不嫌我说得太坦白吗？"我注视着他，我怎能"嫌"他呢？他的眼神那样诚恳真挚，他的语气那么温柔亲切，眼泪又涌进了我的眼眶，我的视线模糊了。"哦，忆湄，"他有些惊慌地说，"我使你难过了吗？"

"不，不，中枬。"我说，继续仰望他，"你为什么对我好？大家都那样——"我咽住了下面的话。

"有谁让你受委屈了吗？"他机警地问。

"不，不，没有。"

他深深地凝视我。"快乐起来，忆湄，"他鼓励地说，"你不是个多愁善感的女孩子，对吗？我告诉你一句话，忆湄，你并不孤独。"他对我微笑，"我有一个和你类似的身世，但我从没有让悲哀压垮过我。"我点头，离开他，向我自己的屋子走去。

我已不再悲哀，真的，我的内心在唱着歌。

# 第六章

一连串的日子流过去了。

午后，一阵雷雨驱走了不少的暑气。半弯彩虹在树林顶端略现旋收，晚霞接踵涌上，烧红了天、树林、草坪和苍灰色的屋顶。黄昏的景致令人喜悦，雨后的晚风使人心旷神怡。我走出房门，从楼梯顶上向楼下一口气冲下去，嘴里喃喃地背诵着我刚刚正在念的书：

> 天将降大任于是人也，必先苦其心志，劳其筋骨，饿其体肤，空乏其身，行拂乱其所为，所以……

"动心忍性，增益其所不能！"

一个声音帮我接了下去，我抬起头，皓皓正倚在楼下楼梯的栏杆上，胳膊支在扶手上面，托着下巴，微笑着望着我，嘴边带着他所惯有的嘲弄味儿。

"嗨！忆湄，"他说，"你快变成个书蛀虫了。"

我笑了，说："你知道，中枬是个很严厉的老师。"

他的笑容收敛了一下，接着，又笑了起来。把双手抱在胸前，他审视着我说："你和皑皑好像都很服中枬，嗯？不过，也别太用功，年轻人应该有点生气和活力，整天埋在书本里是不正常的。拿你的本性来说吧，我相信你是属于活泼和洒脱的一类——"

"你怎么知道？"我昂起头问。

"我就从没有看到你好好地走过路，不是跑，就是跳，要不就横冲直撞。"

"噢！"我喊了一声，顺势在楼梯上坐了下来，用手托着下巴，不胜懊恼地说，"妈妈常说我不够稳重，看样子我真是无法变成个举止庄重的大家闺秀。"

他嘴角那抹嘲弄的笑意更深了。

"大家闺秀？"他挑了一下眉梢，"不，我知道你的出身并不是富有的家庭，因而，你全身没有一点矫揉造作的气息。你和皑皑就一目了然是在两种教育下长大的，她比你庄重，你比她自然。她文雅，你随便。可是，你猜我欣赏哪一种？"他的眼睛灼灼地照着我，简单地说："你！"

我摇摇头，叹了口气。"我认为，她可爱极了。"我说，"我但愿能学得和她一样文雅，她的举动那么柔和，走路那样袅娜。唉！"我又摇头："我想她本来就是比我高贵些，在本质上。"

"你觉得皑皑可爱？"他问我，"但她身上少了一样东西，你知道吗？"

"什么东西？"

"活力！"他说，"别学她！忆湄，做你自己！"他打量着我。"你自己够美，够好了，我就欣赏你的马虎和随便……"他顿了顿，笑意又染上他的眼睛，"皑皑从来不会坐在楼梯上！"

我从楼梯上直跳了起来。他纵声大笑。

"梯子上有针扎了你吗？"他问，"还是有火烧痛了你的尾巴？你实在犯不着如此紧张！"

我对他瞪瞪眼，撇撇嘴。

"你很会骂人，嗯？"我说，"骂人使你觉得很开心，是不是？"

"确实！"他笑得更高兴了，"慢慢地，让我来教你如何享受这份快乐！"

"或者我并不感兴趣。"

"你会感兴趣，"他说，"我知道，因为你和我是同类！"

我凝视他，他的眼睛闪烁着，粗而黑的头发虽曾仔细地梳过，但仍然桀骜不驯地竖在头上，鼻子中部微微隆起，在相法上没有这种鼻子的人是要掌权的。嘴唇薄而漂亮，我不喜欢他嘴角上的那抹微笑——给人一种压迫感，使人有喘不过气来的错觉。我离开了楼梯，走向门口，推开了通往花园的玻璃门。台阶下的水泥地上，有一双带轮子的溜冰鞋。我抬头望望他，他穿着件运动衫，结实的胸肌挺了出来，他一定刚刚溜过冰，他是个酷爱一切运动的人。

他走近了我，也望着那双溜冰鞋。

"你爱运动吗？"他问。

"是的。"

"会不会游泳？"

我点点头。

"星期天请你去碧潭游泳。"他说，走下了台阶，"溜冰呢？行不行？"

我摇摇头。

"下来，试试看，这是一学就会的！"他命令地说。

我情不自禁地走了下去，溜冰的引诱力对我是太大了，我久已想学会溜冰，只是没有机会。台阶下面有一方并不太广的水泥地，由于刚刚下过雨，水泥地上依然是湿润的。走下台阶，他拿起一只溜冰鞋，望着我说："坐下吧，穿上它！"

我略事犹豫，就在台阶上坐了下来，他的眼睛里飘过了一抹难以觉察的微笑，我知道他在笑我刚刚从楼梯上跳起来，现在又席地而坐。可是，我顾不得他的嘲弄，学溜冰的兴趣使我什么都不管了。他蹲下身子，帮我系上溜冰鞋说："先用一只脚试试，慢慢来，别贪快，站起来！"

我站了起来，试了试，重心全无，东倒西歪，赶快使用另一只没有穿溜冰鞋的脚支住身子。几度尝试，都不能成功，总是才要滑开，另一只脚就来帮忙了。他抱着手看了我一会儿，把我拉到台阶旁边，不耐地说："我看你笨得很，嗯？坐下来！这样子不可能学会，只好用强制的办法了！"说着，他把另一只溜冰鞋也帮我系上了，笑着说："失去了倚赖，你就该站得起来，走得稳了！"

"嗨！可别开玩笑。"我说，"我对摔跤不感兴趣！"

"那么，你就尽量维持不摔跤吧！"他说，不等我再表示意见，就捉住了我的双手，把我从台阶上一把拉了起来。我惊呼一声，抓紧了他不放。脚下的四个轮子一经接触地面，好像就非工作不可，发神经似的转了起来。我的身子向前冲，整个地面在我脚下如飞地后退，我紧紧地握住他的手，嘴里乱七八糟地喊："这算什么玩意嘛？你简直开我的玩笑！这样不行！哦呀呀，我要摔了！不行了，不行，马上要摔——"

我喊着，他却充耳不闻，非但不理睬我，反而用力挣脱了我的拉扯，抽身退向了一边。我一失去了倚靠的力量，就像个火力十足而刹车失灵的火车头，对着前面横冲直撞地滑了过去。他站在一边，抱着手臂喊："减慢你的速度！重心放匀，如果两脚分驰，就赶快抬起一只脚来……"天知道如何"减慢速度"，又如何"放匀重心"？不过，我不想摔跤。出于一种防御的本能，我尽量去维持身体的平衡，举着双臂，胡乱地划着空气（我可怜的手！它大概渴望能帮助我那不听指挥的脚），可是，我的努力仍然是白费了。我听到皓皓的一声高呼："小心！忆湄！你要冲到水泥地外面去了！试着用脚尖的两个轮子！左脚提起来！嗨！忆湄，小心……哦，天哪！"

随着他的呼喊，我这只控制失灵的火车头，早已冲离了水泥地面，糟是糟在才下过雨，水泥地外，正有个积满了雨水的泥潭，我向任何一个方向冲都好一点，我却不偏不倚地冲向了这个泥潭。就在皓皓那声"天哪"的同时，我连是怎么回事都没弄清楚，只听到"扑通"的一声水响，就发现自己端端正正地坐在水潭的正中了。两只手朝后插在水潭的泥泞里，穿着溜冰鞋的双脚惊人地伸展在水面。

皓皓赶了过来，弯着腰看我，他的眉梢挑得好高好高，我相信我的眉梢也挑得同样的高。他的眼睛瞪得又圆又大，我相信我的眼睛也瞪得同样的圆和大。我们就这样相对注视，彼此挑眉瞪眼。接着，他就纵声大笑了起来，他笑得那样开心，使我怀疑他是把一生的笑集中在这一次里来笑了。他的笑声还没有停，我看到有人大踏步地向我们走了过来，我抬起头，是罗教授！他俯视着我，高大的身形像一座山，把阳光都遮住了，他那炯炯有神的眼睛从乱草似的毛发中射出来，稀奇地瞪着我。他一定以为他的视觉有了毛病，因为他用手揉了揉眼睛，把眼眶张得更大了一些，再仔细地看了我一遍——从我的头发到我的脚尖，全都看到了，喉咙叽里咕噜地发出一连串听不清楚的诅咒。然后，他从鼻子里哼了一声说："唔，忆湄，我不认为你这样坐在水潭中会是件很舒服的事。"

"嗯，"我不住地点着头，喃喃地说，"确实。我也不认为这是件舒服的事。"

"而且——也颇不雅观。"他蹙眉，摇着他那巨大的头颅。

"确实——颇不雅观。"我说，一个劲儿地点头。

"好，"他停止摇头，摆出一副研究问题的面孔来，"那么，你坐在这儿干什么？"

"哦，我——"我张大眼睛，困难地咽了一口吐沫，举了举我穿着溜冰鞋的脚，说，"唔，是这样，假若你的鞋子底下装上几个滑溜溜的轮子，就很容易——造成这种局面。"

他的眉毛蹙得更紧了，微侧着头，他凝视了我的脚好几秒钟，终于点了一下头，似乎接受了我的理由。用手揉揉鼻子，他忍耐地问："那么，你预备在这水潭中再坐多久？"

"哦，"我用舌头润润嘴唇，"实在一秒钟都不想坐了——假如你肯拉我一把的话。"

"好吧！"他慷慨地说，向我伸出一只手来，"把你的手给我！"我费力地从泥泞中拔出一只手来，当然，这只满布污泥的手是相当"漂亮"的，他望着我这只手瞪眼睛，我想，他一定十分懊悔他的"慷慨"。但，他仍然勇敢地来救我了。一把抓住我的手（天哪，他那只巨灵之掌是那么有力和可怕），他用力一拉，我的身子腾空而起，水淋淋的裙子在空中洒下不少水点。我的手臂几乎被拉得脱臼，痛得我直咧嘴。可是，接着，我就发现情况不大对，一经脱离水潭，我习惯性地用脚去支持体重时，才发现那两只要命的溜冰鞋仍然在我脚上。我的脚刚接触地面，那几个该死的轮子就又开始发疯地旋转，我无法控制地向前滑去，冲过罗教授身边，如箭离弦般"射"了出去。我听到罗教授大出意外的咆哮的诅咒："这这这这——算什么鬼花样？"

同时，一直采取旁观态度的皓皓爆发了一场可惊的大笑。我就在他们父子二人一个的诅咒声中，一个的大笑声里，手舞足蹈地横冲直撞。我再也顾不得罗教授的观感，只能用全力去维持身体的平衡，因为，我实在不愿再表演一幕摔跤。但，就在我惊险万状的"冲刺"中，有人推开饭厅的玻璃门，走下了台阶，我眼花缭乱，大叫着说："当心，我——来了！"

说完，就砰然一声，撞进了那人的怀里。那人出于本能，一把捉住了我，我定睛细看，是徐中枏！他正痛得蹙眉咧嘴，用一只手揉着肩膀，呻吟着说："天哪！忆湄，你是火箭炮吗？"

我趁势在台阶上坐了下去，第一件事，是把那害人的鞋子解了下来。皓皓向我走过来了，他已经收住了笑，可是，难以控制的笑意仍旧布满在他的脸上。俯下头，他审视着我，那可恶的嘲谑的眼神！我怒气冲冲地把一双溜冰鞋对他砸过去，愤愤地说："你很开心吧，罗先生？我想，你对于捉弄我很感兴趣，是不是？嗯？"

他继续注视我，笑意逐渐从他脸上消失了。那对漂亮的眼睛亮晶晶地盯着我，闪烁着一种特殊的光芒。弯下腰，他收拾起地上的溜冰鞋，对我安安静静地说："忆湄，你已经抓住溜冰的诀窍了，你今天短短几分钟里所学会的，比别人学了很久的都强了。"

他深深地凝视我，顿了顿，又说："聪明点，忆湄，别狗咬吕洞宾！"说完，他跨上了台阶，准备离去。我呆呆地坐在那儿，泥污的手埋在我泥污的裙子里，眼睛瞪着前方，莫名其妙地发起愣来。

"皓皓！站住！"猛然间，一声大吼使我一震，我抬起眼睛，罗教授正气势汹汹地大踏步地跨了过来。

"干什么，爸爸？"皓皓从台阶顶端回过头来，用一副挑战的神情望着他的父亲，"我又拔了您的虎须吗？"

"我向你警告，皓皓！"罗教授吼着说，"你在外面胡闹我不管，你在家里——给我放安分点！"

"我怎么不安分了，爸爸？"皓皓问，那对酷似他父亲的眼睛是任性而不驯的。"你不愿我教忆湄溜冰吗？"他望了我一眼，眼睛里又恢复了他惯常的嘲谑的味儿。我不知他是在嘲谑我，还是嘲谑他的父亲。一个微笑飘过他的嘴边，他慢条斯理地说："不过，爸爸，我高兴你终于发现了一个你所欣赏的女孩子了！"说完，他不再回头，就推开玻璃门走进了饭厅。

这儿罗教授像座喷了一半的火山，兀自站在那儿"冒烟"，鼻子里不住地出着气，喉咙里也不停地叽里咕噜地咒骂。好半天，他忽然发现了坐在台阶上的我，那未喷完的一半火就全对我喷了过来，他指着我的鼻子，暴跳着说："好！忆湄！你这是什么意思？"

我愕然地瞪着他，天知道！我才不懂他是什么意思呢？他不等我答复，又叫着说："我告诉你，忆湄，除了书本，你不许对任何东西有兴趣！你住在我家里，就要听我安排！否则……"

他的话没讲完就咽了回去，在喉咙里化为一声模糊的咒语，然后，他又恶狠狠地瞪了我一眼，怒气未息地走进他的书房里去了。我坐在台阶上，胳膊支在膝上，双手托着下巴，怔怔地凝视着暮色渐浓的花园。有人轻轻地拍了拍我的肩膀，我侧过头去，是徐中枂，他正和我一样坐在台阶上。

"好了，"他说，"告诉我，这是怎么一回事？"

我摊了摊手："就像你所看到的。"

他注视我，微笑了起来："忆湄，你猜你像什么？"

"像什么？"

"马戏班里的小丑！"

"噢！"我轻呼了一声，看看自己泥泞的手，相信这手上的污泥涂到脸上去的一定不少。从台阶上跳了起来，提着湿漉漉的裙子，我说："我要赶快去刷洗一番！"走上了两级台阶，我又站住了，回头说："中枂，你认为大学是不是必须应该念的？"

"怎么？"

"我——"我咬咬嘴唇，"我不想考大学了。"

"为什么？"他盯着我。

"我想离开这儿。"我轻轻地说。

中枂走上来，站在我面前，把他的手压在我的肩膀上，平静地说："你应该考上大学！忆湄。你穷苦、孤独、无依，所以，能力和学识对于你比什么都重要，人生是很现实的，你懂吗，忆湄？"我望着他，慢慢地点了点头。我懂了，懂的比他告诉我的还要多。是的，我穷苦、孤独、无依，所以我更要充实自己，更要在这芸芸众生中谋一席之地！我回转头，缓缓地走进室内，跨上楼梯，沉思地向我自己的房间走去。

推开房门，我愣住了，罗太太正站在我的房内，仰视着墙上那张我和妈妈爸爸同摄的全家福。她的头发整齐地梳着髻，一件白色长裙飘然地披挂在她瘦骨支离的身子上，微仰的头和定定的眼神，有棱角的尖下巴和秀气的颈项……整个的人和姿态，都像一座蜡像馆陈列的蜡像。

我走进屋内，关上房门。我的关门声惊动了她，回过头来，她呆呆地望着我，有如我是个突然撞入的陌生人。

"罗伯母。"我对她点头，微笑。

她继续凝视我，默然不语，我走到她身边，也望了望那张照片，解释地说："这张照片是我六岁那年照的。你看我的样子多滑稽，是不是？妈妈常说我小的时候长得像只猫，有一张猫脸，就是没胡子。"我笑了，但是她没有笑。她盯着我，忽然间，她用手捧起了我的脸，拂开我额前的短发，仔细地注视我。她那对又大又黑的眸子那样深沉，那样美丽，她的神情那么落寞而萧索，我被她的目光所震慑了。她对我审视得很细心，也很温柔，就如同以前罗教授审视我一般。然后，她发出一声深长的叹息，低低地，喃喃地，自语着说："皑皑。"

"皑皑？"我疑惑地问，"您要皑皑来吗，罗伯母？"

"不。"她轻声说，牵住我的手，走到床边坐下，让我站在她的面前。她又是一声叹息，幽幽地说："六岁的时候，你过得很快乐吗？你父亲是怎样的一个人？"

"哦，我记不清了，他戴眼镜，是个中学教员，妈妈说他是个老实人，是个书呆子。我想，他一定很好很好。"

她抚摸我的手臂："他怎么死的呢？"

"肺病。"我轻声说，"我们太穷了。"

她似乎战栗了一下，把我的手握得很紧很紧："你们一直很穷吗？"

"是的，"我说，"要不然，妈妈或者不会死得那么快，最起码，可以多拖两三年，假如能用镭锭治疗，再开一次刀，或者送到美国去。但是，我们太穷了。"

她战栗得更厉害了，由于她太重地拉着我，我就身不由己地弯下身子，干脆坐在地板上，依偎在她膝前，仰视着她。在这一瞬间，我觉得和她之间的生疏感消除了不少，竟然"几乎"觉得我们在逐渐亲切起来。她又拂开我的头发看我，颤抖着嘴唇说："可是，你好像——"她眉梢轻蹙，眼睛里有着困惑和不解："很快乐，你的性格并不忧愁。"

"是的，我从小就不忧愁，妈妈叫我忘忧草。"

"忘——忧——草。"她一个字一个字地念，"你妈妈呢？她也不忧愁吗？"

"不，"我叹息，"也常常忧愁，但她总是面对现实，她是个很强的女人。"

她不说话了，呆呆地望着我，大眼睛里逐渐升起一层朦胧的薄雾，接着，薄雾凝聚，而泪光莹然了。我骇异地跳起来，生怕她又像上次那样发病。但，她拍了拍我的手，柔弱而温和地说："你不要怕我。"

"不。"我不知所云地说。

"我——"她轻轻地说，"不会伤害你。"

"不！"我虚弱地重复了一句。

"她是个好人，"她说，怕我听不懂，她又加了一句，"我是说你的母亲。"一滴泪滴在我的手上，她不胜哽咽地说，"她是个好人，那么好……"又是一滴泪坠落了下来，我震惊地喊："罗伯母！你别伤心！"

"我不是伤心，"她神思恍惚地说，"有'心'的人才会伤'心'，没有'心'的人从何伤'心'？我是个没有'心'的人！我不会伤心，你懂吗？我不会伤心！"

一连串的泪珠跌落而击碎了。

我不知所措地望着她，完了！她一定又发病了，为什么每次她在我面前就要发病？是我身上有什么足以刺激人的东西吗？她瞪视着我，继续着她的呓语："并不是世界上每个人都有心，这世界上有一大部分人是没有心的，还有一部分人没有灵魂，我最糟糕，因为我又没有心又没有灵魂，我只有躯壳……一个无用的、可憎的躯壳……"

我瞠目结舌，正在心慌意乱之际，房门猛地开了，罗教授乱草似的头颅伸了进来，我得救地喊："罗教授！"

罗教授大踏步地跨进来了，一眼看到正在垂泪的罗太太，他似乎比我更心慌意乱，他抓住了罗太太的肩膀，轻轻地摇撼着她，一迭连声地说："怎么了？怎么了？怎么了？"

"哦！"罗太太轻轻地呼出一口气，把头倚在罗教授的胸膛上，宁静而柔弱地说："什么事都没有，我在和忆湄谈话。"

"是吗？"罗教授问，挽着罗太太，轻抚着她的肩膀，像个溺爱的父亲在安慰他撒娇的小女儿，"但是，为什么要流泪呢？"他的声音那么温柔，温柔得可以滴得出水来。"为什么呢?"他猛地抬头望着我,声音突然地粗鲁了,"你说了些什么,忆湄?"

"我?"我愕然,"我没说什么。"

"你一定说了什么!"罗教授跋扈地说。

"噢!"罗太太叹息地说,"你别对忆湄那么凶,她——是个好女孩。"

"哦,哦,"罗教授忙乱地应着,"我不对她凶,她是个好女孩。"

"你对她太凶了,"罗太太又是一声叹息,"你要好好地待她。毅,好好地待她!"她把头扑在罗教授胸前,哭泣了起来。

"哦,哦,"罗教授手忙脚乱,"你别哭,雅筑,你别哭,我不对她凶,你看,我对她那么好。"

罗太太收住了眼泪,罗教授试着把她牵起来,揽住她走出了我的房间。我站在房子当中,目送他们依偎着走出去,心底恍惚迷离。他们的影子消失了,我仍然愣愣地站着。有一种奇异的感觉,感到自己正被一些难以描述的东西所包围着,那东西正像从窗口涌进的暮色一般:混沌、朦胧,模糊而神秘。

# 第七章

又是个月明之夜！我在花园中缓缓地踱着步子，看着我的影子和花影乍合乍分，闻着绕鼻而来的花香，心情恬静而愉快。弄了一整天的英文片语，那些习惯用法的介系词使我头脑发胀，我高兴让这夜风来涤清我脑中的英文语法及规则。

月亮圆而大，悬挂在小树林的顶端。我在花坛边摘了一朵金盏花，中间凹下的花心和那四面伸展开的花瓣真像一只金色的酒杯。我把花朵对月亮举了举，孩子气地说："举杯邀明月，对影成三人！"

回过头去，我望着月光斜斜的地面，找寻自己的影子。不错，我的影子正颀长地投在地下。短发零乱的头和长长的睡衣，全像复版印刷般投射在地面上。我的目光从自己的影子上移开，猛然间，我觉得心脏往下一沉，接着冷气由心底向外冲，而全身的皮肤都冒起了鸡皮疙瘩。地上不止我一个人的影子！在距离我两三码外，另一个人影也清晰地印在地面上，长衣，长发，是个女性！

　　我愣了两三秒钟，那影子一晃，倏然消失。我迅速地抬起头来，夜风低回，花树迷离，四周没有一个人！我本能地退后了两步，这才发现，我正停留在小树林的外面。自从知道树林中有闹鬼的传说后，我一向避免在晚上走近这树林，今夜是什么鬼促使我走近了它？我回转身子，向屋子的方向走，不管我所看到的影子是人是鬼，我决定还是避开为妙。

　　"唉！"一声深长的、绵邈的叹息随着夜风传进我的耳鼓，我的汗毛跟着这声叹息一起直立了起来。我停住，侧耳倾听，下意识地想着："是皓皓，他又来和我开玩笑了！"于是，我鼓足了勇气，猛然回头，我的目光迎了一个空。月光凄白，花影满园，飒飒的风声中杂着蟋蟀的低鸣。我的背脊上凉飕飕的，发根都冒着冷气，重新举步，我不由自主地加快了步子。

　　"唉！"又是一声叹息，我已清晰地辨明是发自树林里，而且，这是个女性的声音，带着微微的震颤，深沉、幽冷而凄迷。我的心脏狂跳了起来，恐怖感迅速地征服了我，我的四肢冰凉而冷汗涔涔了。一当恐怖的念头滋生，就觉得四周都阴风惨惨，树影花影，全变成了鬼影幢幢。放开脚步，我由快步的行走转为狂奔，奔跑中，我敏感地感到四周都是叹息声，我幻觉有个披头散发的吊死鬼正紧跟在我的身后……我一口气奔上台阶，窜进了饭厅里，明亮的灯光温暖地迎接着我，我停住，望着那被关在玻璃门外的夜色和月光，长长地吐出了一口气。"咳！"一个声音在我身边响起，我倏然一惊，掉过头来，是披着一肩柔发的皑皑！我把手压在心脏上，我想，从衣服外面都可以看到我心脏的跳动。摸到一张椅子，我身不由己地坐了下来。皑皑瞪视着我，问："你怎么了？你的脸色那么白！"

"哦，没有什么。"我摇摇头，仍然不能控制自己微颤的声调。但我不愿让皑皑他们笑我的胆怯。而且，那人影啦，叹息啦，也可能是出自我的幻觉。

"你到哪儿去了？"皑皑问，研究地望着我。

"树林边。"我轻轻地说，回视着皑皑，想看看她的反应。对于鬼的传说，她知道几分？

"你去树林边？"她睁大了眼睛，"你看到了什么吗？还是听到了什么？"

"有一个女人的影子，长头发，长裙子。但是，我没有看到人，只听到叹息的声音。"

皑皑看来毫不惊奇，她点了点头，说："是她。"

"是谁？"我问。

"那个吊死的女人。"

"不！"我直觉地抗议，"我想那不是鬼，那是人！"

"人？"她对我冷笑，"是哪一个人？这屋子里只有两个长头发的女人，我和妈妈，我在这儿，妈妈在楼上，那么，她是谁？"

我打了个冷战。"你也见到过吗？"我问。

"没有。"她摇头，"李妈说常常听到她叹气。不过，我相信鬼魂，我知道她在那儿——在树林里。她一定死不瞑目，月光下，是她徘徊的好时光。"

"你们都相信她的存在？"

"当然爸爸不会相信。五年前，我们刚来台湾，爸爸想买一幢有花园的大房子，刚好这栋屋子贱价求售，爸爸就买下来了。后来才知道，卖得如此便宜，就因为它闹鬼。但是，爸爸斥为无稽之谈。"

"这个女人——为什么要上吊呢？"

"谁知道！"她耸耸肩，"听说因为她的丈夫爱上了别人，总之，是为了恋爱吧！"我沉思地望着窗外，想象着那因情而死的女人，回忆着我所听到的叹息和我所见到的黑影，不禁又接连打了两个冷战。如果那真是一个鬼魂，天知道她会做什么？她是不是也有思想和欲望？她是不是有作祟人类的能力？再有，她也有形体吗？否则，怎会有黑影？

"你怕吗？"皑皑问，凝视着我，她冷静的脸上有一丝微笑。我隐隐地感到，她似乎因为我的胆怯而觉得开心。

"有人说，"她又开口了，"吊死的鬼魂是无处可以栖身的，那么，这个鬼魂可以在黑夜中到任何地方，例如现在，她可能就在我们的窗子外面。"

我从椅子里站了起来，静静地回视她。

"你想吓唬我吗，皑皑？"

"别告诉我你不害怕，"她冷笑着说，"我知道你已经害怕了。你玩过一种游戏吗？叫作请碟仙。"

"我听说过，"我说，"是不是用一个盘子，倒扣在一张纸上，碟子上画上箭头，纸上写满各种不同的字，然后由三个人各用一个手指顶在碟子上。请来了碟仙，碟子就会自己移动，可以问各种问题，碟子停止时，箭头所指的字，就是答案，对吗？"

"不错。"她点头，"有一次，我曾经和哥哥还有中枂，一起请碟仙，我们把这位女鬼请来了。"

"真的吗？她说了些什么？"

"她用箭头指示了四句话。"

"四句什么话？"我的兴趣提了起来。

皑皑注视着我，大眼睛乌黑深邃而清亮，她停了片刻，幽幽地念出四句话来："魂魄缥缈，无处可依，欲寻旧情，唯恨绵绵。"

"真的？"我问，"这有些叫人难以置信！"

"你不信吗？你可以问中枂，那天晚上在下雨，我们就在这间屋子里请的，围着吃饭的桌子，彩屏在一边侍候我们。我做的祷告，她来的时候，先有一阵阴风，门窗全都格格作响，彩屏吓得发抖……"她的话没说完，一阵风吹来，窗棂摇撼作声，那两扇玻璃的弹簧门被吹得开合不止。我惊跳了起来，瞪视着一无人影的门口。皑皑笑了，安静地说："你怕了，是吗？别在意那风，报上登过，今年的第一个台风已经接近本省了。"

说完，她转过身子，向楼上走去，我不愿单独停留在这间空荡荡的饭厅里，尤其刚刚那阵风来得怪异，我竟怀疑那鬼魂已经走进了这房间。紧跟着皑皑，我也上了楼。我和皑皑在我的房门口分手，我觉得皑皑望着我的眼神有些特别——带着几分轻蔑和嘲弄。关上房门，我坐在床沿上，才忽然想起，假若今晚我所看到的黑影是皑皑呢？长发，长裙（皑皑穿着的是件长的睡袍），她的哥哥曾经吓过我一次，她为什么不可能也吓我一次呢？她尽可以装出几声叹息，然后从柏树夹道的小径走进罗教授的书房，再从书房走到饭厅，先我一步抵达，再装作什么都不知道的样子。可是，她又为什么要吓唬我呢？目的何在？她并不像她哥哥那样爱开玩笑，而且——她不是个工于心计的人，我可以肯定这一点。那么，我今晚所见到的真是鬼吗？真是那个上吊而死的女人的阴魂吗？

一阵冷风吹在我的脖子上，我再一次惊跳，窗子被风吹开了，我站起来，走过去拴好了窗子，把上下的铁栓都扭紧了。拉严了窗帘，我躺上了床，该睡了。但，今晚的遭遇和那些关于鬼魂的谈话使我了无睡意，恐怖感仍然在心头盘踞未泯。我拿起一本中国历史，翻开来，找到近代史部分，喃喃地念："民国二年，公元一九一三年，国会成立，巴西诸国承认中华民国，正式政府成立，是年，宋教仁被刺于上海车站……"我伸手灭掉了床头柜上的台灯，嘴里依旧不停地背诵着民国二年的大事。宋教仁被刺于上海车站，被刺于上海车站，被刺于上海车站……恍恍惚惚，朦朦胧胧，我似乎是睡着了。我睡得非常不安稳，在枕上翻来覆去。我看到一列列的火车，看到一个男人倒卧在血泊里，而我就站在他的身边，一群人对我包围过来，叫嚣地喊着："捉住她！她是凶手！她是凶手！"

有人扭住了我，我挣扎，狂叫，嚷着说："我不认得他，根本不认得他！"

那个地上的男人把一张血污的脸抬了起来，瞪视着我，凸出的眼睛恐怖阴沉，他说："你不认得我吗？我是宋教仁！"

我在枕上翻身，拥紧棉被，甩了甩头，宋教仁？宋教仁被刺于上海车站！我知道我在做噩梦。上帝！请给我安眠！我把头深深地倚进枕头里，又睡了。

我又开始做噩梦，冰天雪地里，我一个人在一大片荒漠中行走，有很好的月亮，但是非常冷。冷风对着我的脖子吹，我走着，不断地走着，却走来走去都离不开那一片荒漠。风使我颠踬，我跌倒，又爬起来，然后，我看到一个披头散发的吊死鬼，一张惨白的脸，拖出来的舌头，脖子上套着一个绳圈……她向我迫近，我躲避着，扭曲着身子，心底依稀仿佛还有些明白自己是在做梦，而竭力想让自己清醒。但，她捉住了我，她冰冷的、只有骨骼的手指掐住了我的脖子。我挣扎，她的面孔向我迫近，对着我的脸吹气，冷冷的气息吹在我的脸上，脖子里。她的手指触摸到了我的面颊，我发狂地叫，挣扎，扭曲……蓦然间，我听到风把窗子吹得碰到墙上的声音，"砰砰"的响声单调而重复地响着，我曾关好窗子，何处来的风？我一惊，醒了。首先，我感到的是一只手，一只真真正正的手，正在我的面颊和脖子间游移，冷冷的手指在摸索着。我蠕动身子，潜意识中在告诉自己："我还没有醒，我还在做梦，还在做梦……"

我又听到窗子的声音，一阵风扑在我的面颊上，凉意使我一震！那只手！真的有一只手！我吃力地张开眼睛，触目所及，是敞开的窗子和月光，我把眼睛移向床前，一刹那间，我的血液凝住，浑身冰冷，一个披着头发的女人，正用手探索着我的颈项！我闭上眼睛，发出一声尖锐的狂叫。

那只手倏地缩回了，而我狂叫不止，蜷缩在棉被中，我只能一声又一声地狂叫，我的叫声在寂静的夜色里传播，使我自己恐怖，于是，我叫得更厉害。接着，有人冲进了我的房里，电灯开关被摸着了，顿时满屋大放光明，我睁开眼睛。首先，我看到那个仍然站在我床前的女人——披着长长的头发，穿着件白色的绣花睡袍——是罗太太！她挺立在那儿。看来是被我的叫声吓住了，目瞪口呆地望着我。

"怎么回事？发生了什么？"冲进来的人是徐中枬！穿着睡衣，他惶惑地站在屋子中间，然后，走廊里脚步零乱，所有的人都拥进了我的屋里，包括：罗教授、皓皓、皑皑和随后又进来的彩屏。大家都紧张地询问着："怎么了？什么事？"罗教授的头伸了过来，咆哮地喊："忆湄，你发了神经病吗？"

我从床上坐了起来，拥着棉被，仍然浑身抖颤，过分的恐怖之后，又被罗教授不分青红皂白地抢白，我又气又急又委屈，鼻子一酸，眼泪就夺眶而出。我依旧不能控制自己的战栗，哭泣着，我喊："罗伯母，你为什么要吓我？你们为什么都要吓我？你们全体！"我想起树林外的黑影和上次皓皓的恶作剧。"你们欺侮我，你们拿我寻开心！你们捉弄我！"我把脸埋在手心中，痛哭了起来。

"喂喂，这到底是怎么回事？"罗教授不耐地问，喉咙中又开始了他那惯常的诅咒，"谁欺侮你了？"

"罗教授，您慢慢地问她，看样子她是真的受了惊吓！"说话的是徐中枏，他走到了我的床前，我抬起头来，他那诚挚的眼睛正和煦而同情地凝视着我，然后，他的手压在我的肩膀上，那是只多么温暖的手！我的战栗停止了。他沉静地说："忆湄，你做了噩梦？"

我望望罗太太，俯下了头。

"是罗伯母，"我轻轻地说，"她使我吓了一跳，我……我……我没有想到她会半夜里站在我的床前面。"我已经逐渐平静了下来，而为我所造成的这个"轰动"的局面感到惭愧："我抱歉——惊动了大家。"

"好吧，雅筑，"罗教授把声音放柔和了，问，"你在这儿做什么？"

"我……"罗太太有些嗫嚅，同时也显得有些茫然，她抬起那对美丽的大眼睛，困惑地望望罗教授，又望望我，轻声地说："我只是要看看她——有没有盖好棉被？"

我注视着罗太太，那长睫毛掩护下的一对眸子是深不可测的，她真那么关心我吗？我不相信！她的睫毛扬起了，我接触到她坦白而真挚的眼神，在这一刹那，她看起来又是那样诚恳而无邪。几乎像一个孩子的眼睛，她低声地对我说："我没有想吓你，忆湄，我不知道会惊吓到你。"

我觉得狼狈而不安，结结巴巴地，我说："是……是我不好，我……没弄清楚，就……大叫大闹，我真……真惭愧。"

"好了，没事了，是不是？"罗教授问，挽住了罗太太，"那么，我们走吧，雅筑。"

罗太太看来和我一样懊恼，依偎着罗教授，她怯怯地说："我很抱歉，毅。"

"好了，没事了，别放在心上！"

罗教授和罗太太走了出去，皓皓大踏步地走过来了，他发亮的眼睛笑嘻嘻地望着我，嘲谑的味道更重了。看样子，他十分为我的受惊而高兴，站在我的床边，他伸手揉了揉我的满头短发，笑着说："你也会'害怕'，忆湄？"

"恐惧是人类的正常反应。"我噘着嘴说，"半夜三更发现有一只手在你脖子上蠕行，总是怪可怕的，何况你们罗宅又是幢——"我把下面的话咽下去了。

"又是幢鬼屋，对吗？"皓皓插嘴进来说，对我点点头，"你既然不相信鬼，为什么又要怕呢？"

"天知道！"我喃喃地自语，"人有的时候比鬼更可怕！"

徐中枥转过头来盯着我看，我相信只有他听清楚了我这句话，他的眼睛是深思的，研究性的。皓皓俯身看我，给了我一个安慰的笑，这一刻，他眼睛里没有嘲谑了。拍了拍我放在棉被上的手，他像个兄长般说："好好睡，别再疑神疑鬼了，明天我去买一座钟馗的塑像送你，你就可以安安稳稳地睡到大天亮了！"

我扑哧一声笑了出来，皓皓高兴地说："终于看到你笑了，你笑起来非常美。中枥，你同意我的话吗？"

他斜视着中枥，中枥迎着他的目光，眼睛却并不十分友善。我听到有人轻轻地冷哼了一声，我看过去，皑皑正悄悄地退了出去，彩屏也不知何时早已走了。

中枬把眼光从皓皓脸上掉到我的脸上，从容地说："晚安，忆湄，睡吧，天已经快亮了。"

他又望着皓皓，眼睛里带着抹挑战的光："你怎样？如果有兴趣，我们冲一壶咖啡，下两盘围棋，怎样？到我屋里去，可以下到天亮，如何？"

"赌东道吗？"皓皓有兴味地望着他。

"当然。""好吧，走！"他们一起走向门口，这两人是棋仇！围棋的程度是势均力敌。到了门口，中枬又伸进头来，深沉地注视着我，慢吞吞地说："再见，忆湄，假若我是你，我会锁上房门睡觉。"

"你以为我们家里有贼，会把忆湄偷走吗？"皓皓从鼻子里哼了一声说。

"谁知道呢！"是中枬的声音，他们已经走了出去，关上了房门。我继续坐在床上，用手抱着膝，凝视着花园里的月光，我知道，这夜是不可能再入睡了。

第二天早上，中枬带着一副疲倦的神色来给我上课。坐定了之后，他用手揉揉额角，看来精神很坏。我问："不舒服吗？"

"下棋下得太伤脑筋。"他说。

"输了？赢了？"我问。

"第一盘他输了，第二盘我输了，第三盘居然和了。"

"你们赌什么呢？"我问。

他盯着我看，然后，低下头，翻开书本，说："反正，我们永远赌不出输赢来，如果真问我们在赌什么，我只能告诉你，赌气而已！"

"你们不和吗？"我问，"你不喜欢皓皓？"

"你喜欢他？"他反问我。

"是的，"我坦然地说，"我欣赏他！欣赏他的那股满不在乎的味道和他那些稀奇古怪的理论！和他在一起，你永远不会觉得沉闷，他总有那么多用不完的急智。"

"不错，"他用奇异的声调说，"他是非常聪明的。"用手托着下巴，他凝视着我好半天，才静静地说，"现在，告诉我，昨天夜里到底是怎么一回事？"

我望着他，然后，我把昨晚树林边的散步，黑影，叹息，和皑皑的谈话，一直到午夜的梦，敞开的窗子，风，摸索着我的冷手，以后我的惊醒和尖叫，完完全全地述说了一遍。他非常仔细地倾听。我说完了，他又沉思了片刻，才抬起眼睛来，安静地望着我说："忆湄，你记住：第一，世界上没有鬼魂！第二，任何事情，必须找一个合理的解释。据我看来，树林边的人影和叹息可能是出自你的幻觉，至于罗伯母走进你的房间，这与她的精神病有关……"他锁眉沉思，在椅子上不安地欠伸一下身子，似乎有什么使他想不通的问题在困扰着他，然后，他咬了一下嘴唇说："不过，忆湄，从今后，锁上房门睡觉！"

我不安了，担心地望着他："你怀疑什么吗，中枢？"

"我？"他笑笑，故意做出不在乎的样子来，"什么都不怀疑！这家庭那么单纯，你也那么单纯，有什么可怀疑的呢。来，我们开始讲书吧！"他打开英文课本，一样东西飘落了下来，我望过去，一朵干枯的蓝色的小花！伸过手去，我拾起了花朵，凝视着那压得薄薄的花瓣，幽幽地说："好漂亮的小花，像它的女主人！"

"是吗？"中枬问。伸手来索取那朵花，我把花递过去，他接住了花——连我的手一起。他的手温暖而有力，把我握得发痛，他的眼睛热烈而深邃地望着我，轻轻地说："你欣赏皓皓的急智？我有一份比他更强的急智，你知道吗？例如现在，我知道我该做什么。"

"做什么？"我问，心在跳。

"吻你！"他的头俯了过来，我的身子被紧拥在他的怀里，一段神志昏蒙的时间，一段迷离恍惚的时间……然后，睁开眼睛，我看到的是被我们两只手所揉碎的蓝色小花，纷纷乱乱地飘坠在地上。

# 第八章

接踵而来的，是一段迷乱的日子。这么久以来，我的感情一直像一只昏睡着的小猫，而现在，我却整个地觉醒了。每日清晨，我在醺然如醉的情绪中醒来，每个深夜，我又在醺然如醉的情绪中睡去。白天，我神思恍惚，夜晚，我心境迷蒙。对着镜子，我看到随时染在我面颊上的红晕，也看到那一对醉意流转的眼睛，我知道这是怎么一回事。我在我每一个翕张着的毛孔中读到了答案，那细细的、私语般的声音，低低地、反复地诉说着：爱情，爱情，爱情！

在这样的情绪中，再接受中枢的"上课"是奇异的。每天早上，我在期盼的心跳中，等待着他的叩门声响。而当他推开房门，跨进门来的那一瞬，我只能微仰着脸，张大了眼睛，默默地凝视着他。翻开了书本，我看他如何用尽心机，去克制自己，而摆出一副"师长"的面孔来。然后，在他的讲述声中，我会突然地失去自己，而用手托着下巴，望着他的脸愣愣地出神。于是，他会抛下书本和铅笔，蹙起眉头，凝视着我说："天哪，忆湄！你那么可爱！"

书本冷冻在一边，铅笔滑落在地下，纸张随着风飘飞，他的眼睛对着我的眼睛，他的嘴唇触过我的额角和面颊，他的手指从我的鼻尖上向下滑，他的声音如梦如痴："你有一个小小的翘鼻子，你有一对猫样的大眼睛，你的眉毛太浓了，不够秀气。你的短发最不听话，总是遮住你的额头，你的耳朵不够柔软，你的皮肤不够白皙……唔，忆湄，我不认为你是个美女……可是，你那么动人，你那么可爱！"他的嘴唇贴近我的耳朵，孩子气地耳语着说："让我悄悄地告诉你一个秘密，你要听吗？"

"嗯。"我点头。"那么，听好了。"他故作惊人之笔，"那秘密是：有一个人想吃掉你！""谁？""我。""为什么？""免得——别人来抢走你。"

"有谁会'抢'我？"

"唔，"他耸耸鼻子，像喝下了一坛子醋，酸味十足，"你知，我知，他知，何必还一定要说出名字？"

"你多心！"我笑了。

"是吗？我多心？"他把脸拉开一段距离，审视着我，半晌，点着头说，"你和我一样了解，是不是？看你笑得多高兴，你在为你的魔力而骄傲，对不对？在你内心深处，也想征服所有的男性吗？"他摇头："女人！你的名字是虚荣！"

"别太武断！"我说，"你以为你对心理学已经研究得非常透彻了？"

"当然，尤其是你的心理！"

"真的吗？"我扬扬眉毛。

"嗯。"

"那么，回答我三个问题。第一，我最希望的是什么？第二，我在想什么？第三，我最喜爱的是什么？"

"第一题的答案是徐中枢，第二题的答案是徐中枢，第三题的答案也是徐中枢！"

"不害臊！"我跳起来。

"别走！"他捉住我。

"你要干什么？"

"让你听听我的心跳，听到了吗？"

"唔。"我的耳朵贴在他的胸膛上。

"跳得厉害吗？"他问，"怎么跳的？"

"扑——通，扑——通，扑——通。"我说。

"你错了，"他的下巴倚在我的鬓边，轻轻地说，"它是这样跳的：忆——湄，忆——湄，忆——湄。"

我抬起头，他的嘴唇迅速地捕捉住了我的。我睁开眼睛，凝视他。"你实在是个坏老师，"我说，"你这算给我上什么课？"

"上最深奥也最微妙的一课书——恋爱学。"

"呸！"我又笑了。他翻开了书本，正襟危坐。先咳了一声，再板下脸来，瞪了半天眼睛，才使面部肌肉收紧了。把铅笔从地上拾起来，他挺直背脊，严肃地说："好了，这一分钟开始，我们要好好地上课了！不许再胡闹了！"

"哦，"我说，"好像是我先开始'胡闹'似的！"

"本来就是你嘛，你那样一直看着我，让我心猿意马。"

"我不看着你看谁？自己心猿意马还要怪别人！"

"好吧！别吵！"他把尺子放在桌子正中，"以后谁先离开了功课范围就挨打，尺子放在这儿，由对方执刑！现在，翻到一百二十一页，让我们来讨论一下三角行列式！"

我翻开了书，找到一百二十一页，抬起头，静静地凝视他。"找到了吗？""嗯。""所谓三角行列式，就是……"他开始了讲述，又陡地停住了，奇异地望着我说，"噢，忆湄，我发现了，你的眼珠并不是纯黑的，而带着点琥珀的颜色。"

我拿起尺子，在他手背上狠狠地敲了一记，他痛得跳起来。"哦，忆湄，太重了。"他叹了口气，"天下最毒妇人心！"

"你到底讲不讲书？"我问。

"讲讲讲！"我们回到了书本上，他握着铅笔，开始给我详细地讲解三角行列式。画了图，他举着例子，我用手托住下巴，捕捉着他说话的声浪。我喜欢他的声音，那带着男性的沉哑的声调，富于磁性。我相信他一定有很好的歌喉，虽然他是不大唱歌的。他喜爱交响乐，喜爱史特拉文斯基，这点，和我有些不谋而合。"手给我！"他忽然举起尺子来。

"做什么？"我不服地瞪着他。

"你没有听书，你在想什么？"

"斯特拉文斯基！"我冲口而出。

"好！摊开手吧，别多说了！"

我望着他，他高举着尺子，板着的脸上没有一丝笑容，严厉得真像个执刑官。无可奈何，我伸出了手，闭上眼睛，微笑着说："打吧！老师！"他真的打了下来，而且相当重，我一惊，张开了眼睛，我以为他不会真打的。我望望我的手心，戒尺留下了一条红痕，我对他蹙眉，心里有了三分真气。

"还要打吗？"我憋着气问。

"嗯。"

"那么，再打吧！"

他的嘴唇盖上了我的手心，他的声音从我的手心中飘出来，"天哪，忆湄！你要另请家庭教师了！"

这天，我和中枬去看了一场晚场的电影，散场时只有九点多钟，我们搭公共汽车到了新生南路和平东路口，而沿着新生南路向家里的方向走去。天气很好，夏日的夜晚，星光璀璨，凉风轻拂，我们并肩迈着步子，一路说说笑笑，心情愉快得一如那辽阔的夜空，连一丁点浮云都没有。中枬在向我说他心目中的罗教授，他说罗教授是一个"有极凶暴的面貌，却有极温柔的心地"的人。

我反对他，认为罗教授的面貌并不"凶暴"，我说："他仅仅是不喜欢梳头和刮胡子而已。我常常想，如果他把头发理一理，胡子刮干净，是一副怎样的面貌？他的眉毛很浓，眼睛很亮，鼻子很高。这些，都证明他应该是个漂亮的男人，你看，皓皓就很漂亮，罗教授年轻时，一定不会输给皓皓！"

"你认为——"中枬慢吞吞地说，"皓皓很漂亮？"

"当然，"我说，"难道你认为他不漂亮？"

"他比我漂亮吗？"中枬凝视着我问，眼光里闪着一抹似笑非笑的表情。

"哦，"我笑了，站住，打量着他说，"你是知道的，中枡，你并不是美男子。"

"他是？"他问。

"嗯，"我点头，"他是！"

中枡蹙蹙眉头，又耸耸鼻子。我们继续向前面走，中枡在路边摘下了一段树枝，嘴里低低地说了一句："希望他下地狱！"

"谁？"我问。

"皓皓。"

"唔，中枡，"我说，"背后诅咒人家，有失风度，而且，你的气量太小了。"

"忆湄，"他叹息着说，"只因为你太欣赏他的'漂亮'了！"

"难道你不欣赏他吗？"

"欣赏一部分的他，欣赏他的幽默和洒脱，不欣赏他的博爱论。而且，忆湄，我知道他在你心中所占的位置……"

"别傻！"我打断他。

"我不傻，"他深思地盯着我，"忆湄，我一点也不傻！尤其对于你，除了用全心灵来接近你以外，我还有一种第六感在探索你、研究你。我想，我能了解你内心深处的秘密，包括你自己都不了解的部分在内！"

"唔，是吗？"我有些不安，"别太肯定，中枡。我不认为你是对的。"

"但愿——我不对。"我们走到了台湾大学的围墙外面，我伸头看了看那高高的围墙，"这么高的墙，要进去可真不容易啊!"我感叹地说。

"你会进去!"他肯定地说。

"你确定?"

"我确定!"

我笑了笑,我对自己并没有信心。正走着,我看到一团白色的小东西在墙边蠕动,我站住,好奇地望着那个小东西。于是,我看清了,那是一只白色的小猫。街灯下,它孤独而寂寞地倚在墙角,瘦瘦小小的,可能出世还不到十天,看起来像一只小白老鼠。纯粹出于好奇,我蹲下身子去抚摸它的小脑袋,怜爱地说:"噢,一只小猫!"

"它被主人遗弃了!"中枏说,"它活不了几天,那么小,应该还在吃奶的阶段,这个主人也未免太忍心了!"

我把小猫从地上抱了起来,那小东西缩在我的掌心中可怜兮兮地颤抖着,用一对乌黑的大眼睛怯怯地望着我,有一张短短的小脸和一个粉红色的小鼻子。或者我的怀里比墙角舒服些,它对我讨好地"咪呜"了两声。

中枏审视着它,突然说:"天呀,忆湄! 这小家伙长得像你!"

"胡说八道!"

"真的像你! 尤其这对大眼睛!"

我歪着头打量了一下那小猫,它也歪着头打量了一下我,我皱皱眉头,它耸耸鼻子。中枏扑哧一声笑了出来。

"你们不但长得相像,连表情都像!"

"呸!"我说,把小猫放回到地上,预备和中枏走开。

但，那小猫瑟缩地向我爬来，用毛茸茸的小脑袋在我脚下摩擦，乞怜地低鸣着，徘徊不去。我立刻发现它有一条后腿是残废的，因此，它无法快捷地蹦跳，只能拖着那条残废的腿爬行。我低头注视着它，恻隐之心大动，而不忍遽去。叹了口气，我说："一条可怜的小生命，假若没有人收养它和照顾它，它一定活不了！"弯下身子，我重新把那小猫抱了起来，对中枢说："你看，我能收养它吗？"

"为什么不能呢？"中枢问。

"我只怕罗教授他们会嫌我啰唆，他们似乎没有人对小动物感兴趣。不过，我愿意自己照顾它，决不麻烦别人！"我怜爱地拍着那小猫的头，"一只残废的小猫，多么可怜！我从小就喜欢收养残废的小动物！"

"带它回去吧！"中枢说，"让我来帮你照顾它！看样子，它已经饿了。"确实，那小东西的肚子饿得瘪瘪的，正吐着粉红色的小舌头，舔着我的手臂，大而灵活的眼睛对我骨碌碌地转着。我迫切地想弄点东西给它吃，于是，我们叫了一辆三轮车，赶回了家里。

走进客厅，我不禁一愣，平日冷清清的客厅，今日却反常地人马齐全！最使我诧异的，是从不下楼的罗太太，今日竟坐在沙发中，一件白色的纱衣，衬着她洁白如雪的皮肤，高雅得像画里的人物，飘然如仙！皑皑坐在钢琴前面，正在弹奏一曲门德尔松的《春之声》。皓皓半倚半靠地站在窗前，一股懒散而慵闲的样子。罗教授则深陷在沙发椅里，微蹙着眉，正倾听着皑皑的演奏。

"噢！"中枬惊叹了一声，"今天是什么日子？"

"你不知道吗？"皓皓说，燃起了一支烟，吐出一口烟雾，"今天是皑皑满十八岁的日子！"

"哦，"中枬有些窘，"我居然忘了！"

皑皑一曲终了，合上了琴盖，倏然地转过头来。

她美丽的大眼睛闪烁着，森冷地扫了我和中枬一眼，苍白的脸上毫无表情，望着中枬，她淡淡地说："该记住我生日的，只有妈妈，因为那是她受苦受难的日子。对别人而言，我的生日算什么呢？生日，是可喜的日子，还是可悲的日子，谁能断言呢？"

"生日，是一条生命降生之日，"中枬热心地说，"在我看来，生命的降生都是可喜的，这世界因为有生命而存在，没有生命，也就没有世界，你承认吗？"

皑皑的长睫毛闪动了一下，黑幽幽的眼珠若有所思地停驻在中枬的脸上。"你的说法像是出自宗教家的口中，"她慢吞吞地说，"当然，对'世界'而言，没有生命这世界就成了一块大顽石。但对'生命'而言，存在与否实在没什么分别。上帝制造一条生命的时候，应该先考虑这条生命会不会对自己的生命厌倦。有时候，生命是负担而非快乐，你又承认吗？"

"你的话也有道理，"中枬点头，"可是，如果已经有了生命，'你'这个个体已经存在了，那么，就该珍惜自己的生命，找寻自己的快乐，在芸芸众生中去一争短长！人活着，就得对生命负责任，生命像一支蜡烛，燃一分钟，发一分钟的光，燃一天，发一天的光，直到蜡烛烧完的那一天，光才能熄灭……"

"好了，"皓皓不耐地走了过来，粗鲁地打断了中枌，"把你的生命啦，蜡烛啦，责任啦，全收起来吧，现在不是你上课的时候。家庭教师，如果你有一肚子的大道理，还是等到合适的时候再发挥吧！"他走到我身边，盯着我看："噢，忆湄，你怀里是个什么东西？"

"一条生命！"我笑着说，把那只胆怯的小猫放在沙发椅里，那小家伙用一对戒备的眼睛怀疑地打量着这陌生的环境。"我想，它的创造者对它不想负责任了，所以我就把它带来了。"

"哦，我要说一句，"皓皓说，"忆湄，你未免太爱管闲事了！我不以为爸爸会允许你收留下这个流浪者。"

我望着罗教授，他的眉毛正不悦地紧蹙着，锐利的眸子狠狠地盯着我，看样子，他对我带回来的这条生命丝毫不感兴趣。我抚摸着小猫的背脊，恳求地望着罗教授，热诚地说："您会允许我留下它，是吗？我不会让它去打扰别人的。您曾经收留无家可归的我，那么，您必定不会反对我收留下一只无家可归的小猫，是不是，罗教授？"

罗教授瞪视了我好一会儿，终于开口了："把它丢出去！"他简短地说："我们家里不养小动物！"

"噢！罗教授！"我喊，"这小猫是无害的，如果把它丢出去，它一定会死。请你准许我收养它，尤其，它是残废的，它绝不能独立生存，把它丢出去未免太残忍了！"

罗教授的胡须牵动着，眼光阴沉，他用手揉了揉鼻子，低低地叽咕了几声，显然在和自己的某种思想斗争。然后，他把脸一板，眼光狰恶地盯着我，吼着说："我说把它丢出去！你听到没有？"

我被他的吼声吓了一跳，低头看看那只小猫，我觉得心中一阵痛楚，那小东西似乎已经知道了它的命运，对我无助地转动着眼珠，哀哀地低鸣了两声。我抬起头，直视着罗教授，为这小生命做最后一次的努力："罗教授，您为什么拒绝做一件好事？收养一只小猫对您是绝无损失的，而且，我保证它不会妨害您。罗教授——"我轻轻地咬了咬嘴唇说，"您明明有一颗善良而热情的心，为什么您总要用凶恶的外表来掩饰那个真正的您？我不相信您是如此残酷而无情的！"

罗教授直跳了起来，差点带翻了他面前的小茶几，他的眼睛瞪得那么大，眼珠几乎从那堆茅草里跳了出来。喃喃不断地，他在喉咙里稀奇古怪地诅咒了一大串，双手握着拳，大有揍我一顿的样子。可是，突然间，他握着拳的手放松了，眼睛向上翻了翻，他说："你有'义务'要收养它吗？"

"没有义务，"我说，"却有兴趣。"

"兴趣？"罗教授怀疑地盯着我，"你用了两个很奇怪的字。"

"确实是兴趣，"我说，"我从小就有兴趣收养小动物，尤其是残废的，无家可归的，瘦弱或无助的小动物。在高雄的时候，妈妈生病以前，我养了三只小狗，两只猫，还有五只小兔子，我喜欢看那些小东西由瘦弱变成强壮，喜欢救助它们，这使我自觉是个救难者，是个重要的人物。望着小生命成长，是一件十分快乐的事情，有一次——"

我停住了，觉得已经说得太多，但罗教授用全神贯注的眼光望着我。"说下去！"他说。"有一次，"我继续了下去，"我有一个同学，家里养了一只猴子。那猴子生了病，快死了，我的同学要扔掉它，我把它抱回家里。喂消炎片、感冒特效药给它吃，用我的全心去救助它，居然把它救活了。看到它一日比一日健康强壮，我高兴得不得了。可是，有一天，我和它玩的时候，它突然咬了我一口，害我到医院里去缝了四针。我伤心透了，想不到我救活的动物会来伤害我。妈妈对我说：'忆湄，这是一次教训，记住，这世界有的时候是没有道义可讲的，伤害你的可能是你最信任和爱护的人，所以别相信任何人——包括你的朋友、亲戚、姐妹！人要靠自己！只有自己是最可靠的朋友！而且，别轻易地付托你的感情，以免加倍地伤心！'这件事给我的印象很深，从此，我就不再收养什么。但，这只小猫又使我动心了。"我微笑，拍着小猫的头："我相信，它不会咬伤我，也不会抓伤我！罗教授，您愿意让我做一番试验吗？请允许我收留这个孤苦无依的小东西——我不收留它的话，它只能倒毙街头，您忍心看着一条生命倒毙吗？"

罗教授瞪着我，一语不发。他的神情怪异而专注，那对发着光的眼睛探索地望进我的眼底，像一对探照灯。我被他看得十分错愕，想不透一只小猫何以会使场面变得这样"紧张"。

皓皓大踏步地跨到沙发旁边，把那只小猫提了起来，放在手心中审视，接着就哈哈一笑说："好猫！是一只标准的避鼠猫。忆湄，养下来吧，我来帮你养。让我们'共同'拥有它，好吗？这猫看样子就很精灵，一定会捉老鼠。我同学家里养了一只猫，除了吃就是睡，胖得走不动路，老鼠在它身上爬行，它还是睡它的，结果，有一夜，它的胡子全被老鼠吃掉了！"

　　我扑哧一声笑了出来，明知道他是在鬼扯，但是仍然禁不住要笑。可是，全房间也只有我一个人笑，空气中有一份不正常的紧张，大家都严肃而沉默。我的笑声尴尬地僵住了，望望罗教授，再望望罗太太，我不解地说："怎么了？"

　　罗太太从椅子里站了起来，苍白的脸显得更加苍白，一对深黑的眼睛蒙蒙然地望我，然后，她移开了目光，像一具僵尸般直挺挺地向餐厅的方向走去。罗教授立即跟了过去，搀扶住罗太太隐进了餐厅里。但，在门合上的一刹那，他回头再盯了我一眼，那眼光阴沉而凝肃。他们走开后，皓皓也站了起来，冷冷地望了我一眼，又望望中枬，就轻轻地哼了一声，也走了。中枬回过头来，他的眼光从我的脸上，落到我的手上，我跟着他的视线低下头来，才发现我的手放在小猫的头顶上，而小猫正倚在皓皓的怀里。所以，我也等于是紧倚在皓皓的身边，我的头几乎靠上了他的肩膀。

　　中枬用鼻音重浊地问："你们将'共同'养这只小猫？"

　　"当然！"皓皓迅捷地回答，"而且，我已经给它想好名字了。"

"叫什么？"中枬问。

"叫小波。"

"小波？"中枬锁锁眉，"是何典故？"

"只怕——"皓皓也用重浊的鼻音回答，"有一场无形的风波，正悬在这只小猫身上，但愿我的聪明，能解得开一个谜！"

中枬深思地望着皓皓，皓皓也回望他；好一会儿，两人的眼光中，都逐渐升起一层敌意。然后，皓皓说："下两盘棋怎样？"

"赌东道吗？"中枬问。

"当然！"皓皓把小猫往我怀里一送，和中枬迅速地走开了。一瞬间，偌大的客厅中就只剩下了我一个人，我呆呆地站在屋子中间，半晌都无法从惶惑中恢复，直到小猫咪呜的一声低唤，我才清醒过来。举起小猫，我错愕地问："告诉我，小波，这是怎么一回事？"

# 第
九
章

　　小树林里那株菟丝花盛开了，黄绿色的藤葛上挂满了一
串串粉白色的花朵，迎着夏日的晨风飘荡。我坐在树下的草
地上，用手抱着膝，凝视着那缠绕在松树粗壮的树干上的花
朵出神。那细碎的小花束和那柔弱的藤蔓，看来那样的娇嫩
和楚楚可怜。而那雄伟的松树，虬结的枝干，又那样的挺拔
苍健。这两种纠缠在一起的植物，令人对自然界的神奇感到
迷惑。用手托着下巴，我愣愣地自言自语着说："造物之神
是为了这棵松树而造了菟丝花呢，还是为了菟丝花而造了松
树呢？"

　　"我想，是先有了松树而后有了菟丝花。"一个声音答复
着我，我抬起头来，中枂正含笑地站在我面前，"松树离开菟
丝花依然能够存在，但菟丝花却离不开松树。你仔细研究，
就能够明白，菟丝花是没有根的，它的根已深入在松树的枝
干里。"

我俯近去看，果然不错。中枏在我对面坐了下来，凝视着我。"这松树和菟丝花对你有启示吗？"他问，"多看看这菟丝花，像什么？"

我望着那花串，摇摇头。

"像菟丝花。"我说。他笑了。拿着一支笔，他在手中的一本书的背面勾画了起来，几分钟之后，他把他所画的东西递到我面前。他画了一棵松树，虬结麻乱的枝丫，树干上有一张人脸，浓眉、大眼，掩藏在针须状的枝叶之中。另外，一株柔弱的藤蔓绕在松树上面，细碎的小花朵形成一张女性的面孔。我抬起头来，惊讶而感动。

"你画的是罗教授和他的太太。"我说。

"不错，"他点点头，"像吗？"

我沉思了一会儿："中枏，你的想象力很丰富。"

他伸手去轻触那一串串的花朵，说："那是一棵菟丝花——我是说罗太太。你无法设想，假若她离开了罗教授，会不会继续生存？她已经连根依附在罗教授身上了。看到松树和菟丝花相依并存，使人感动。看到罗教授卫护他的太太，也给人同样的感觉，是不是？我常想，人生是很奇怪的。就像你刚刚所问，造物者是为松树而造了菟丝花，还是为菟丝花而造了松树？我也常问，上帝是为罗教授而造了罗太太，还是为了罗太太而造了罗教授？他们就像我们面前这两株植物一样不能分割，我奇怪他们是如何遇合的？"

"轻条不自引，为逐春风斜。"我轻声地念着李白的句子。

"是的，"中枏说，"'轻条不自引，为逐春风斜。'那么，谁是使那轻条斜过来的春风？"

"你认为——"我说，"罗教授和罗太太之间有一页缠绵的恋爱故事？"

"唔，"中枒深思地望着我，好半天才说，"我认为，这整个家庭都颇不简单，包括——"他突然顿住了，把说了一半的话硬咽了回去，直视着前面说，"嘉嘉来了，看样子，她是为你而来的。忆湄，我觉得，你身上一定有一点魔力，你会在不知不觉中吸引每一个在你身边的人，连混沌无知的嘉嘉，都同样受你的吸引。"真的，嘉嘉向我们走了过来，她手中捧了一大束黄色的花——那种不知名的小草花。她的脸上带着笑，单纯、信赖而无邪的笑。她一步步地走近我，有些像个虔诚的信徒，正走向她崇拜的神像。停在我面前，她慎重地把那束花递给了我。我接过花，颇为感动，拍了拍我身边的草地，我说："坐一会儿吧，嘉嘉。"

她顺从地坐了下来，却用她那迟钝的眸子，一瞬也不瞬地盯着我看。对她这种神情，我已经是司空见惯，所以并不惊奇。但，中枒却以研究的眼光，深思地望着嘉嘉。我们沉默了一会儿，嘉嘉忽然张开嘴，不合时宜地唱起那支老歌来：

> 花非花，雾非雾，
> 夜半来，天明去，
> 来如春梦不多时，去似朝云无觅处。

她突然而来的歌声让我愣了愣，接着，我就发现她以讨好的神态望着我，渴切地说："我会唱了，小姐。"

"噢，"我说，"你唱得非常好，嘉嘉。"

她看来十分开心，咧着嘴笑了起来。

"嘉嘉，"中枬开了口，"谁教你唱这一支歌的？嗯？"

嘉嘉痴痴地仰起头来，不解地望着中枬，停了半天，才牛头不对马嘴地说："花——要开了。"

中枬叹了口气，拉拉我的衣服："我们该走的，忆湄，你要开始上课了。"

我站了起来，扑掉身上的碎草，对嘉嘉挥了挥手，和中枬走出了小树林。中枬一直沉思不语，看来似乎满腹心事。上了楼，走进了我的屋中，我说："你在想什么？"

"你！"中枬说。"我？""是的，你！"中枬握住我的双手，仔细地凝视我的脸，我的眉毛，我的眼睛。"我想找出你特别吸引人的地方，我最初见你，就有一种错觉，好像早就认识了你，你的脸——远在我没有见到你以前，就仿佛见过了似的！"

"你决不会见过我！"我笑着说，走开去把那束黄色的花插进花瓶里，"在这三个月以前，我从没有来过台北，所以，连公共汽车站上碰过面都是不可能的！"

"你相信第六感吗？""有一些相信。""那么，大概是第六感，一定是我梦中见过你。"他走过来，用手在我背后圈住我，吻我的耳朵，"忆湄，老天为我而造你，也为你而造我！所以我们会在一开始就似曾相识！"

我有些困惑，说真话，我在第一次见他的时候，并没有他所说的似曾相识的感觉。如果是第六感，为什么单单他有那份第六感，而我没有呢？就在我凝神沉思的时候，"咪呜"一声，小波不知从哪儿跳了出来，落在书橱上面。我把它抱了下来，走到书桌边坐下，抚摸着它的头，说："人世的一切，机缘遇合，恩怨因果，一定都有个定数，许多无法解释的事，神啦，鬼啦，心灵感应啦，我们都找不出道理来。我相信命运，也相信有个大的力量在冥冥中操纵着人世的一切。拿小波来说吧，如果不遇到我，它可能已经倒毙街头了。而那一天，如果我们不去看电影，又怎会碰到它？如果我们看完电影，就直接坐三轮车回家，又怎会遇到它？"我把小猫举起来，用面颊依偎着它毛茸茸的小身体。

"这是条幸运的生命！"中枒对我微笑，伸手来抚摸小波的毛，他的手从小波身上移到我的下巴上，托起我的头，凝视我的眼睛，"你是一个善良的女孩，忆湄。"他摇摇头，叹息地说："但愿我不要这么喜欢你，你的一举一动，一言一语，一颦一笑，都牵动我每一根神经。"他的眼光朦胧了，不转瞬地望着我，我也凝视着他，时光在两人的注目下悄悄地流逝。半晌，他惊跳了起来："噢，忆湄，打开书本吧！"

我把小猫抱在怀里，懒洋洋地翻着书页，眼光仍然凝注在他的脸上。

"忆湄，"他用舌头润润嘴唇伸了伸脖子，"你说一说，中国国民党第一次全国代表大会在哪一年召开？什么地方召开？"

我瞪视着他。

"我问你问题，你听到没有，忆湄？"

"嗯?"我神思不属。

"我问你国民党第一次代表大会在哪一年召开的?"

"嘘!别说话!"我说,"小波睡着了,你听它的呼噜声,好像在低低地诉说什么。"

中枢看了我几秒钟,突然站起身来,走到我身边,一声不响地把小猫从我怀中提起来,放在地下,轻轻地拍了拍它,把它赶到床底下去了。然后他坐回他的位子,严肃而冷静地望着我,说:"现在,你能够回答我的问题了吗?"

"噢,"我懊恼地说,"中枢,你未免太严厉了。"

他推开书本,握住了我的双手,把我的手合在他的手中间,直视着我的眼睛,用低沉的声音说:"忆湄,你不能永远寄人篱下,是不是?考大学对于许多人是并不重要的,可是,对于你却非常重要。忆湄,你只能成功,不能失败!"

我注视他,他的声音那样温柔诚挚,他的眼睛那样深沉恳切,我的心情激动了,低下头,我为自己惭愧。妈妈尸骨未寒,罗教授恩重如山,我不能落榜!抬起头来,我自觉泪雾迷蒙。

他的手在我的手上加重了压力,他用令人心脏绞紧的温柔的声调说:"忆湄,忆湄!我抱歉让你伤心。"

"不!"我迅速地拭去了泪,对他微笑,"你刚刚问我什么?第一次全国代表大会吗?"我侧着头思索:"是不是民国十三年在广州召开的?"

中枢凝视着我,微微地眯起了眼睛。笑意逐渐染上了他的嘴角,他长长地吐出一口气,说:"忆湄,你真让我心折!"

这是一个中午，整幢屋子都沉睡着，我打开房门，侧耳倾听，显然罗家每一个人都在午睡，走廊里空荡荡的毫无人影。折回屋里，我拉开壁柜，取出一双前一日才上街去偷偷买回来的溜冰鞋，悄悄地走下了楼梯，来到饭厅外的水泥地上。坐在台阶上面，我把两只鞋子都系好，对自己发誓地说："我一定要学会溜冰，而且要溜得又快又好，让皓皓大吃一惊！"

　　带着坚定的决心，我战战兢兢地站了起来，轮子一经滚动，我立即扑倒下去。站起身，我再尝试。中午的烈日晒着我，我却浑然不觉。我一再跌倒，又一再爬起。反正无人看着我，我也不怕摔跤丢人。就这样，我跌跌冲冲地，居然也可以平稳地滚动一段路了。任何玩意儿，都是刚学的时候劲最大，我越来越有兴趣，忘了时间，也忘了烈日如焚，我的衬衫都被汗所湿透。为了溜冰，我特地穿了一条长裤，整个裤子上都是灰尘。由于摔跤的次数太多，每次跌倒又都用手去撑住地面，所以手掌都跌肿了，而我仍然乐此不疲。我的摔跤并非没有成效，我开始摸清溜冰的诀窍了，也懂得双脚的运用和轮子的操纵。在愉快的心情下，我不知不觉地唱起歌来，我唱的是一支我小的时候妈妈常唱给我听的娃娃歌：

　　　　飞飞飞飞，这个样子飞飞，
　　　　向上飞，飞上去就要把头抬，要转弯尾巴摆一摆，
　　　　……

　　大概是尾巴没有摆好，我脚下一滑，就一屁股坐在地上

了。这次摔得可不轻，脊椎骨的末端撞在水泥地上，痛得我从牙缝中向里面吸气。气还没完，一个影子罩在我的头上。我抬起头，皓皓正弯着腰看我，他漂亮的眼睛里充满了笑意，嘴角挂着嘲谑和激赏，咧了咧嘴，他说："你不应该飞，忆湄。你的脚下有了轮子，但是肩膀上并没有翅膀，如果你想飞，就难怪要摔跤了！"

我对他翻了翻白眼。"好，"我说，"你从什么时候开始偷看我的？"

"从你提着一双溜冰鞋，像做贼一样从楼梯上偷偷摸摸地走下来的时候开始。"

天呀！原来我这整个一段摔跤啦，爬起来啦，发誓诅咒啦……他都看见了！我噘起了嘴，没好气地说："那么，我摔了跤，你既不加以援手，反而冷嘲热讽，岂不有失忠厚？"

他大笑，望着我说："有失忠厚？忆湄，你明知我根本不是一个忠厚的人！"他再看我，又笑，"我说过了，只要你不想'飞'，你就溜得很好了！"我咬住嘴唇，斜睨着他，这两句话似乎颇有道理。他把手伸给了我。我握住他，他把我拉了起来，牵住我的手，像带领一个瞎子般带着我走，嘴里不停地指示着说："用右脚——现在换左脚——再用右脚——换一只脚用脚尖的轮子转弯——好！不错！我放手了！"他放了手，我平平稳稳地溜了一圈。他接住我，把我带到台阶前面，让我坐下，掏出一块大手帕，抛在我膝上说："把你的汗擦一擦，今天练习得够了，以后，你应该选黄昏的时候来溜，这样晒着太阳运动，你会中暑。"

我拿起他的手帕，在脸上涂抹一遍，整条手帕都变得又湿又黑，我的脸红了。他看来却十分开心，在我身边坐下，用手托着头。他微笑地凝视着我，欣赏地说："忆湄，你猜你给罗家带来了什么？"

"什么？"我不解地问。

"生命！"

"生命？"我有些愕然。

"是的，生命。在你走进罗宅以前，罗宅是死的。你进来之后，罗宅才开始苏醒。"他的笑意渐消，眼睛深深地望着我，"你不觉得，我最近停留在家里的时间越来越多了吗？"

这倒是真的，我思索着。他灼灼逼人的眼光使我不安。他又笑了，扬了扬眉毛说："你有些怕我吗，忆湄？"

"我什么都不怕！"我噘着嘴说。

"你怕一件东西——鬼！"

我笑了，想起那个被罗太太所惊吓的晚上。人，总是喜欢庸人自扰的！

皓皓仍然托着头注视我。忽然，他说："你刚刚唱的那支很滑稽的歌，你愿意为我再唱一遍吗？我喜欢它，有股亲切感。"

我真的唱了。唱了一段，我停住，解释地说："这支歌很长，是一个儿童的歌剧，前面是老鸟在教小鸟飞行，以及告诉它该注意的事项。"

"唱下去！"皓皓命令似的说，他的眼睛深思地瞪着我，眉梢微蹙着。

我唱了下去：

> 你不要慌，你不要忙，
> 飞了上去，要提防，老鹰老鸱很可怕，坏心肠。
> 还有那，猫大王，还有那，蛇大娘……

皓皓的眼睛一亮，兴奋使他的面孔发红，他加入了我唱起来：

> 它们都能够爬上房，
> 它们都能够爬进墙，
> 你要时时刻刻，放在心头上……

"哦！"我叫着说，"你也会唱！"

他蹙紧了眉头，思索着说："我一定在梦里唱过这一支歌，我赌咒，平常并没有听人唱过！"

"你一定听人唱过，而你忘了，"我说，"这并不是一支很少听到的歌，许多年前，这歌曾经流传很广。"

"多久以前流传过？"他问。

"二三十年前吧！"

他瞪着我："谁教你唱的？"

"我母亲。"

一段沉默后，他的眉头放松，爽然地笑了起来，愉快地说："这不就获得答案了？你看，你母亲曾经和我母亲情如姐妹，她们一定来往很密切，那么，在我三四岁的时候，你母亲一定也教过我唱这支歌，所以我会对它有亲切感。"

"三四岁的记忆可以保持很长久吗？"我问。

"我相信是可以的，最起码，在潜意识中会有一个印象。"

我想起中枬也曾和我讨论过潜意识中的记忆问题，这使我联想起嘉嘉的潜意识。放开了这份思想，我弯下身子去解溜冰鞋的鞋带。我刚解开一只鞋子，我的手腕就被另一只手捉住了。抬起头来，我接触到皓皓紧迫着我的那对灼热的眸子，他的脸距离我的脸非常之近，两道漂亮的浓眉在眉心扎结，眼睛里燃烧着一抹奇异的火焰。

"忆湄，"他用一种稀有的、沉哑的声调说，"记得我曾经和你谈起我的'博爱'论吗？"

我点点头。

"我一直有我对女性的一套看法，"他说，眼睛没有离开我的脸，"我认为每一位女性都有她独特的可爱之处，所以，每一位女性都值得人爱。但是——"他停顿了一下，眼光在我脸上扫了一圈："近来，我发现我的道理无法成立了。每一位女性或者都有一两点符合于我希望的可爱之处，可是，有一天，当一个女孩子具有各方面的优点，能在各方面吸引我，那么，所有其他的女孩子，就都不存在了。"他的眼光由灼热而变得温柔："忆湄，你懂吗？"

我慢慢地摇了摇头，困惑地说："不，我不懂！"

"那么，让我来使你懂！"他说着用力一拉，我扑进了他的怀里。他用手圈着我，眼睛对着我的眼睛，鼻子对着我的鼻子。我在他那乌黑的瞳仁中看到自己的脸：紧张、困惑而迷乱。他压低了嗓音，在喉咙里深沉地说："中枢有什么使你着迷的地方？嗯？忆湄？那只是一个书呆子——和你完全不相配。"

"不，"我轻声地说，喉头干而涩，"你不了解他，他有思想，有毅力，有理性。"

"我没有思想？没有毅力？没有理性吗？"他问，咄咄逼人地。

"你——"我更加困惑，"似乎也有。"

"似乎？"他咧了咧嘴，"解释一下！"

"你的思想太偏激，对人生的态度太随便，你容易嘲笑任何事物——不论该嘲笑的或不该嘲笑的。你不重视许多东西，包括生命及感情。你经常是不负责任的，在读书做事恋爱各方面都是——"

"我居然有这么多的缺点吗？"他的眼睛闪着光，"这就是你眼中的罗皓皓？"

"唔，"我哼了一声，"不对吗？"

"不，太对了一些——"他的嘴唇轻触着我的面颊，"只是，婚后你绝不许这样随便地批评我，现在我拿你无可奈何。以后，我会是一个强横而专制的丈夫。"

我惊得跳了起来。"你错了，"我说，"我没有意思要嫁给你。"

"我没错，"他冷静而肯定地，"你将要嫁给我！"

"绝不！"

"一定！"他的嘴唇滑向我的鬓边，"你的面颊为什么发烫？你的心脏为什么狂跳？你的身子为什么惊悸？谁使你不安？谁使你兴奋？谁使你害怕？你和中枬在一起时也会这样吗？嗯？告诉我！"

我挣扎。"你使我战栗。"我说，"中枬使我安宁。"

"安宁？"他嗤之以鼻，"恋爱不是一件安宁的事儿。忆湄，让我来教你恋爱！"

一阵紧迫的压力，我突然无法呼吸，在心脏的狂跳下，在血脉的偾张中，在神志的昏蒙里，我只能瞪着大大的眼睛，望着他那对也睁得大大的眼睛。于是，倏忽间，我和他的身子骤然分开。在我还没有了解是怎么一回事之前，我先听到一声重重的拳击之声，然后，我向上看，罗教授像个庞然巨物般耸立在我和皓皓之间。在罗教授旁边，是脸色发白的中枬。而皓皓，正从台阶上爬起来，用手揉着他的下颚骨，瞪着怒目，瞠视着他的父亲。这突来的变化使我惊愕、慌乱，而无法出声。罗教授和中枬的同时来到，以及罗教授居然会挥拳怒击皓皓，都使我震惊不安。皓皓的下颚立即呈现出一片青紫，可见罗教授出手之重。他们父子二人对立着，好长一段时间，这两人就如两条发怒的斗牛，彼此竖着角，怒视着对方。

"好，"是皓皓先开口，"爸爸，你是什么意思？"

"我警告过你，"罗教授咆哮着说，"你不许招惹忆湄！"

"你觉得我不配？"皓皓仰了仰头，眯起眼睛来，冷冷地说，"你欣赏忆湄，是吗？你以为我和她是逢场作戏吗？爸爸，你错了！你该觉得高兴，终于有人折服了我。对忆湄，我不是随便玩玩，你懂吗，爸爸？难道你不愿意有这样一个儿媳妇？"

罗教授似乎愣住了，许久都没有出声音。我也愣住了，我的视线和中枢接触，他的眼睛死死地盯在我的脸上，如同我是个陌生的人物。那眼睛里没有责备，却有过多的沉痛和伤心，我张开嘴，想解释，却又无法开口，我的心神仍然陷在混乱中。

"神经病！"罗教授的一声大吼使我吓了一跳，接着，他暴跳如雷地对他儿子大叫大骂起来，"混蛋！你该死！该下地狱！下十八层地狱！你这畜生！你娶什么女混蛋我全不管！你碰一碰忆湄我就打断你的狗腿！混账！混账！混账！"骂着，他一下子跳过来，面对着我，一大串诅咒般的恶言恶语像倾水般倒了出来："你没出息！忆湄！你也该死！该死！该死！笨得像个猪！一群猪！你长了眼睛没有？这个畜生有什么地方吸引你！你活得不耐烦了，是不是？混蛋！混蛋！混蛋！一群混蛋！……"

"哼！"皓皓冷冷地哼了一声，打断了他父亲的咒骂，他灼灼有神的眼光冷冰冰地望着罗教授，静静地说，"爸爸，你可以停止叫嚷了，我想，我已经证实了我的想法——"他顿了顿，慢吞吞地说："你也在欺骗自己，是吗，爸爸？你——爱上了忆湄！"

皓皓最后一句话如同一颗炸弹，突然在我们之中炸开，所有的人都震住了，没有一个人再能开口，包括说出这句话的皓皓在内。一段使人难堪的沉寂之后，我看到罗教授跳动了一下，接着，就是皓皓滚落台阶的声音。我张大了嘴，惊愕、慌乱、恐惧、惶惑……几十种难言的情绪对我潮涌而来。皓皓从地上跃起，愤怒使他的眼睛发红，他的面颊上又多了一块青痕，他瞪视着罗教授，眼珠向外凸出。然后，他对罗教授冲过去，双手紧握着拳，咬紧了牙，大有一拼生死之态。我大叫了一声："不要！"我无法望着他们父子打斗，尤其是为了我。我从台阶上直跳起来，向他们二人"奔"过去。我忘了我的一只脚上还系着溜冰鞋，我的脚在台阶上拐了一下，身子歪向水泥地面。一阵剧痛从我脚上直抽到心脏，我狂叫一声，滚到地下。痛楚使我全身肌肉绷紧，我听到他们跑近我身边的声音，张开眼睛，看到三张俯向我的脸庞——皓皓、中枬和罗教授。痛楚在我的脚踝处绞紧、撕裂。我咬住嘴唇，闭上眼睛。有人碰触到我受伤的脚，我大叫。冷汗从背脊上冒了出来，我听到皓皓的声音："她的骨头折了，必须马上请医生！"

有人把我从地上抱了起来，我睁开眼睛，是罗教授！他凝视着我的眼睛里不只单纯的关怀，还有着激动和紧张，那须发满布的脸庞因怜惜而扭曲，他狂叫着："请医生去！请医生去！"

皓皓奔了出去，我知道他是去请医生。罗教授抱着我走向屋里，痛楚在我脚上继续加重。我从眼角处看到中枬，他灰白的脸毫无血色，沉痛在他眼睛中燃烧。转过身子，他咬着牙走向室外，落日把他的影子投射在地上，孤独而凄凉。我的心脏绞紧了，张开嘴，我想呼唤他，但，痛楚使我无法成声，我呻吟着，昏然地失去了知觉。

# 第十章

我的脚上了石膏，被判定一个月的徒刑，必须坐在床上，眼睁睁地迎接着每个明朗的清晨和绚丽的黄昏。这，对于爱动的我来说，不啻是一大苦罪。本来，我应该进医院疗养，但是罗教授坚持要我留在家里，认为这样照顾起来比较方便。而我也怕透了住医院，所以，就每日坐在床上，让医生到家里来诊视和打针。皓皓常取笑地对我说："现在，你总算有点文静的样子了。"

罗教授常出其不意地来到我的房间里，把他的大手掌压在我的额上，试试我有没有热度。事实上，我从不是娇娇弱弱的那种女孩子，我的身体总是好得过分，连伤风感冒都难得有一次。这次的骨折带给我最大的痛苦是不能活动。日日夜夜地挨在床上，使我心情烦躁，精神不振。一天晚上，罗教授审视着我说："忆湄，你的气色不好。"回过头去，他对刚好在我房里的中枢说："从明天起，暂时停止给她上课，让她多休息。"

中枬默默不语。罗教授走出房间之后，他背负着手，走到落地窗前面，呆呆地凝视着外面。他的神情显得那样寥落，眼睛深思地望着窗外的夜色。他那低沉的情绪影响了我，自从罗教授父子为我而起争执，以至于我摔伤脚踝之日起，他就明显地消沉了下去，甚至有些在逃避我。虽然他也常到我房里来看我，但，总是略事盘旋，就匆匆离去。我变得很难有机会可以和他单独相处了，更难得有机会和他谈话。我下意识地觉得，他在疏远我，冷淡我，这使我的自尊心受到伤害。因而，在他面前，我也比以往沉默，而且情绪低落了。

看到他一直瞪视着窗外，我忍不住了。"中枬！"我喊。

"嗯？"他没有回过头来。

"你过来好不好？"

他慢吞吞地转过头，慢吞吞地走向我，停在我的床边，他用被动的眼神望着我。我有些沉不住气，带着几分愤怒，我说："中枬，关于那天的事，我必须向你解释……你别这样瞪着我行不行？"

"不瞪着你怎样呢？"他无精打采地问。

"你能不能坐下来？"

他在我的床沿上坐了下来，仍然用那种被动的神情，沉默地望着我。

"中枬！"我勉强压制着自己烦躁的情绪，说，"你不应该不给我机会解释，那天，你所看到的，关于我和皓皓……"我困难而艰涩地说，"完全是他主动……我根本就莫名其妙……"

他的眼睛紧紧地盯着我，带着点审察和研究的味道。

"是吗？"他问，眉毛微微地向上抬，"忆湄，最起码，他使你眩惑，对吗？"

眩惑？我侧着头细想。中枬用了两个很好的字，回忆当时的情况，我确实有些"眩惑"，甚至有些被皓皓催眠。无论如何，我并没有积极地去抵抗他。我靠在靠垫上（我的背后塞满了靠垫）蹙眉沉思。而一旦仔细分析，我就发现一项事实，不可否认，皓皓对我确实有一份吸引力。年轻、漂亮、热情、幽默、洒脱不羁……他身上有着太多让人不能漠视的优点！那么，在我的潜意识中，是不是对他也有一份超过了友谊的感情呢？再进一步想，我偷偷地学溜冰，是不是也有想得到他的赞美和欣赏的潜在愿望？这样一深思，我觉得立场动摇了，最起码，我无法理直气壮地向中枬解释！望着被面上的花纹，我沉默了。中枬握住了我的一只手，他的另一只手托起了我的下巴，审视着我的眼睛。我忧愁地回望着他，因为我不知道该说些什么好。他对我摇头叹息了。

"忆湄，"他轻轻地说，"我不该对你责之过苛。你像一个光源，走近你身边的人都受你的照耀，你在不知不觉中吸引任何一个接近你的人，这，并不是你的过错！我太狭隘，太自私。但是，忆湄，我无法不狭隘和自私。在感情上，我承认我有极强的占有欲！我不能容忍任何一个男性对你的亲近，看到罗教授把手放在你的额上，我全心都冒着火……"

"你不能对所有的人都怀疑，"我无力地说，"罗教授只是照顾我，像—— 一个长辈一样地照顾我……"

"别自欺欺人，忆湄！"中枬说，"皓皓的话并非没有道理，你仔细想想就会明白！你想，罗教授是一个肯照顾别人的人吗？除了罗太太，他照顾过哪一个人？皓皓是他的女儿，身体那么坏，三天两头生病，你看到他去问一声，摸一下吗？他只给她请医生，吃药，打针，就算尽了责任。你，一个投奔而来的孤苦的女孩子，他凭什么要特别地照顾你？忆湄，你那么聪明，难道还看不出最明显的事实？"

"不，"我挣扎地说，"中枬，我是个平平凡凡的女孩子，我并不美，又没有什么特别的聪颖和智慧。你不必怀疑任何人都会爱上我，这是根本不可能的事！"

"你不美？"中枬深深地望着我，"你错了，忆湄，你不知你自己有多美！你也不知道你自己有多可爱！你是一个最完整的生命，充满了诱人的活力和热情，像一个闪光的星体，走到哪儿，就闪耀到哪儿……"

我摇头："中枬，你喜欢夸张，你不该这样赞美我，反而使我觉得没有真实感。"

"对，"他说，"我不该赞美你，但，我发誓我所说的，全是我最真实的感觉。忆湄，你并不十分明白你自己，我不会虚伪地去赞美你，因为，一切虚伪，在你面前都无法存在。你真挚、坦白，而且蕴藏丰富，像一座发掘不完的矿，越发掘就越多……"他叹了口气，"唉！忆湄，但愿我能少喜欢你一些，那么，我就不会因嫉妒而苦恼，因怕失去你而紧张……你懂吗，忆湄？那天，看到你和皓皓的情形，使我想打扁他，想揉碎你！"他捏紧我的下巴，捏得我发痛："你该摔断了骨头，惩罚你那颗易变的心！"

"我并没有变。"我说，"你像个多疑的老太婆！"

"我就是多疑，"他说，"我要你完完全全属于我！每一个微笑，每一根汗毛，每一缕思想！"他捉住我，突然地吻我。"我不再和你生气了，忆湄，"他轻声地说，"如果我不能完全占有你的心，一定是我还不够好，让我再继续努力！"他对我微笑，"在人生的战场上，我从不肯承认失败；在爱情的战场上，你会看出我更大的韧劲和毅力，我非得到你不可！你看着吧！"他那咬牙切齿的模样使我失笑，可是，笑归笑，我的眼眶却没来由地发热。他那份男性的坚强和固执，以及那份强烈的占有的感情，都使我如此心折！

我的眼睛湿润了，我用手轻轻地抚摸他的手背，恳切地说："你已经有了你所要的，还不够吗？"

"是吗？"他凝视我。我含泪点头。于是，他一把拥住了我，他炙热的嘴唇紧贴着我的，我们滚倒在床上，弄痛了我的脚。我轻呼，他把我的脚架好，站在床边凝视我，他看得那么长久！然后，他微笑了，我也笑了。他的眼睛里有泪，我的眼睛里也有泪。重新坐在我的床沿上，他温柔地握住了我的双手，说："这就是爱情，是吗，忆湄？活了二十五岁，我现在才知道什么是爱情，有笑，有泪；有甜蜜，有辛酸；有痛苦，也有狂欢！"

第一阵秋风从我窗前掠过，第一片黄叶穿过窗棂，飘坠在我的书桌上面。清晨，嘉嘉蹑手蹑脚地走进我的房间，用一束新鲜的雏菊换掉了我花瓶中的残花败叶。我的脚尚未复原，躺在床上，我假装熟睡，偷窥着嘉嘉在我的屋内徜徉。她发现了正蜷伏在椅子中打盹儿的小波，显出一份孩子气的高兴，往地上一坐。她把下巴搁在椅子的边缘上，和小波低低地做了一番没人能了解的长谈。小波站起身来，弓了弓背脊，对她慢吞吞地打了一声招呼："喵!"

"喵!"嘉嘉热心地答应了一声，也弓了弓肩膀。我扑哧一声笑了。嘉嘉站起身来，走到我的床边，侧着头凝视我。我重新合拢了眼睛，也从睫毛下窥视着她。她那皱纹遍布的脸上，依然挂着那种痴痴傻傻的笑容。从花瓶里摘下了一朵黄色的小菊花，她把花朵放在我的枕边，又轻轻地为我拉好了棉被，细心得像个溺爱孩子的母亲，又像个忠心耿耿的老仆。然后，她满意地笑了，再蹑手蹑脚地走出了我的房间，带上了房门。我睁开眼睛，可以听到她穿过走廊的脚步声和她下楼时扬起的愉快的歌声。我侧身而卧，注视着枕边那朵黄色的小菊花，淡淡的清香扑鼻而来，花瓣上还沾着几颗小小的露珠。刚刚从枝头摘下的花朵那样新鲜而芬芳，我有些陶醉了。

门柄再度轻轻转动，又有人来了。是谁? 中枢吗? 我躺平身子，迅速地合上眼睛，再一次孩子气地"装睡"，看看他会做些什么。门开了，又关上。有人轻轻悄悄地走了进来，无声无息地，像一只小猫。我从眯着的眼睛里看过去，一袭白色的绸衣，一件白色的小坎肩，轻飘飘地款步而来，像一团软烟轻雾! 是罗太太! 她要干什么? 停在我的床前，她俯头看我，黑而美丽的眼睛迷迷蒙蒙，像破晓时分烟霭中的两点晓星。她的视线从我的脸上移向枕边，眉头蹙了起来，那本已十分苍白的脸忽然变得更加苍白。慢慢地，她从我枕边拿起了那朵小菊花，背对着我，走向窗户。我无法看到她面部的表情，也无法看出她把那朵花怎样了。只是，当她伫立在窗前的时候，我发现地板上飘坠下许许多多黄色的花瓣，最后落到地上的，是那绿色的花萼和花梗。

她在窗前大约伫立了五分钟，小波突然跳到窗台上，把她吓了一大跳。凝眸注视着小波，她看起来颇不快乐，转过身子，她走向我，我来不及再闭上眼睛，我们面面相对了。有一霎间，我们两人似乎都有些惊愕，我在为那一朵花的命运难过，她，大概吃惊于我的清醒。我们对看了几秒钟，还是我先开口："早，罗伯母。"她瞪着我不语。"你——"我噘噘嘴说，"不喜欢黄色的花吗？"

"谁给你采来的花？"她冷冷地问。

"嘉嘉。"我说。

"嘉嘉？"她沉思了，半晌，她喃喃地说，"嘉嘉！她知道些什么？你又知道些什么？"她望着我："你为什么要到这儿来，忆湄？这里没有你认得的人，你怎么就敢提着一口箱子来投奔？你怎么知道你一定会受欢迎？你怎么敢面对一个陌生的环境？你——"她咽住，神情怪异地盯着我，眼睛是灼热的，"忆湄，你来做什么？你告诉我，你到底来做什么？"

我愕然了，从床上坐了起来，诧异地望着她。她是什么意思？难道我的"投奔"除了无家可归之外，还会有什么其他的目的吗？或者，她十分不欢迎我？迎着她的目光，我说：

"我无父无母，所以我投奔了你们。罗伯母，我还可能有其他的目的吗？你以为我来做什么呢？"

"你——"罗太太的眼神有些涣散，低低地呓语般地说，"他让你来的，是吗？他让你来！我知道，你来的第一天我就知道，你来了，一切都不同了！我看到你，我知道你！嘉嘉也知道！是吗？你要做什么？你预备做什么？但是，请你饶了一个人，好吗？请你饶了他！请你……"

"罗伯母，"我静静地说，"我听不懂你任何一个字，你在说些什么？这个他，那个他，你是指谁？是人字旁的他？还是女字旁的她？罗伯母，你能说清楚一点吗？"

"你懂的，是不是？你什么都懂！"

"我什么都不懂！"

罗太太怔怔地望了我好一会儿，然后，她张开嘴，一个字一个字地说："你不知道你的母亲是谁吗？"

"我的母亲！"我叫，"我当然知道！她是江绣琳，已经去世了！罗伯母，你在故弄玄虚吗？难道我的母亲还有另外一个人？"

"你的母亲——"罗太太的话没有说完，罗教授猛然推开房门走了进来，他巨大的身子挺立在我的床前，乱发蓬蓬中的眼光直射在罗太太的身上，用警告似的口吻说："我在门外听到你们在谈话，雅筑，你在说些什么？"

"她在谈我的母亲，"我说，怀疑地看着罗太太和罗教授，"你们以前和我母亲很熟吗？罗教授！我的母亲是谁？"

"你的母亲是谁?!"罗教授瞪大了眼睛，对我鲁莽地喊，

"你在发热病吗，忆湄？还是在说梦话？你连你的母亲是谁都不知道了？还要问我们！你的头脑呢？发了昏吗？"

天知道！这是罗太太提出来的问题！却害我挨上这一顿臭骂！我翘起了嘴巴，嘟嘟囔囔地说："真不知道是谁没有头脑，是谁在发昏，我不过是重复别人的问题而已！"

罗教授看了罗太太一眼，说："雅筑，你先回房里去，我有话和忆湄谈！"

罗太太顺从地转过身子，走出了房门。在隐没在门外的一刹那，她回头看了我一眼，那眼光特殊而神秘，我是更加地大惑不解了。

罗教授望着房门合拢，然后，把他重大的身子塞进了我床前的椅子里，瞪着我说："好了，忆湄，你有什么话要说？"

我一愣，什么话？！明明是他有话要和我说，怎么倒变成了我有话要说了，我皱起了眉，沉不住气地说："我根本没有话说！只是你们转昏了我的头！我觉得你们全体都在故作神秘！"

"故作神秘？"他的眼珠骨碌碌地转了一下，"忆湄，你别听雅筑的话，难道你还不知道她的神经有问题？她说话向来没头没脑的，你别去惹她就行了！你的毛病就是太爱管闲事！太好奇！太爱乱发问！"

"我？"我张大了瞳孔，"天知道！"

"哼！"他哼了一声，突然用手揉了揉鼻子，仔细地凝视了我一会儿，文不对题地说，"忆湄，你好像瘦了不少！"

"唔，"我愣了愣，"都因为这只脚，假如再这样坐在床上，我真要发疯了。"

"你——"他望着我，显得若有所思，突然说，"应该吃点滋补的东西，你爱吃什么？"

"我——我已经吃得很好了。"我说，"在这儿的生活，比起我以前，真是天堂了。"

"你曾经过得很苦吗？"

"是的，有一阵，在妈妈生病的时候。"

他的嘴闭紧了，炯炯逼人的眼光在我脸上上上下下地逡巡着。然后，他那巨大的手掌忽然盖在我的手上，那是只大而有力的手！一股暖流从他手掌中灌注到我的心底。他的眼光逐渐转变，变得那样温柔，那样细腻，像他对罗太太发病时的眼光，温柔得让人心碎。除了温柔以外，那眼光中还有些什么，使我的心脏痉挛而脉搏增速，那是种恻然的、怜惜的、宠爱的光芒。他对我慢慢地摇了摇他那巨大的头颅，用充满感情的低沉的嗓音，喃喃地说了一句："哦，忆湄，以后你将不再贫苦孤独，你将远离一切苦难！"

说完，他的大手掌在我的手背上加重了压力，于是，刹那间，我发现我被拥进了他的怀里，我的面颊紧倚在他的胸膛上。那是多宽阔的胸怀！他一定有一颗巨大的心脏，我清楚地听到那心脏敲着胸腔的沉重的响声！他满是胡须的下巴贴着我的鬓边，硬硬的像个刷子般的胡须刺痛了我。但，那是种舒适的疼痛，温暖而亲切。他的手轻抚着我的背脊，嘴上模糊地喊着："小忆湄！可怜的忆湄。"

随着他的低唤，我猛然觉得心境空灵，而疲倦欲睡。这是种难以描述的情绪，仿佛一个在深山中迷途许久的人突然找到了家，一个被寒冷冻僵了的人突然找寻到一盆火。我只感到四肢松懈，满怀温情，像置身在温暖浪潮中，那么舒适而安慰。我闭上了眼睛，本能地攀附在罗教授的身上，我不想离开他，他给我一个强大的保护的感觉，正如他所说的："以后你将不再贫苦孤独，你将远离一切苦难！"

我知道这不是空言，而是真正的许诺！我被保护着，我被宠爱着，世界上，还有比我更幸福、更快乐的人吗？

房门猛地被推开了，我不情愿地张开了眼睛，是徐中枬！他手中捧着一个托盘，托盘里是我的早餐！近来，他喜欢抢彩屏的工作，帮我送东西，帮我做许多小事。他一边跨进门来，一边兴高采烈地叫着："该醒了吧！懒丫头！太阳快晒到你的枕头上了……"

我看到笑容如何在他唇边冻结，我看到肌肉如何在他的面部绷紧，我看到血色如何在倏然间从他脸上消失，我也看到那托盘中的杯子如何彼此碰触而发出叮当的声音。但，我仍然浑身倦意弥漫，不想从那温暖的大胸怀中抬起头来。我听到我自己懒洋洋的招呼声："嗨！中枬！"

托盘重重地落在床头柜上，牛奶杯子在盘中跳了一下，跳出托盘而跌碎在地上。在玻璃杯破碎声中，我看到那四散奔流的牛奶，也看到比牛奶的颜色更白的中枬的面色。我一惊，忽然间醒了过来，迅速地离开了罗教授。我坐正身子，惶然地喊："中枬！"他站在那儿，恶狠狠地凝视着我。如果眼光能够吃人的话，他一定已经把我吃进肚子里去了。我从没有看到过这样的一对燃烧而愤怒的眼睛！他把我震慑住了，我张着嘴，却不知道该说什么好。我怎样能告诉他，罗教授所给我的感觉？不是爱情！不是男女间的感情！是超乎了这一切感情上的感情！就像我宠爱小波，嘉嘉宠爱她的花……罗教授宠爱我！是纯正、自然而深刻的一种感情！我能体会，我能接受，而我无法解释！

"忆湄，"中枬终于开口了，他的声音像两个钢锉子磨出来的那样坚硬生涩，"你这个三心二意、无情无意的东西！"

我听到他的牙齿磨出了声响，我看到他嘴角边的肌肉抽搐抖动……而我错愕着无法出声。

他走近了我，把一只手重重地压在我的肩膀上。在我还没有弄清楚他的意思之前，他已握紧了我，几乎将我的肩胛骨握碎。他猛烈地摇撼我，摇得我头脑昏沉、神志不清。他嘴里沙哑地、胡乱地嚷着："但愿我能杀死你，弄碎你，把你烧成灰，磨成粉！你这个善变的、无情的、可恶的东西！你没有人心吗？你……"

"停住！中枬！"罗教授猛地大吼一声。

中枬真的停住了。我喘了口气，拂了拂散乱的头发，这才能看清中枬和罗教授。我看到罗教授的大手掌压在中枬的手腕上，以权威性的眼光盯着中枬，脸上带着种凛凛然的神情。而中枬双手握着拳，眼睛狂怒地瞪视着罗教授，那对充血的眼睛看起来是可怕的，一瞬间，我竟恐惧他会对罗教授挥去一拳。但，他显然也在用尽全力去克制自己，喉咙上的大喉结上上下下地蠕动着。好半天，他才从齿缝里迸出了几句话："罗教授，我一直以为你是有人性的，现在才发现你是个名副其实的老怪物！"说完，他举起手来，用力一摔，摔脱了罗教授的掌握。回过头来，他再狠狠地盯了我一眼，说："忆湄，我总算认清了你！"

转过头，他大踏步地向门外冲去。望着他从门口消失，我觉得心中猝然一痛，不禁翻身下床，想追向门口，嘴里大喊着："不要！中枂！"我的脚尚未复原，接触地面的一阵痛楚，使我跪倒在地下，我狂叫着："中枂！中枂！中枂！"

房门砰然一声巨响，中枂头也不回地走了。我扑倒在床上，把脸埋进棉被里，痛哭了起来。我哭得那么伤心，以至于不知道罗教授是什么时候走的。等到我哭停了，抬起头来，房间只剩下我一个人。地板上，片片黄花的花瓣，被窗口吹进的秋风斜扫着，我睡袍的下摆正浸在洒了一地的牛奶中。仰起头来，我看到墙上那张全家福，母亲正俯视着我。喃喃地，我问："妈妈，你给我安排了怎样的一份命运？"

# 第十一章

中枢三天没有进我的房门，这三天我不知道是怎样度过的。清晨，我睁大了眼睛，等待着门柄的转动声，而每当门柄转动时，我心脏狂跳，眼睛因期待的瞠视而变得酸涩。门开了，永远是捧着一束小雏菊的嘉嘉！不知何时，嘉嘉认为帮我换花和喂小波成了她的工作，她固执地做这两项事情，绝不允许彩屏插手。嘉嘉离去，彩屏捧来早餐。对着牛奶杯，我瞠目凝眸，无法咽下一口，却让眼泪滴进杯中，溶化进牛奶里。皓皓的推门而入，常引起我一阵错觉，等到看清楚了，失望使我五脏绞紧，热泪盈眶。直到此时，我才了解了自己，真真正正地了解了自己。在我身边的两个青年中，我对中枢的感情胜过了皓皓那么多，那么多，那么多！但，中枢却不走进我的房间，不聆听我的解释，不体会我的深情！这使我在深切的失望中，还糅合了更多的痛心和恨意。我恨他的固执，恨他的主观，恨他对感情方面的颖悟力那么低微！

第三天的黄昏，皓皓走进了我的房间，往我床沿上一坐，他审视着我，对我咧嘴微笑，他看来永远那样乐观和洒脱！

“好了，忆湄，”他说，“你已经眼泪汪汪地望了三天了，你还预备为那块木头浪费多少感情？嗯？”

“木头？”我不解地说。

“嗯，木头！我指的是徐中枬！告诉我，忆湄，他到底有什么让你倾心的地方？他只会长篇长篇地说大道理，要不就像个书呆子般埋在各种书本中。他有什么好处？说实话，他赶不上我的十分之一！忆湄，你如果爱他，还不如爱十分之一个我好些！”我噘嘴，没说话。“你看，我跟你算一个账，”皓皓大模大样地说，“你就可以想清楚了。徐中枬只抵得上十分之一个罗皓皓，那么，假若有一个罗皓皓爱你，不是等于有十个徐中枬爱你了吗？”

我扑哧一声笑了。这算什么谬论？简直滑天下之大稽，我从来没听说过比这个更荒谬的譬喻法！他看来非常之开心。注视着我的眼睛，他神采奕奕地说：“你总算是笑了，忆湄，你十分傻！和我在一起快乐，还是和徐中枬在一起快乐？他只会用许多大道理来圈住你，何曾用一点心机来使你快乐？忆湄，你怎么选择的？有时候我觉得你是天下最聪明的人，但在爱情的选择上，你实在是天下最笨的人！”我继续保持沉默。“好吧，”皓皓握起了我的一只手，用理所当然的态度说，“我今天想了想，考大学对你完全是不必要的，我又不会让你出去工作。对一个妻子而言，还是不兼做职业妇女为妙。我要你守在家里，然后我宠你，照顾你。你所要做的，只是尽情地欢笑和享受！这些，大学的课程里都没有！"

"你在说些什么？"我蹙眉说，"我一个字都不懂！"

"唉！"他叹了口气，"你的灵性都跑到哪里去了？我的意思是，我明年夏天大学毕业，我们明年秋天结婚，如何？秋天是结婚最好的季节，不冷也不热……"

"皓皓，"我打断他，"我不会嫁给你！"

他凝视了我几秒钟。"这样吧，让我们好好地谈一谈，"他把双手抱在胸前，不慌不忙地说，"你之所以反对我，并非你爱上了徐中枬。你根本没有爱上徐中枬，你爱的是我，别插嘴，你听我说完！你一开始就爱上了我，可是，你心里有一个毒瘤，那就是我父亲加给你的压力！他一再反对你和我接近，使你觉得接近我就是一个过错。再加上，你是个自尊心很强的小东西，我父亲收留了你，使你在心理上对罗家人有种抗拒，而徐中枬和你的地位类似，难免生出一种惺惺相惜的感情。你误以为这种感情是爱情，其实完全不是！你懂了吗？你爱的是我！不是别人！至于我父亲呢，他显然是太喜欢你了一些，因此，竟怕我会伤害你——他早已认定我是个不堪造就的浪子！但是，不要紧，忆湄，他会慢慢想清楚的……天哪，忆湄，我想你是太容易吸引男人了！"

"你错了，"我说，"你父亲很喜欢我，一种很正常的喜欢；我很喜欢你，也是种很正常的喜欢。但是，这些都不是爱情！"

"什么是爱情？"

"我对中枬和中枬对我！"

"你糊涂透顶！"

"我一点也不糊涂！"

"那么，你确定你在'爱'他？"

"我确定。"

"你确定你'不爱'我？"

"哦，皓皓，"我哀愁地望着他，不胜恻然，"我确定。"

他瞪着我不说话，呼吸急促而不稳定，胸膛在剧烈地起伏着。他把额前的头发往脑后一甩，挑起了眉毛说："好吧，如果是这样，我也无可奈何！但是，忆湄，你怎么知道你没有弄错？"

"这是不会弄错的事情！"

"那么，爱情和友情有什么不同？"

"皓皓，"我注视着他，"没有你，我能照样生存；没有他，"我摇摇头，泪珠在睫毛上泫然欲坠，"生命、岁月，全变得……"我猛烈地摇头，语不成声，"可怕！"

他用手托起了我的下巴，用一条手帕拭去了我的泪，他漂亮的黑眼睛中没有了往日的嘲谑，显得少见的深沉和恳挚。对我点了点头，他叹息着说："但愿你的眼泪是为我而流的。忆湄，我总觉得这中间有些不对，你仿佛应该属于我，我们那么相像，是纯属于同一种类！但是——唉！"他再叹息，"最起码，忆湄，我还没有死心，你愿意再给我机会吗？我是不太肯认输的！"

我把我的手放在他的手中。

"做我的好哥哥，"我说，"我从没有兄弟姐妹，一直盼望有个哥哥来保护我，爱护我！"

他从我床上一跃而起。

"我不想做你的哥哥，"他走向门口，打开房门，回头对我再抛下了一句，"我已经有一个妹妹了，够了！"

我目送他走出房间，合上了房门。暮色在室内涌塞着，窗外已经是一片灰蒙蒙的颜色。下了床，我试着走了几步。该感谢现代的医药，更该感谢罗教授为我找的好医生，我已经可以勉强地踱步了。走到窗口，我在窗前的椅子里坐了下来，迎着恻恻轻寒的秋风，我有些瑟缩。花园里，嘉嘉的歌声不知从何处传了过来。"来如春梦不多时，去似朝云无觅处！"但愿这不是写一段感情，否则，岂不过分凄凉！我又想到中枏，中枏，中枏，中枏……这会是一场春梦，一片流云吗？

夜，渐渐地来了。夜，又渐渐地深了。我在窗前已坐了那么久！今天是星期几？似乎是中枏有家教的日子，那么他会在深夜返家。如果他看到我的房内还亮着灯光，他会不会进来看我？无论如何，我将等待！四周是那样沉寂，整个罗宅似乎都已入睡。我侧耳倾听，秋虫在花园中低鸣，夜风在小树林的顶梢回旋，风声、虫声……除此之外，一无所有。站起身来，我扶着墙走向门口，打开房门，我伸头向走廊中看了看，中枏的房间里没有灯光，显然他还没有回家。我为什么不到他的房里去等他呢？如果他发现我带着伤坐在他室内等他，他还忍心生我的气？虽然这么做未免有失自尊，但是，在爱情的前面，谁还能维持那份自尊？不管怎样，我必须见到中枢，我渴望向他解释！

我有说做就做的脾气。走出房间，关上房门，我扶着墙走向了中枢的房间。扭动门柄，房门应声而开，我走了进去，想摸到墙上的电灯开关。但，黑暗中，一张椅子绊到了我受伤的脚。痛楚使我跌了下去，我呻吟了一声，坐在地板上，揉着我的脚踝。我希望没有弄出太大的声响，以免惊醒了罗宅里的人。但，突然间，我有种奇异的感觉，这黑暗的屋子里有些什么？我警觉地抬起头来，就在我抬头的那一刹那，有一片阴影从我的眼前掠过，同时，有种柔软的绸质裙缘从我面颊上拂过去，那是一个女人！我全心悸动而惊惧了。中枢的房内会有一个女人！这几乎是不可思议的！提起了胆子，我用震颤的声音问："你是谁？"事实上，那女人已经不在室内了。门是开着的，就当她的衣服拂过我面颊的那一瞬间，她已擦过我的身边，隐进黑暗的走廊里去了。这是谁，会独自停留在这间黑暗的房子里？罗太太？皑皑？还是小树林里那传说中的幽灵？我打了个寒战，背脊上凉飕飕地冒着冷气。好一会儿，我就坐在地板上无法动弹，然后，我的眼睛逐渐习惯了黑暗，而能辨识室内的桌椅及陈设了。这室内的布置是我所熟悉的，除了我，我断定不会再有别人了。扶着桌子，我站了起来，先把房门关上，再走到书桌前面，扭开了桌上一盏鹅黄色的台灯，然后，我在桌前的椅子上坐了下来。椅子上放着一个海绵靠垫，上面余温犹存，那么，今晚上我所遇到的那个女人一定是人而不是鬼了。鬼不会有体温，这是历来说鬼故事的都强调的一点，她会是谁？百分之八十是皑皑，她在这黑暗的屋子里做什么？也是等待徐中枒吗？我的面孔发热而妒意升腾了。

我孤坐了片刻，四周的寂静包围着我，百无聊赖之余，我拉开了中枒书桌的抽屉。立即，抽屉中有两样东西吸引了我的视线，一样是一件水晶的胸饰，一朵水晶雕塑的小花，上面悬着块小小的纸片，纸片上面写着几行细小的美术字。我凑近灯光细看，看到了下面的句子：

> 愿你像水晶般清莹，却不要像它那般寒凛！
> 愿你有水晶的璀璨，却不要有它的冷硬！

我对这笔迹是太熟悉了，虽然没有签名及任何说明的文字，我仍然能一眼辨出写这个字的人：徐中枒！显然，这件胸饰曾被当作一件礼物送给某一个人，而现在，受礼的人又将它还给了它的主人。除了这件胸饰之外，抽屉里还有一张画像。皑皑的画像！微带轻颦的眉梢，盈盈如水的明眸，垂肩的发丝和那略嫌瘦削的下巴。画得那么逼真，那么传神，那么细致！这是一张美丽的画像，人美，用笔更美。在画像的右下角，有中枒的英文签名和完成的日期，这是一年前所画的了。翻过画像的背面，同样的写着几行字：

> 但愿有一天，我能画下你的微笑！
> 但愿有一天，你不这样神情寂寥。
> 那时候，我会低低问你：

148

为你祝福，你可曾知道？

这几句话的旁边，还写着一行小字：

中枬绘于×年×月，为皑皑小病初愈之贺。

我愣愣地呆了几秒钟，然后，我砰然地关上了抽屉，把那张画像和胸饰一起关进了抽屉里。现在，我能断定今晚来过的女人是谁了，皑皑！为退还这两样东西，还是想提醒那个善变的追求者？中枬，他是因为追求皑皑失败了，才退而求其次地找到了我？本来嘛，我凭什么和皑皑一争短长呢？她比我美，比我沉静，比我文雅，比我高贵……她有太多太多赛过我的地方，我却妄以为中枬是慧眼独具，这岂不是有些狂妄吗？我以为我有多少比别人强而耐人发掘的优点？他会在皑皑与我之间，选择我而放弃美丽无比的皑皑？他只是误会，误会追求皑皑毫无希望，所以他会来追求我！他忽略了皑皑的暗示，她的微蓝，她的花"心"，她的——勿忘我！我猛地站了起来，桌子上有一面镜子，反映出我的脸，乱蓬蓬的短发，微褐色的皮肤，大而并不乌黑的眼珠——如中枬所说，带着些琥珀的颜色——两道生得太低的眉毛和短短的下巴。这就是我，像一只猫的脸！谁会喜欢一个有猫脸的女孩子呢？对着镜子，我喃喃地向镜中那个自己说："孟忆湄，不要傻，你那么平凡，那么孤苦，那么幼稚，你以为你真会使他倾心吗？"

把镜子倒扣在桌子上，我含泪走向门口，还来不及开门，我已经听到走廊上的脚步声：中枬回来了！我打开房门，和中枬刚好面面相对，中枬跨了进来，一把抓住了我的手腕，他看来意外而惊喜！"你的脚好了吗，忆湄？"

"可以走了。"我点点头。

"来，坐一坐。"

"不，我要回房间去了。"我的语气有些硬僵僵的。

"忆湄，还在生气吗？"他低低地问，"我已经想明白了。"

他已经想明白了？但是，我却想不明白了！他把我的脸扳向他："你怎么了，忆湄？"审视了我一会儿，他把语气放得更加柔和："告诉你，忆湄，我差一点搬出了罗宅，幸好我没有太鲁莽。今天下午，罗教授和我谈了几句话，他说得很简单，但把一切都解释清楚了。"

"他怎么说？"我问。

"他说你非常之可爱，可爱得像个小婴孩，他眼光里的你，并非十九岁，而只有三四岁，他但愿你是他的女儿！而且——"他顿住了。

"而且什么？"我追问。

"而且，他说——"他慢慢地用眼光在我脸上巡视，"他不反对我们的事，他指的是我们的恋爱。他说，我配你，比皓皓好得多，合适得多。"他叹了口气："忆湄！还在生气吗？让一切的误会、不快，全消失吧！我那么爱你！"

我想挣开他的掌握，如果没有皑皑，我愿扑进他的怀里，但我无法漠视他曾追求过皑皑的事实！我只是一个候补！假若他追求皑皑成功了，他还会对我加以丝毫的注意吗？我转开头，稚气的泪珠在眼眶中打转，带着些微哽塞，我用浓重的鼻音说："放开我，我要回房间去了。"

他没有放开我，却把我的手腕握得更紧，用另一只手握住我的下巴。他强迫我面对着他，他的脸色沉重了，眼神严肃了，声音颤抖了："告诉我，是怎么回事？"

我摇摇头。"我只是想回房间去。"我说。

"你在怪我，在恨我，在生气，是不是？"他低声下气地说，"忆湄，别对我责备太苛，你想想，我怎能目睹你倚在另一个男人的怀里！在感情的领域里，我承认我非常之自私，我不能容忍你的感情有一丝丝、一点点、一微微地外流。忆湄，嫉妒是很大的过失吗？是不能原谅的吗？"

我已经不怪他的"嫉妒"，我已原谅了那次误会，事实上，我从没有为他的这次嫉妒行为而怪过他！可是，现在的问题已全不是那么一回事了！我可以原谅他的嫉妒，却无法处置自己的嫉妒！何况，这之中牵扯的问题还不止嫉妒，还有我那份可怜的自尊！用力地挣脱了他，我一语不发地向走廊中走去，我步履蹒跚，必须扶着墙才能走稳。他立即追上了我，很容易地又捉住了我。带着几分被压制的恼怒，他粗声地说："忆湄！你这个固执而不讲理的小东西！我这样向你解释，你还不能谅解吗？"

"放开我！"我低低地喊。

"不！"

"放开我！"我抬高了声音。

"不!"

"放开我!"我大叫。

他把我用力一拉,我正站立不稳,过分持久的站立和步行已使我受伤的脚吃不消,再经他这样一拉,我就完全扑倒了下去。他的胳膊承住了我的身子,在我重新站稳之前,他已用力地箍住了我,同时,他的嘴唇压住了我的嘴唇。我有种被侮辱似的感觉,挣扎着,奋力要从他的臂弯中解脱出来。我越挣扎,他箍得越紧。我生气了,愤怒地喊:"徐中枏!你如果是个男人,不要和我比体力!"

"我就和你比体力,"他固执地说,仍然箍住我不放,"因为你任性得完全不合道理!你倒说说看,我什么地方对不起你?"

"回去看看你书桌的中间抽屉!"我说。

"我书桌中间抽屉里有些什么?"

"你自己去看!"

"你跟我一起来,如果有误会,我们马上讲清楚,假若再像这样怄上三天气,我一定会发狂了!"

"我不去!"

"你一定要来!"

"我不要去!"我大叫着。

一扇房门"砰"地开了,罗皓皓穿着睡衣跑了出来,站在我们面前。他做作地打了一个大哈欠,伸伸懒腰,耸耸肩膀,不耐烦地说:"天哪,忆湄,你遇到强盗了吗?"

"哼!"中枏在鼻子里重重地哼了一声,没好气地说,

"罗皓皓，你最好回到你的屋子里去，少管闲事！"

"咦，"皓皓装出一副惊讶万状的样子来，"原来是你呀，家庭教师！你这是在教忆湄哪一门功课？柔道吗？"

"少管闲事！你懂不懂？"中枬恼怒地喊，"我和忆湄谈我们的话，与你无关！"

"谈话？"皓皓又耸了耸肩，"看样子，你们谈得过分'有声有色'了！"他看看腕表，"现在是午夜十二时二十五分，你们这种'轰轰烈烈'的谈话，能不能留到明天再谈？否则，整幢屋子都要被你们的谈话所'震动'了！"他停住，对我深深地鞠了一躬，绅士派地伸出手腕，演戏似的说："孟小姐，我有没有荣幸送你回房间？看样子，你的脚已经过分疲劳了！"

我把手放在皓皓的手腕上。但，同时，中枬的手也放在皓皓的手腕上。他放得一定很不"柔和"，皓皓咧了咧嘴，立即掉转身子，面对着中枬，一时间，他们二人脸对着脸，眼睛对着眼睛，火药味迅速地在空气中弥漫开来。灯光从两扇开着的门里透出来，照射在两张脸上。中枬是极度的愤怒；皓皓却带着他特有的满不在乎，可是，紧张和怒气却写在他的眼睛里。露了露牙齿，他似笑非笑地说："家庭教师，你想要赐教几招武功吗？"

"我告诉你，"中枬愤愤地说，"我看不惯你那副装腔作势的鬼样子！请你别再干涉忆湄的事，否则……"

"否则怎样？"皓皓挑战地昂了昂头。

"否则我要打落你的牙齿！"中枬大吼，激怒使他脸色发白，眼珠向外凸出。我从没有看到他动这么大的火气，又这样地不能自制过。皓皓仍旧带着他那满不在乎的味儿，挑着眉梢，用低沉的嗓音说："你不妨试试看！别人的事我懒得管，忆湄的事我就是要管！忆湄是我们罗家的客人，是你徐中枏的什么人？嗯？家庭教师，你不觉得你才管得太多了吗？"

徐中枏瞪大了眼睛，沉重地呼吸着，然后，他一个字一个字地说："忆湄是我的未婚妻！"

"哦？"皓皓斜睨了徐中枏一会儿，掉头来望着我，问，"忆湄，你是吗？"

徐中枏也迅速地盯着我，用稍稍急促的口气说："告诉他！忆湄，你是吗？"

我望望这个，又望望那个，张着嘴，一个字也说不出来。这两人间剑拔弩张的形势使我紧张，我急于想出一个办法来缓和一下空气。但，他们两人都盯着我，似乎问题的关键全悬在我的一句答案上，我口吃地、嗫嚅地说："我……我……"

"忆湄！"中枏不耐地喊，"你是怎么回事？"

"忆湄！"皓皓也喊，"你不用受他的威胁！"

"闭起你的嘴！"中枏对皓皓喊。

"闭起你的嘴！"皓皓喊了回去。

砰然一声闷响，我眼前一乱，也不知道是谁打了谁，只知道他们已展开了战斗。出于一种本能，我惊呼了一声，而他们之间已快速地交换了好几拳脚。走廊中又是一扇门砰然而开，罗教授那颗毛发蓬乱的巨大的头颅伸了出来。在一阵稀奇古怪的诅咒之后，罗教授揉着眼睛，咆哮地喊："这是什么玩意儿？这是什么玩意儿？"

就那样几跳，他已经站在我们面前了。看到了我，他似乎更加诧异，不信任地张大了眼睛，他愕然地说："是你？忆湄？你的脚已经好了吗？怪不得这样'惊天动地'呢！"转过头去，他对那两个已停战的武士说："你们在干什么？表演拳击吗？"他不同意地摇着他巨大的头："时间不对！地点也不对！给我全体回房间去！"

"哼！"中枬哼了一声，对罗教授冷冰冰地说，"罗教授，我先说一声，你们罗宅的家教我不干了，您另请高明！我明天就卷铺盖离开这儿！"说完，他扭转头就走。但，罗教授咆哮地喊了一句："慢着！中枬！站住！"

中枬站住了。

"你不干了，忆湄的大学怎么办？"他盛气凌人地说，"年轻人，你是这样不负责任的吗？亏你有满肚子的大道理！你爱干也得干，你不干也得干，忆湄考不上大学我敲断你的腿！说走就走，哪有那么容易的事？废话！你们全回房间去，忆湄的脚好了，明天也恢复上课！好，全给我滚开！"

徐中枬显然被罗教授的一顿臭骂骂得有点昏了头。他愣了两秒钟，说："罗教授，你是什么意思？"

"我的意思是，你非留在罗家不可！"罗教授大叫着说，"你想走，除非是你发了神经病！"

"我？"中枬愕然地说，"我发了神经病？天知道这屋子里是谁有神经病！"说着，他转过身子，悻悻然地向他自己的房间走去。

"忆湄!"罗教授突然又发现了我，怒吼着说，"你以为你的脚很结实是不是？半夜三更满屋子闲荡！我看你的神经也出了问题！"我一愣，好，又骂到我头上来了。噘起嘴来，我在喉咙里轻轻地叽咕了几句，一面向房间里退去。罗教授没有饶过我的叽咕，他叫着说："你在说什么鬼，忆湄?"

"我说，"我站住，大声讲，"假若我的神经也出了问题，是受了你们罗家的传染！"

罗皓皓纵声大笑了起来，在这夜色中，他的笑声在整幢楼中发出了回响。罗教授被激怒了，暴跳地喊："你这是干什么？笑什么？神经病！发疯！"

罗皓皓笑得更加厉害，一面笑，一面也走向他的房间。在笑声中，他高声地念："神经人人皆有，巧妙各自不同！"房门合上了，在合上的那一刹那，他又抛下了四个字的注解："神经之家！"

# 第十二章

这夜，我又失眠了，脑子里是那样杂乱纷扰的一团，所有平日接触的人物都在脑中盘旋不去。罗教授、罗太太、皓皓、皑皑、中枬……每一张脸都像电影中银幕上的特写镜头，轮流在我脑子里出现。我疲倦万分，却无法睡着。感情上的困扰、精神上的不宁……种种种种，我觉得自己卷进了一个问题家庭，而又糊里糊涂地变成了问题的核心，再又制造了许多新问题，这些问题都像一股股缠绕在一起的苎麻，把我层层地卷裹住了。

我不住地在床上辗转反侧。由于无法睡着，我开始数起数目来。从一数起，数到了一千零三十、一千零三十一、一千零三十二……我仍然了无睡意。迫不得已，我开始倒过来数，一千零三十、一千零二十九、一千零二十八……当我数到八百七十九，又混成了九百七十八，又混成了七百八十九，我再也弄不清楚了，嘴里还在喃喃地七呀八呀九呀的，神思已逐渐恍惚，睡意慢慢地爬上了我的身子，沉甸甸地压在我的眼皮上。心中模模糊糊地，还在想弄清楚，到底是七百八十九，还是九百八十七……然后，蒙眬中我听到一声门响，仿佛有人轻轻地推开门走了进来。我的潜意识还在数字中挣扎，脚步声、呼吸声，一片似有似无的阴影，一只手在轻触我的手腕……我惊跳，从床上猛地坐了起来，大声说："七百八十九！"我醒了。室内的光线昏昏蒙蒙，我忘记拉上落地窗的窗帘。月光透过了玻璃窗，成为一种黯淡的苍灰色，塞满了我的屋子。在我的床前，罗太太像个幽灵般挺立着。因为这已经不是第一次，在我的潜意识里，早有一种本能的防御，所以我并没有因她的出现而惊吓。相反地，她却似乎被我那声"七百八十九"吓了一跳，呆呆地瞪视着我。

"噢，罗伯母。"我轻声地说，"您有什么事吗？这么晚了！"

她不响。我伸手扭亮了床头柜上的台灯，她立即阻止地说："不要开灯，我不想让罗教授知道我在这儿。也不想惊动任何一个人。"

我重新把灯关掉。靠床里挪了挪，我拍拍床垫说："您坐一坐吧，好吗？您是专门来找我吗？是不是有话要和我谈？"

她坐了下来，面对着我，好半天都没有开口。但，从她忧愁的面色上，从她那美丽而悲哀的眼睛里，我知道她一定有话要和我说。她平日是缺乏表情的，可是，现在却有一张极特殊而柔和的脸，虽然光线那么暗，我依然能辨出她与往日迥然不同的那副神情。

她想对我说什么？忽然间，我心头掠过一丝奇异的灵感，是不是她自始就想和我谈话，而每一次都被人打断了。如同那个被她惊吓的晚上，以及好几次的白天，在我屋里，都有着片段的、奇妙的谈话。她想告诉我一件秘密吗？秘密，为什么我会想到这两个字？因为这家庭中总有一份潜在的神秘感吗？因为这家庭的组合分子过分地特殊吗？不管怎样，我希望能听到她所要说的。

看到她迟迟不开口，我忍耐不住了："罗伯母，您要告诉我什么吗？"

她摇摇头，深深地叹了口气，用一种忧伤的语气说："不告诉你什么，只向你请求一件事。"

"请求！"我惊异地喊，"您向我请求吗？您怎么会有事需要向我请求呢？"

"是的，我请求你，你能答应吗？"

"什么事呢？"我困惑地问。

"你——忆湄，你饶了他吧！"

又是这一句话！我简直摸不着头脑！我向她俯近了一些，加强语气地问："你能不能说清楚一点，罗伯母？你要我饶了谁？我是对任何一个人都没有坏心的。我想，我不会伤害任何一个人！"

"你会，"罗太太用平静的声调说，"你会伤害许许多多人。"

"是吗？罗伯母，为什么？请你先告诉我，你要我饶

159

了谁?"

"皑皑。"

"皑皑?"我更加惊愕了,"我对皑皑做了些什么,使你如此不放心?罗伯母,您根本不明白,我一直希望和皑皑做好朋友,但是,她拒绝我!我可以向您起誓,我对她没有丝毫的恶意。……"

"你有!"她打断了我。

"我没有!"我申辩。

"你抢走了徐中枏!"

"徐中枏!"我叫,到现在,我才算摸到了一点门路,原来闹了这么半天,是为了徐中枏!我凝视着罗太太,凝视着她那在黑暗中的侧影,挺直的鼻梁和闪烁的眼睛!这是一张母亲的脸!我曾认为她是一个没有什么感情的母亲!现在我知道我错了!她是个十足的母亲。而且是个溺爱孩子的母亲!可是,她对我的责备却未免太不合理!我屈起了膝,把手肘支在膝盖上,托着下巴,静静地说:"罗伯母,我并没有存心'抢走'徐中枏,我是'爱上'了他!您不能因为我有这份感情而责备我,是吗?"

"你是存心'抢走'他的,对不对?"罗太太紧紧地望着我说,她的眼光在柔和中又透着威棱,显出份奇异的逼人的力量,"你是存心的,一开始,你就知道皑皑在爱他!"

"或者,我有一些明白皑皑在爱他,"我坦白承认,"但这与我对中枏的感情毫无关系,我并不因为皑皑爱他而我也爱他,我是因为他是徐中枏而爱他!"

"你真爱他？"罗伯母不太信任地问。

"是的！"我坦率而不害羞地说。

"可是，他——并非一个很吸引人的男人。"

"你这样认为吗？"我说，"但他非常吸引我，也很吸引皑皑，是不是？"我不知道为什么要为中枏辩白，我不喜欢听到有人贬低他，"吸引这两个字并不十分妥帖，我相信，皑皑比较容易吸引女人一些。可是，真正感情的发生，并不是单单用吸引两个字来包括的——"我迟疑了一下，"举例来说吧，一般女性一定不会喜欢罗教授，他那样暴躁易怒，粗犷不羁，而又不修边幅，但他却很能吸引你，对吗？"

或者是我敏感，我觉得罗太太战栗了一下，我的话有什么地方使她震动了？她看来非常不安和疑惑，那对眼睛中明显地带着些防备的神色，她在怕什么？怕我吗？为什么？

片刻之后，她的嘴唇嚅动了，突然说出一句话来："忆湄，你放弃他吧！"

"放弃谁？"我一愣。

"中枏。"

"为什么？"我本能地抗拒了。

"为了——皑皑。"她低低地说，"如果你不来，中枏会爱上皑皑的，或者已经爱上她了。你一来，把所有已建铸的感情全破坏了。皑皑不会表达自己的感情，看外表，总会觉得她是个冷冰冰的女孩子，但她脆弱而热情。忆湄，你和皑皑不同，你坚强，你洒脱，你快乐，你禁得起打击，皑皑却不行。"我头一次听到罗太太这样清清楚楚地分析事情，也是头一次听到她这样有条不紊地讲上一大篇话，看来，她并非终日精神恍惚的！她也有清楚的理性和思想！可是，她所要求我做的事，是可能的吗？

"罗伯母，"我说话了，"您太自私。"

"是的，我太自私。"她轻轻地说，叹了口长气，"不过，忆湄，你那么坚强，失去中枎，对你不会是个太大的打击……"

"您怎么知道？"我反问，"罗伯母，人生有很多东西可以'放弃'，但是，绝不是爱情！如果有人能为了成全别人而放弃自己的爱情，那么，她是神，而不是人！罗伯母，您把我估得太高了，我是人，而不是神。"

罗太太再度战栗了一下，我又刺到她什么地方了？

"可是，忆湄，"她仍然想说服我，"你不会像皑皑一样地爱中枎。"

"你又怎么知道？"我挑战似的问，"不会有一种度量衡，能够衡量出爱情的多寡。而且，就算你认为皑皑比我更爱中枎，这也不能成为我放弃中枎的理由！"

"当然，"她自语似的说，"可是如果没有你，皑皑会得到他！"

我相信这是实情！但，罗太太这样一说，却提醒了我一件事实，我突然明白她为什么认为有资格和权利要我放弃中枎了！我是罗宅收容的孤儿！我无权和罗家的小姐争爱！假如我和皑皑的利害相冲突，我只能牺牲而成全皑皑！因为她是罗家的小姐！我是孤苦无依的、渺小的孟忆湄！

"哦，罗伯母，"我觉得深深地被刺伤了，"或者，您有些懊悔收容了我！"我的傲气在一刹那间抬头了，带着激昂的情绪，我慷慨陈词："是的，罗伯母，我只是你们罗宅收容的一个孤女，但是，我不能因为你们是我的恩人，我就处处要听你们的摆布……"

"哦，你错了，"罗伯母轻轻地打断了我，"我并没有想摆布你……"

"但是，您要我放弃中枏！"我的声音高了起来，"您能不能为了另外一个女人而放弃罗教授？您能吗？"

罗太太猛地从床上站了起来，眼睛睁得大大地瞪着我。我想，我已经触怒了她。但，受伤的自尊使我顾不了这一切，我继续说："你能要求一个人放弃他的生命、意志、前途、梦想、快乐……这一切吗？中枏对于我，就是这一切的一切！我怎能为了一饭之恩，把所有的东西都放弃？如果您认为给了我一个安身的地方，就有权对我做如此的要求，那么，我宁愿明天就迁出罗宅！我和中枏一齐迁出去，赤手空拳打下的天下比有所倚靠和助力而得到的更加有意义……"

"忆湄！"罗太太喊了一声，"我并没有这个意思，只是皑皑太可怜，因为我知道她那份感情和她那份柔弱，我知道得太深太深了。你要体谅我是一个母亲……"

"皑皑，"我说，"她应该稍稍坚强些。我相信她会坚强，你不能把她再训练成一株菟丝花。"

"菟丝花？"罗太太错愕地问。

"是的，菟丝花！就像小树林里的那一株，你没注意到吗？攀附在一棵松树上，根部深入松树里，靠松树给予它养分和生命。一旦松树倒下了，菟丝花也就完蛋了。罗伯母，"我率直地未经深思地说了出来，"你已经是一株菟丝花了，你希望皑皑做第二株菟丝花吗？在我，宁愿做疾风中的一苇劲草，也不愿做一株菟丝花！"

罗太太呆愣愣地站着，似乎被我的话震住了，陷入一阵深深的沉思中。我感到我的措辞未免太过分，最起码，我不该对一个长辈这样讲话，于是，也懊丧了起来。但罗太太忽然回过头来看着我，她的大眼睛里竟蓄满了泪，亮晶晶地闪着光，这使我惊惶而莫知所措了。她轻声说："不错，应该做一苇劲草，而不要做一株菟丝花。可是，忆湄，菟丝花是一种植物吗？"

"是的。"我不解地点点头。

"也是大自然界里的一种生物吗？"

"是的。"我再点点头。

"它的存在，它的生命，是上帝给予的吗？"

"我想——是的。"我更困惑了。

"那么，菟丝花不能不做一株菟丝花，是不是？我是说，假若它已经被造物者指定是一株菟丝花的时候，指定它必须攀附在别的植物上生存的时候！它不能对造物者说：'我不想做一株菟丝花，你让我做一株劲草吧！'是不是？菟丝花就是菟丝花，你怎能要求它不是菟丝花呢？生命的本身并无过错，对不对？"听起来蛮有道理，但是我的头已经转昏了。什么菟丝花菟丝花的，我简直弄不清楚了。罗太太幽幽然地叹了口气，用更轻的声音说："这就是我的悲哀，我——不能不做一株菟丝花!"

　　说完，她慢吞吞地向房门口走去，曙光已经微现，窗玻璃被染上了一层苍白。她的脸色是同样的苍白色，黑眼睛黑得像看不见底的潭水，我被她那种深刻的哀愁所折倒了，禁不住地喊了一声："罗伯母!"她站住了，面对着我，在我还没有开口之前，她凄凉而忧伤地说："好了，忆湄，我收回今夜所谈的话。你很对，我无权要求你放弃中枬，我原以为——你或者并不很爱他，现在我知道我错了。"她叹息："人生没有一件可以强求的事情，你会恰巧在这个时候来到，正当皑皑和中枬的感情快要进入微妙阶段的时候，然后又轻而易举地抢走了中枬……"她仰头看看微露出灰白色的窗外的天空，慢悠悠地自语般地问："谁在安排人世间的一切? 这世界上有没有一条自然的法律，对这些是是非非、恩恩怨怨，做一个公平的裁判?"

　　我不太能了解她的话，只能默默地望着她出神，她的眼睛那样专注地望着窗外，像个热心的宗教崇拜者，面对着她所信奉的神祇。她那倾诉般的言语，有一种扣人心弦的力量，使人眩惑迷茫。就在我们二人都默然不语地发着呆时，房门突然被缓缓地推开了。于是我看到中枬用一只手支着门框，另一只手推开房门，静静地站在那儿。就这样一眼，我已经断定他在门口站了一段很长的时间。他的衣领散着，穿了件毛背心，还是昨晚的装束。伫立在那儿，他一动也不动，只用一对火般的、烧灼着的、狂热的眸子，不转瞬地凝注在我的脸上。我也怔住了，一夜无眠使我昏昏沉沉，冗长的谈话令我浑身倦意弥漫，而中枬的眼睛让我如醉如痴。就这样，我们对视着，谁也不开口，直到罗太太的一声深长的叹息，才把我们同时惊醒了过来。她走向了门口，对拦门而立的中枬说："你可以让我过去吗，中枬？"

中枬让在一边，却对走出门外的罗太太深深地鞠了一躬，虔诚而恳挚地说："谢谢您，罗伯母，您帮了我一个大忙。"

罗太太看了他一眼，一语不发地走了。中枬相反地走近了我，站在床边，他继续用那对狂热的眸子上上下下地望着我。接着，他在床沿上坐了下来，伸手拉住了我的双手，我以为他会给我一个热情的拥抱或长吻，但是，他并没有。他只静静地凝视着我，凝视得我的五脏都疼痛了起来。然后，他把他的脸埋进我的双手之中，久久都无动静。等到他抬起头来之后，他的脸色那样白，而眼睛那样清亮！他仰视着我，轻轻地说："忆湄，我从不知道我在你心里能有这样的地位。我像个傻瓜，是吗？你应该打我，我是这样的愚蠢和无知！"

我没有说话，只固执地望着他。他靠近了我，慢慢地把我拉进了怀里，轻轻地用下巴摩擦着我的头发。在我的耳边，低低地吐露出一番话来："忆湄，我承认，在你未到之前，我确实想追求皑皑，这是我的弱点，或者是一般男性的弱点，皑皑太美，美得使人无法不动心。可是，很快我就发现了自己的错误，并非由于皑皑的冷淡，而是由于性格、气质一切都不相近，你懂吗？忆湄！我对皑皑的撤退不是因为你的插入，是因为本身的误解。至于你，忆湄，我不愿夸你是美女或才女，但，你是我梦想多年的那个女孩子！是我心目中最最完美的一个偶像！"他吸了口气，轻唤着说："忆湄，忆湄！让那所有的不快和误会都过去吧！以后，我们之间再没有争执、纷扰、嫉妒和怄气！以前的所有不快，都是天下本无事，庸人自扰之！以后，我们应该都变得聪明一点，再别做庸人！"

他托起我的脸，嘴唇从我耳边滑到我的唇上，静静地停在那儿，不再说话了。天，已经完全亮了，怎样一个无眠的夜！

我重新"蹦跳"于花园之内，数着菊花的朵数，拾着满地的黄叶，兜着一裙子的秋风，快乐得像一株风铃草（不过，我并不知道风铃草是什么玩意儿，只喜爱这个名字）。从花园转入了小树林，穿过了爬满紫藤的花棚，一下子停在那棵缠绕着菟丝花的松树前面。一时间，我愣了愣，皑皑正坐在松树下，双手抱着膝，静静地望着我连跑带跳地过来。她穿着件浅蓝色的上衣和深蓝色的裙子，垂肩的长发迎着风飘荡。猛一看去，她真像一朵可爱无比的蓝色小花——勿忘我。

"嗨！"我说，热心地笑，"你在这儿干吗？"

"什么都不干。"她淡淡地说，"只是坐坐。"

我在她身边的草地上坐了下去，伸长了双腿，一面好奇地望望她，因为她的姿态那么优美自然，而我就手脚都放得不成样子。学着她架起腿来，怪不舒服，又伸了回去。用手撑着地面，我半躺在地上，愉快地笑着说："你怎么能坐得那样自然，我怎么不行？"

"谁知道！"她脸上不挂一丝笑容。我碰了一个钉子。看样子，要在她身上找寻"友谊"一定是白找。还是少费力气好些，松开手，干脆往地上一躺，摘了一棵小草，我细心地剥掉两旁的大叶子，而把草心放进嘴中去咀嚼。草心带着股浅浅的幽香和淡淡的甜味，细细地沁入胃脾之中。皑皑坐在一边，蹙着眉凝视我。为了免得再碰她的钉子，我不再开口，悠然地注视着树隙之中的蓝天和白云。

"他们就是因为这些地方喜欢你吗？"皑皑突然问。

"什么？"我没听懂。

"我说皓皓和中枬。"

"皓皓和中枬怎样？"

"就喜欢你这副样子吗？"她指指我，眉头蹙得更紧了。

我坐了起来，对她摇摇头。"我不知道他们喜欢我什么地方，"我坦白地说，"不过我也不认为这样躺在地上有什么不妥。"我剥了一根草心给她，"要试试吗？在嘴里嚼嚼很好玩，有点甜味。"

她躲之不迭，好像我要她吃的是毛毛虫。把头回避得远远的，她惊叹地说："天！我真奇怪你是从什么地方来的？"

"高雄。"我说，"高雄，那不应该是个野蛮的地方。"

"当然，那是个非常美丽的都市，有全省最大的百货公司，有可爱的渔港和海湾，还有许许多多亲切的人们。"我想起几乎已被我遗忘的林校长和妈妈的同事们，以及那些活泼天真的小学生，我有好久没有给他们写信了。

"那里的女孩子都吃草的吗？"皑皑一本正经地问。

我愣了一下，就大笑了起来。多么荒谬的问题！她以为吃草是一种民间的风俗吗？我奇怪她的头脑怎么那样单一化。"这只是好玩而已，"我笑着说，把手里的草丢开，"难道你小时候没吃过野生的草莓、蔷薇花的花心，或是酸酸的酢浆草？"

"这些是可以吃的吗？"她仍然一本正经地问。

"噢！"我说，"只是好玩，我记得小时候专门跑到山边上去找草莓、花心，或是酢浆草，有时还会采些野生的菌子，让妈妈给我煮汤喝。这只是好玩而已。你从没有这样玩过吗？"

"我不知道这有什么好玩。"她索然地说，从草地上站了起来，扑掉她裙子上的落叶，看样子，她准备离去了。但，她并没有马上走开，站在那儿，她又凝视了我好一会儿，才点点头，用冷冰冰的声调说："就是这样，突然间，会有一个从未谋面的、会吃草的女孩子，从陌生的地方跑来，把一个原来安安静静的家庭，搅得天翻地覆。你不觉得这件事有点奇怪吗？"我瞪视着她，一时间，有些转不过头脑，不知道她说这些的用意到底是什么。她微微地笑了一下，一种淡漠的，带着些轻蔑意味的笑，继续说："你不感到奇怪吗？我却觉得非常奇怪！为什么你的母亲要把你托付给一个多年没来往的老朋友？为什么我父亲会收容你？你是谁？孟忆湄！就像这名字这样简单吗？你到底是谁？你的母亲是谁？你的父亲又是谁？你到我们罗家来的目的是什么？"

我瞠目结舌，皑皑的问话是咄咄逼人的，顿时，我也困惑迷糊了起来。我是谁？我的母亲是谁？我的父亲又是谁？对于罗宅，我像个来历不明的人物吗？"你的母亲是谁？"这不是我第一次听到的问句，我的母亲！难道……难道……难道……这是不可能的，我甩了一下头，把皑皑加给我的阴影一起甩掉。

"哦，"我迎战似的说，"皑皑，你想把我导入一条迷途吗？最简单的事让你分析起来，可能变成最不简单的！而你又不能体会吃一根草心的小乐趣，你是个思想古怪的人！"

"是吗？"她问，"你认为这是简单的问题吗？吃草心！除了牛和羊这种动物是吃草的之外，我只听说童话中有一种小天使，靠草叶花心和朝露为生，你是个天使吗？"她审视着我，点着头说："或者你是！不是普通的天使，倒像个复仇天使！"

复仇天使！我头一次听到这样荒谬的天使名称！我复仇？我复谁的仇？失恋使皑皑神经错乱了吗？还是她想要错乱我的神经？皑皑把被风吹乱了的长发拢了拢，开始向树林走去。走了几步，她又掉头对我说："你错了，忆湄，我不是一株菟丝花，说不定我也是棵劲草呢！只希望你别残忍到把我的草心也吃掉了。"

她走了。我仍然坐着。菟丝花！劲草！看样子，那一夜我和罗太太的谈话，偷听者还不止中枬一个人！目送她的影子消失在林外，我思想麻乱而纷杂，情绪迷茫而困惑。就在我恍恍惚惚地发着呆时，忽然间，有只手冰冰凉地搭在我肩膀上，碰着了我的面颊。我大吃一惊，恐怖地回过头去，是堆着一脸傻笑的嘉嘉！我长长地吐出一口气，用手按着狂跳的心脏，有些生气地说："你干什么，嘉嘉？"

"花——"她憨笑着说，"谢了。"

花谢了？当然，这已经是秋末时分了。我望着嘉嘉，她仍然穿着单衫，怪不得手冻得那么冷。难道没有人照顾她的生活吗？我脱下了身上的一件开口毛衣，站起身来，披在她的身上，拍拍她的肩膀说："这件衣服给你，多穿点，别受凉！"

她愣愣地注视着我，用手拉着毛衣的前襟，我简直无法分析她是高兴还是不高兴。慢吞吞地，她转开头去了，一面走，一面单调地重复地说："花谢了。花谢了。花——谢了。"

我抬起头来，猛然看到面前那株菟丝花，真的，花——已经谢了。

# 第十三章

自从上次和皑皑作了那篇谈话之后，我发现我和她之间更加疏远了。她似乎在有意无意地避开我，就是在走廊和饭厅中碰到了头，她也很少和我说话。由于她的冷漠，我也失去了往日想在她身上找寻友谊的"雄心"。尤其，除了冷漠之外，我感到她那对美丽的大眼睛，每次看我时，都带着几分敌意和窥探的意味，常使我浑身不舒服，又满心不自在。可是，我的生活已经太充实，又太忙碌了，中枬和考大学两项，就可以占据我全部的思想和时间，我再也不愿意为其他的事来伤脑筋了。

"我和中枬"，每每想到这四个字，我就能感到从体内流过一股暖流。是的，天冷了，冬风已起，黄叶纷飞，小树林里大部分是常绿乔木，何况台湾许多植物都有"四季如春"的特性。但，有些冬季枯萎的，叫不出名字的树木，已使遍地铺满了落叶。和中枬坐在落叶堆中，凝视着那些叶子飘飘坠坠，一刹那间，可以盛满一裙子的黄叶，那份诗情，那份画意，真非笔墨所能形容。冷吗？不！当两人心头都充满了暖洋洋的热力，冬风与春风，又相差几许？有时，望着黄落飘零，我会冲口而出地念一句诗："无边落木萧萧下。"中枬会立即接下去念："不尽柔情滚滚来！"他把杜甫的名句"不尽长江滚滚来"胡乱篡改，改得虽然不伦不类，却很贴合我们的实际情况。我笑了，他笑了，我觉得落叶也笑了。

坐在花棚之下，我捧着一本教科书，全力集中思想想看进去。中枬坐在我对面，忙忙碌碌地把紫藤花编成一顶花冠。孩子的玩意儿！但他编得那么专心，那么有劲，会使你觉得他在制造一件艺术品！回到我的书本上，我默记着那些差一点点就意义大异的英文片语，暗中诅咒着创造英文的那个人，怎么会找到这么多的介词，又用得如此广泛和类似！谁能分得清楚那些 in、on、of、off，发音像小波打喷嚏。真要命！还是中国的文字好得多，总不会把脑子转得七荤八素。我蹙蹙眉，耸耸鼻子，撇撇嘴，摇摇头。怎么回事？那些片语就不肯钻进我的脑子里去，死也不和我合作！有什么事情不大对头，中枬怎么了？为什么我情绪如此不稳定？我猛地抬起头来，中枬正好好地坐在我对面，隔着石头桌子，默默地注视着我。

"五十五次！"他说。

"什么？"我愣住了，好一句没头没脑的话！

"我正在试验心灵感应。"

"什么心灵感应？"

"我在心里叫了你的名字五十五次，你才抬起头来！"

多傻！不是吗？怪不得英文片语不肯跟我合作，原来都被他叫跑了！我翻翻眼睛，噘着嘴。然后，我笑了，他笑了，穿过花棚的冬风也笑了！

雨季来了，花园里整日是迷迷蒙蒙的一片。气温一天比一天低，厚厚的、灰白色的云层压在屋檐和小树林的顶梢。彩屏在我室内生了一盆火，把火盆放在书桌旁边，和中枢分占着书桌的两端，烤着火，听着雨声，望着雨雾织成的网，静静地温习着功课。历史、地理、语文、英文、代数、三角……哦，老天！如果没有考大学的麻烦，风在林梢低吟着，像一支歌！雨在玻璃上轻敲着，像一首诗！他的铅笔猛然敲上了我的手背，差一点使我把书本落进火里去。

"收收心！"他说。

"如何收法？"我问。

"眼睛看着书，心里想着书！"

我的眼睛看着书，书上有一张讨厌的脸在望着我，我皱眉，揉揉眼睛，看清楚了，是个六角形。六角形的面积！天！让那些 sin、cos 死掉吧！雨那么好听，雨那么好看！收集了雨丝，织成一面网，网住了他，也网住我，有多美！

"你的心又不在书上了！"他说。

"噢，别太残忍！"我祈求地仰望着他。

他的手指从我的额上滑到鼻尖上，然后落了下来，叹口气："我想吻你，忆湄。"

"好的，把所有的学问都吻进我的肚子里，我就可以不用再念书了。"

他对我摇头："你真不害羞。"

我的脸蓦然发热，低下头，赶快把眼睛对正书本，目不斜视。但他的身子挨了过来，托起我的下巴，他的唇压着我的，无数的吻。每吻一下，他轻轻地说："这是英文，这是语文，这是历史，这是地理，这是代数……哦，还有三角、几何、英文文法和补充教材……噢，别动，补充教材比课本多一倍，现在才补到三分之一……"

一阵焦味，烟雾从脚下冒了起来。什么地方失火了？推开他，我的裙角正拖在火盆里，一个小型火灾刚刚开始！我跳了起来，他拉住我，扯过床上的一条毛巾被，在我身上一阵乱挥。火灾扑灭了，幸未受伤，除了那条倒霉的裙子！我们相对站着，我瞪着他，他瞪着我。然后，我笑了，他笑了，那盆烧得旺旺的火也吐着红色的火舌笑了。

在爱情的领域里，幸福似乎是无止境的。自从那次深夜谈话之后，没有了嫉妒，没有了猜疑，也不再彼此折磨，用欢笑堆积起每一分、每一秒的时间，用快乐填补了每一厘、每一寸的空间。一会儿的凝眸，一会儿的依偎，一会儿的别离……都有着各种不同的滋味。幸福之杯已经装得太满了，除了考大学的压力时时刻刻压在我心上，我看不出有什么外力会使这杯子倾倒。可是，太满的杯子总会外溢，我不能让那杯子跟着所盛的东西同样增长。有时，我会觉得我拥有的已经太多了，凭我，一个渺小的孟忆湄，似乎是无此资格的。但愿天不妒我！

随着冬日的来临，罗宅也比往日更沉寂，罗太太和皑皑都整日躲在房中烤火，轻易不走出门一步。罗皓皓，他是个变化最大的人，不知从何时开始，他那些乱七八糟的朋友们都不再上门了。这，显然也使罗教授减少了许多工作，以前那种惊天动地的咆哮声久已不闻了。皓皓仿佛比过去喜欢待在家里些，但他不再缠我。只是，经常要带着那股嘲谑的神情，对我来上一句："忆湄，你什么时候可以觉悟？"

　　"觉悟？"我不解地问。

　　"唔，当你发现你选错人的时候，不妨再来找我！"

　　"永远不会！"我笑着跑开。

　　他拉住我："忆湄，我常觉得你是个没心的女孩子，对于我的痴情，你似乎丝毫都不在意！"

　　"你错了，"我站住说，"我有心，但是只有一颗心！"

　　"已经给人了，对吗？"

　　"不错！"我干脆地回答。

　　"好吧！"他放开我，耸了耸肩，"看样子，我只好去跳河了！"

　　我大笑，说："你永远不会跳河！"

　　他抱着手臂靠在走廊上，皱拢眉头，屏着呼吸，狠狠地望着我。我带着一串轻笑，溜向我的房间，他赶上来，帮我打开房门，像个绅士般对我一鞠躬，让我进去。我隐进门内，他低低地说："见鬼！我嫉妒你的快乐！"

　　转过身子，他大踏步地走开。我倚在门上，望着他的影子消失。奇怪，难道他真的会如此"受伤"？那不该是他这种个性的男孩子所有的！明天，他就会找到一个新的女朋友，把一切的不快都忘掉了。我走进房门，立即把他的影子抛开。我有那么多该想的事，实在无心去想他了！

小波选择了火盆旁边的一块位置，做它的"卧房"，现在，它已经长成一只硕壮的大猫了。只可惜，罗宅似乎没有什么老鼠可以让它表演一下，偶尔，它只能在厨房里捉两只蟑螂，衔到我面前来炫耀一番。这样也总比什么都不捉好些，最起码证明它不是个完全的废物！这个可怜的小残废，在罗家，它一直并不受欢迎，罗教授和罗太太对它都有一分明显的厌恶。或者，因为它跛了一条腿，自然不像一般小猫那样行动优雅，跳蹦敏捷。而我呢，却正由于它是残废，就特别怜爱它一些。小波也是个机灵鬼，它深深明白，只有在我身边，才是它的安乐窝，不会被骂过来，赶过去，或踢上一脚。所以，它总是缩在我的身边。（皓皓早已忘记共同养它的诺言，对它根本置之不顾。中枬一看到它，就要戏称我"小慈善家"。）冬天一来，小波也染上了疏懒病，近来天天在火盆边打呼噜，连捉蟑螂的兴致都没有了。每次看到它酣卧在火炉边，都使我联想起皓皓的笑话，不知道它会不会有一天，胡子也被老鼠咬掉了。不过，有一次，它倒是真的烧断了三根胡子。这天下午，我午睡醒来，火盆边没有小波的影子，床上也没有。（近来，它已养成上我的床的坏习惯了。）难得，它今天居然变勤快了。我起了床，把火盆中的火燃旺了一些，懒洋洋地打了个哈欠。看看表，距中枬下课回家还有好一会儿，打开了三角课本，禁不住再打了一个哈欠。sin2X 等于多少？ cos2X 等于多少？一百个无聊。

一声尖锐的呼叫，打破了整个楼房的寂静。我抛开了书本，冲出房门，想看看发生了什么可怕的事情！于是，我看到走廊中已纷纷跑出了好几个人，包括罗教授、罗太太和皓皓。那声尖叫，是从皑皑屋子里发出来的，房门关着，皑皑还在里面乱喊乱叫。罗教授冲上前去，一下子打开了皑皑的房门。于是，我看到一个吓人的场面！

小波！我那只残废的小猫，不知怎么跑进了皑皑的房间，嘴中竟然紧紧地衔着一只又肥又大的老鼠！大概它初立奇功，有些兴奋过度，而皑皑的大惊小怪更引起了它的慌乱。所以，它衔着那只老鼠满屋子乱跑乱窜。皑皑似乎正在画画，桌子上全是颜料瓶，支着一个大画架。小波的奔窜一连带翻了好几个颜料瓶，瓶子滚在地下打破了，流了一地红红白白的颜料。皑皑手中握着一把画笔，又气又急又怕（她紧紧地防备着不让小波嘴中的老鼠碰到她），就一面大叫着，一面把画笔向小波乱砸。她不砸还好，这样一砸，小波就更加惊慌，竟一下子跳到画架上面，把一张已快完工的画撕下了一大条纸，身子吊在画架上面，嘴里还咬着老鼠不放。皑皑更气了，跳着脚，她把手里所有的画笔全砸向了小波，嚷着说："死猫！死猫！谁养的要命的猫！自己也不管！"

由于房门的敞开，小波发现了一条出路，就一跃而出，紧接着跑进我的屋子里去了。皑皑看看她损失了的画，气得眼睛发红，抓起一把画笔，她跳着脚追入了我屋里。我也追了进去，罗教授和皓皓等人也跟了过来。我们这样一拥进内，把惊魂甫定的小波又吓得乱跑了起来，我嚷着说：“好了，好了，你们吓着了它！”

“死猫！鬼猫！”皑皑仍然嚷着，又是一把画笔对小波扔了过去。小波凌空一跃，半死的老鼠落到地下，小波却冲向了墙上悬挂着的妈妈的那张画上。我只听到当啷一声响，镜框掉了下来，玻璃砸破了。小波穿过了落地窗，跑到外面，从窗子上跳落到花园里去了。

一场风波，到此应该结束了。彩屏已闻风而来，拾走了半死的老鼠，也扫掉了玻璃碎片。可是，皑皑还在生气，站在我的房门口，她气得浑身发抖，喘息着说：“我最近画得最成功的一张画，你赔我！”

“好了，算了，”罗教授不耐地摆了摆手，“一只小猫，闹得这样天翻地覆，什么玩意儿？！”

“哈哈！”皓皓仰天而笑，看样子非常得意，“我早就知道这只小猫要引起一些风波，果然不错！有趣！有趣！”说着，他转向了皑皑，笑着说，“难得看到你这样大呼小叫，而且运动了一番筋骨，小波值得嘉奖呢！你就缺乏运动，多发脾气、多摔东西对你有益！”

皑皑对她哥哥翻了翻白眼，噘着嘴，一转身向门口走去，彩屏已先到她房里去收拾残局了。她在门口停了停，大概越想越有气，转过头来，突然对我大声说：“忆湄！把你的猫丢掉！我们罗家不是收容所！除了收容你，还要收容你的残废畜生！”

她走了，我僵立在室内，这几句话像轰雷击顶般地把我打昏了！是的，罗家不是收容所，收容了我已经是大面子了，而我还不识趣地弄了一只残废小猫来！我咬住嘴唇，有两股热潮往我的眼眶里冲，迅速地模糊了我的视线。于是，我听到罗教授一声巨大而震怒的吼声："皑皑！你给我站住！"

接着，我听到罗教授沉重的脚步声奔向走廊，几乎是立刻，他已拖着皑皑走回了我的房间。我惊愕地瞪大了眼睛，泪珠还在眼眶中打转。泪雾迷蒙中，我看到罗教授巨大的手掌紧握着皑皑的手臂，带着一分野蛮的强迫性，把她给硬拉了进来。同时，他暴跳如雷地在对皑皑喊："你道歉！皑皑！向忆湄收回你刚才讲的那几句话！赶快！说！"皑皑一定被罗教授的手握得非常疼痛，她的眉毛蹙着，脸色苍白，却紧闭着嘴一语不发。罗教授更加激怒了，他跺了一下脚，使整个地板都震动了，然后用震耳欲聋的声音大吼："皑皑！我叫你道歉！听到没有？"

皑皑开始哭了起来，大颗大颗的泪珠从她那美丽的黑眼睛里滚落下来，再加上她那细致的抽泣呜咽之声，竟出奇地美丽和柔弱动人。我已经忘了我的伤心，反而对皑皑生出一种强烈的同情和抱歉的感觉。我的小猫弄坏了她的画，打翻了她的颜料，又惊吓了她，还害她挨罗教授这样的一顿大脾气！我用手揉掉了眼睛里的泪，愣愣地说："噢，罗教授，她并没有做错什么！"

罗教授盯着我，他的眼光看起来是奇怪的。半晌，他又在喉咙里发出他习惯性的那种模糊不清的诅咒，不知是在咒骂我的不识好歹，还是咒骂皑皑对我的污蔑。转过身去，他似乎对于我们间的纷争失去了兴趣。一边叽咕，一边大踏步地走开了。这时，罗太太走上前来，她的脸色和皑皑的同样苍白。她牵住了皑皑的手，把皑皑也带出了我的房间。望着她们母女一齐走出去，我突然感到一阵难言的孤独和苦涩，心中模模糊糊地掠过了《天伦歌》歌词中的两句：

> 人皆有父，翳我独无，
> 人皆有母，翳我独无，
> ……

　　如果我有父母，又怎会为了收养一只小猫而怄气！我在床沿上坐了下来，把两只手交握着放在裙褶里，静静地陷进了沉思之中。有人走向了我，停在我面前。我抬起头，是被我忽略了的皓皓！他正望着我微笑，看来心情良好而精神愉快。用手揉了揉我短短的鬈发，他笑着说："一件小事，是不是？假若你是株劲草，应该连台风都不放在眼里。这，不过是阵微风罢了！何况，你不只是株劲草，你还是棵小小的忘忧草！"

　　劲草！劲草和菟丝花！看样子，这个典故已经传遍罗宅了。我仰望着皓皓，他对我眉飞色舞地笑笑，再揉揉我的短发说："快乐起来，忆湄！欢笑应该属于你！"

　　他走了，帮我关上了房门。我目送他走开，心底涌上一股暖流，眼睛居然再度湿润了。皓皓，我喜欢他，真的！

　　中枢下课回来，走进我房间的时候，我正在收拾我的行装。我把那口又小又破旧的皮箱放在桌子上，满床堆满了衣服书本，我却对着那些衣物发呆。记得我来的时候，只有一点点简陋的东西，现在，我的衣物已经增加了一倍有余。这些，大部分都是用罗教授给我的钱买的，小部分是中枬买给我的。如今，这些东西我是带走好呢，还是留下好呢？

中枬推门而入，对这零乱的情况大感惊讶，皱了皱眉，他说："忆湄，你这是在干什么？"

"收拾东西。"我轻轻地说。

"做什么呢？"

我抬头望着他："回高雄去，到林校长那儿去！"

"你发疯了吗？"中枬问。

"没有。只是——我住不下去了。"

中枬走到我身边，用手臂圈住了我的肩膀，把我揽到床边，让我坐下。凝视着我的眼睛，他温柔地说："现在，告诉我，发生了些什么事？"

我的额倚在他的肩膀上，我的身子靠着他。慢慢地，细细地，我把小波造成的"小风波"叙述了一遍。他仔细地倾听着，然后，他放开了我，站起身来，在室内来来回回地踱着步子，似乎在考虑着什么。最后，他在我面前一站，下决心似的说："忆湄，你是不是决定要走？"

"嗯。"我哼了一声，老实说，我并不十分"坚决"。

"好吧，这样吧，"他说，"我们一起走！寄人篱下的生活本不好过，我原准备等你考上大学，就可搬到宿舍里去住。现在只好在外面租一间屋子给你住，我可以和朋友合租一间，要不，也可以到教员单身宿舍去。只是这样当然很不方便，例如生活起居、衣食住行这些问题，你一个单身女孩子，难免让人不放心。至于你说要回高雄，我是无论如何不会让你去的。"他把两只手按在我的肩膀上，俯身看我，又低低地说："你总会成为我的妻子，请让我照顾你。"

我默然不语，他又在室内走了一圈，站住说："你先别忙着整理箱子，让我先给你把房子找好了，你才能搬出去。做事要有计划，不能太鲁莽，对吗？"

停在书桌前面，他拿起妈妈的那张画，仔细地看了看，玻璃已经打碎，木边的框子也折断了。他下意识地取掉了四边的木框，把画在手上卷了卷，又摊开来看，说："你母亲可以成为一个画家，她的笔触很有魄力；皑皑的画就太柔媚了一些。"翻过画的背面，他看了看，突然深思地望着我，仿佛有所发现。过了好半天，他才用一种特殊的声调说："忆湄，你出生在什么地方？"

"噢，"我愣了一下，"我不知道，妈妈没说过，可能是四川吧，怎么？"

"我发现一件很有趣的事。"他说。

"有趣？"

"你母亲这张画的背面写了几行字，你知不知道？"

我摇摇头："那是妈妈自己配的镜框，我从来没有打开看过，怎么会与我的出生有关呢？"中枬把那张画拿到我面前来，于是，我看到在这张石峰夕照图的背面，有妈妈娟秀的毛笔字，题着两句诗：

点点孤峰衔落日，行行哀雁带斜晖。

这两行字的旁边，还另外有一行细小的、耐人寻味的字：

一九五九年秋，遥忆湄潭风光，往事如烟，不
复可寻，因而作此图。

我抬起头来，看着中枒。中枒也深深地望着我，他显然
在想着什么问题，我几乎可以看到他脑海中那匹思想的马在
如何奔驰着。他的眼睛专注而凝肃，牙齿轻轻地咬着下嘴唇。

"中枒——"我说。

"别吵，"他打断我，"让我想一想。"

"你在想什么？"我问。

"一个问题，"他回答了等于没有回答，然后，他放开眉
头，重新又"看"到了我，"湄潭是一个地名，"他说，"在贵
州省，是个小县城。"

"哦？"我说，"你认为我母亲是在湄潭生了我，所以给
我取名叫忆湄？"

"不，我想的不是这个，"他说，"你母亲可能是在湄潭
生了你，也可能湄潭是她难以忘怀的地方，或者是她与你父
亲相遇的地方，所以为你取名忆湄。你的名字，当然与湄潭
有不可分割的关系；而湄潭，又与你母亲有不可分割的关系。
可是，这些都不是我想的。我想的是另外一件事情。"

"什么事？"我不耐地说，"别卖关子。"

"一年以前，我曾经帮罗教授整理一份地质资料，翻出了许多的旧资料，由于资料残缺了好几页，我在罗教授的书房中翻箱倒箧地寻找，曾经无意间看到一张旧照片，照片里是一男一女，男的是罗教授，女的并不是罗太太，照片下写着一行小字：摄于贵州湄潭。"

"噢，"我错愕了一下，"你认为——那个女的是我的母亲？"

"有此可能。"他望望墙上那张全家福里的妈妈。

"那个女的像我的母亲吗？"

"这个我可不敢说，那张照片里的女人是什么样子我早就记不住了，只记得是个很年轻的女孩。那张照片起码有二十年以上的历史，罗教授年轻漂亮，和——皓皓几乎一模一样。"

我沉吟不语，中枢又说："你看，忆湄，我获得了一个观念，你母亲大概曾经是罗教授的旧情人，或者和罗教授有过一段轰轰烈烈的恋爱，所以，你母亲临终的时候，会想起把你托付给罗教授，她知道罗教授一定会看顾你。"

"这——只是你的猜想，"我说，本能地抗拒这种"可能性"，"你并没有办法证实照片里的女人确实是我母亲。而且，如果真像你所分析的，我母亲一定不会把我交给罗教授！"

"为什么呢？"

"我的母亲个性很强，不会愿意把自己的孤儿托付给旧日的恋人。尤其，你该记住一点，我母亲和罗太太以前是好朋友，假若我母亲和罗教授恋爱过，一定和罗太太有过摩擦，怎么还肯让我来和罗太太生活在一起呢？罗太太又怎么会友善地待我呢？"

"你以为——"中枬慢吞吞地说，"罗太太对你很友善吗？"

"虽然不见得很喜欢我，最起码也无恶意。"

"是吗？"中枬用浓重的鼻音说，"你不觉得她——好几次半夜出现在你屋里，多少有些奇怪吗？在你来以前，她并没有夜游的习惯。"

"你觉得——"我有些不安了。

"我觉得，"中枬加重语气说，"整个的事情都不简单，整个罗宅都是一个谜——包括突然插入这个家庭的你在内！"

"我记得——"我嗫嚅着说，"我刚到罗家的时候，你曾经说我会习惯罗宅。那时，你似乎并不认为它是一个谜。"

"确实，那时的罗宅比现在单纯些，你来了，使所有的事情复杂——"他凝视我，突然停住了，好一会儿，才又说，"我又有了一个想法。"

"什么想法？"我问。

"别忙，"他说，"我必须仔细地分析一下，也证实一下！现在我还不能具体地说出来，让我好好地想几天。"他走到桌子旁边，把我放在桌子上的皮箱合起来，塞进了壁橱里，又把床上乱七八糟的衣服抱起来，向橱中乱塞。

我跳起来说："你干什么？"

"把你的东西收好，"他说，"你暂时不要搬出去，等我弄清楚再说，我要解开这个谜！"他把橱门关上，反身望着我，"别那么不开心，好吗？忆湄，来，今天晚上放一天假，我请你到外面去吃晚饭——儿童乐园的烤肉，怎样？然后，我们去看场电影！"他对我微笑，"把所有的问题、烦恼都暂时抛开，你是株忘忧草，是吗？走！出门玩玩去！"

"中枬，"我蹙着眉说，"你有了什么新发现？"

"什么都没有！"他说，拉着我的手，"别再去想了，想得越多，烦恼越多。思想最简单的人，才是最快乐的人！"

他拉着我走出房门，跑下楼梯。一个烦恼的白天过去了，一个美好的晚上正迎接着我们。

# 第十四章

这天下午，细雨绵绵密密地洒着，天空全是暗沉沉、灰蒙蒙的一片。报纸上的气象报告，寒流正从华北而来，高气压向东南移动。我的房间因为有一面落地长窗，虽然严严密密地关着，又拉紧了窗帘，仍然觉得寒冷。炉火烧得很旺，熊熊的炉火使人昏然欲睡。这样的天气，最好是躲在被窝里看小说，再准备点瓜子牛肉干，如果再有个知心的人随便聊聊，这才是人生最大的享受。抛开了书本，我叹口气，从火炉旁的椅子里站起身来，桌上的茶杯中，剩着一点冷冰冰的残茶，暖水瓶已经空了。抱着水瓶，我走出房间，到楼下厨房里去灌开水。我高兴有这么一点小事来让我做做。说真的，那枯燥乏味的课本真让我厌倦透了！

下了楼，正想到厨房里去，餐厅通罗教授书房的那扇小门吸引了我的注意力。那扇门是半开半合的，似乎正在诱惑我走进去。侧着头想了想，今天是星期三，罗教授下午有课，不会在家里。皑皑躲在她的房里烤火，不会出来；罗太太就更不用说了；皓皓中午就出去了，临出去之前，还到我房里来转了转，发誓说一定要帮我找一只和小波一模一样的猫回来。（我忘了叙述一点，自从上次小波受惊从窗子里跳走之后，就宣告失踪。为了这事，我曾经浪费了不少的眼泪。）中枌每天下午都有课，所以，家里的人都不会到书房里来，这扇门一定是罗教授走的时候忘记关好。我沉思了几分钟，终于抵制不了那扇门的诱惑，把水瓶放在餐桌上，蹑手蹑脚地走到书房门口。把头伸进书房，我张望了一下，果然，像我所预料的，整个一间书房中，除了冷冰冰的空气和暗沉沉的光线之外，一个人影都没有。我跨了进去，反身关上了房门。于是，我置身于一个寒冷、阴森而空旷的大房间里了。一瞬间，我心头掠过了一阵奇异的、不安的感觉。四壁的大玻璃橱，橱下都是抽屉，橱顶堆满了乱七八糟的纸张——可能是历年来学生的考卷，也可能是罗教授的研究资料。我相信这些东西都有多年没有整理，空气里散发着一股淡淡的霉味。

沿着那玻璃柜，我开始慢慢地环着房间走，一面凝视着柜子中陈列的那些岩石。每一块岩石下都有一张卡片，上面记载着岩石的种类和名称。我慢慢地看过去。元古纪：砂岩、砾岩、石灰岩、石英岩。结晶片岩纪：云母片岩、千枚岩、石英岩、石墨片岩、石灰岩。片麻岩纪：片麻岩、鱼闪岩……噢，多么枯燥乏味的东西！怪不得中枌无法念下去。只一会儿，我就对这些岩石失去兴趣了，不再去注意那些岩石。我开始研究那些大抽屉。从第一个柜子下的抽屉开始，我轻轻地拉了开来，拉抽屉的声音沙嘎地响着，打破了这空旷的屋子的沉寂，使我自己吃了一惊。本能地，我对自己窥探的行为有些不安，下意识地感到可能有人在暗中注意着我，四面望了望，屋中静寂如死，只有我的呼吸声在急促地起伏着。

弯下腰，我望着我所打开的抽屉，全是些成年的老古董的资料，一个个的卷宗夹子，上面分别写着年代，什么元古代、太古代、古生代、新生代……我随便地翻了翻，毫无意思。关上了这个抽屉，我再打开第二个，里面是些尚未整理的资料和图片，同样的乏味。关上它，我再打开第三个。就这样，我一个个抽屉开下去，顺着秩序，这些抽屉也一个比一个零乱，堆的东西越来越复杂。终于，我在一个抽屉里发现了个古旧而发黄的牛皮纸信封，封袋上写着"零星照片"四个字。我的心狂跳着，这里面有我想找的那张照片吗？打开封袋，我的手微微地发着抖，把一大沓乱七八糟的照片从封袋里掏了出来。我正想逐张看过去，但，一阵轻微的响动惊动了我。我猛地抬起了头，顿时，我大大地吃了一惊，浑身一震，那些照片全从我手里散落到地上去了。

在我面前，罗太太像从地底钻出来的一般，正亭亭然地站在那儿。使我吃惊的，还不单单是她的突然出现，而是她的神情和眼色！她的背脊挺得那么直，披着一件不知是什么年代的白色披风，披风里穿得仍然十分单薄。她在战栗着，是由于冷，还是其他因素，我不知道。她的眼睛直直地瞪着我，森冷、清幽……是一种我无法描述的神色！那眼睛和她那苍白的面色相映，使人立即联想起从坟墓里爬出来的幽灵和鬼魂。我打了个寒战，本能地退后了一步，讷讷地叫了一声："罗——伯——母！"

她直视着我，不前进，也不后退；不动，也不说话。整个的人，像一座直立的木乃伊。我心底的寒栗在加重，说真的，她实在不像个活着的人！"罗……罗……"我的牙齿打着战，"伯……母，我……我……不知道……你在……在……这屋里。我只……只是随便……看看。"我笨拙地解释着。

她继续瞪着我。"对——不起！"我向门边退去，忽然间，我害怕起她来了。在这黑暗而充满霉味的屋子里，她给我一种近乎恐怖的感觉，那对大而空洞的眸子，像两个深不见底的黑谷，要把人活活地吞进去。我转动着门柄，继续点着头说："我……我……希望没有……打扰你，我……要上楼去了。"

我还来不及打开房门，她迅速地"移"到了我的面前，同时，她的一只冰凉的手压在我的手上，阻止了我打开房门。那是只死人的手！那么冷，那么瘦骨嶙峋！她的眼睛黑得奇异，里面有些什么让人害怕的东西！我陡地又打了个冷战，我明白了！她在发病！现在的她，和那夜谈"菟丝花"的她是多么不同！那夜，她温和而有理性及思想，现在，她像个木头雕刻的幽魂！我嗫嚅着、战栗着说："罗……伯母，您……您……要什么？"

"你，你要什么？"她反问了一句，这句话使我迟疑了一下：她到底是清醒的，还是在发病？"我不要什么，"我说，仍然在害怕，"我只是随便看看。"

她的手在我的手臂上移动。我穿着厚厚的两件毛衣，她的手指当然不可能接触到我，但我却跟着她手指的移动，皮肤上起着鸡皮疙瘩。然后，一下子，她的手指挪到我的颈项上了，冷冰冰的手指，枯瘦得像鸡爪一般，硬硬地扣在我的脖子上。我咽了一口口水，僵硬地转动着头颅。她的眼神涣散了，喃喃地，狂热地，她开始说一些不知所云的话："我并不是存心……你不该让她来……这样是残忍的……你在这儿，你在这儿……监视我……我不能……我不容忍……这样是残忍的！我不是存心……"

我伸长了脖子，用手试着去拿开她的手指，但她一下子扣紧了我，她的眼神狂乱而可怕！我的呼吸紧迫了，恐怖征服了我。我挣扎着，那第一日早晨的可怕的经验又重临到我身上。我模糊不清地喊着："放开我！放开我！放开我！"

她的手指更加用力，在疯狂的情况下，她竟变得那么有力！我的喉头紧缩而呼吸急促，眼前金星乱进。求生的本能使我奋力挣扎了，我用双手去抓她的手，而她也用双手来掐住我。同时，她在狂乱地嚷着一些话："有了你……我们都要完……你不该来……我讨厌你！我讨厌你！我讨厌你！"

我无法呼吸，也无法用力，在她手指的重压下，我已经感到眼球发胀，耳朵里嗡嗡乱响，眼睛模糊不清……罗太太的脸在我眼前放大，一张可怕的脸！一张僵尸般的脸！那手指，如同无数的枯藤，勒在我的脖子上！菟丝花！这是菟丝花的藤蔓吗？它必须绕在我的脖子上吗？我的心志昏乱了！

但我不愿意死！我不情愿死！在这关闭的书房内，被一个疯子掐死！我挣扎，身子撑在门上，我竭力弄出响声，只有响声可以召来救援的人！我的腿碰到门边的一张椅子，用力地，我踢翻了那张椅子，砰然的响声似乎让罗太太震动了，她的手指松了些，我乘机抓紧她的手腕向外拉……我们纠缠着，喘息着……然后，我听到有人走近，房门被推开了。几乎是立即，一个人扑了过来，一下子扑在罗太太的身上。我脖子上的重压解除了。我急忙跳到一边，喘了一大口气，这才看清扑上来救我的人，居然是完全出乎我意料的人：是嘉嘉！嘉嘉，她的头庄严地竖在她的脖子上，她脸上时时刻刻带着的笑意消除了。她分开了罗太太的手之后，并没有放松罗太太，她打倒了罗太太！

我惊愕地张大了嘴，看着她把罗太太摔倒在地下。正当她还要扑上前去的时候，我叫住了她："不要，嘉嘉！"嘉嘉停止了。抬起头来，她愣愣地望着我，那张皱纹遍布的脸显得茫然和无知。很明显，她并不知道自己做了些什么，救了我，完全出于她的本能。但，我却说不出我有多么感激她。牵住她的手，我拍拍她的手背，喃喃地说："谢谢你，嘉嘉，谢谢你！"

她仍然愕然地看着我，可是，我的友善振奋了她，那痴痴的笑容又浮上了她的嘴角。她看来兴奋而愉快，那笑容是那么单纯，而又那么想讨好于人！嘉嘉，她是寂寞的，不是吗？一阵感恩和怜悯的冲动之下，我贴近她，吻了吻她的面颊，低低地说："但愿每个人都和你一样单纯，那么什么问题都没有了！"

我的举动使嘉嘉完全怔住了，有好一会儿，她似乎连气都透不过来。她那股真正的"受宠若惊"的神情令我衷心感动，我的眼眶不由自主地湿润了。知道这世界上有一个人没有缘由地崇拜你，没有条件也不求代价地喜爱你，尽管是个白痴，也同样让人感动！罗太太从地上坐了起来，她坐在一地的照片之中，依旧直着眼睛。同时，彩屏、皑皑都已闻声而来。彩屏瞪大了眼睛站在门口，皑皑却紧紧地蹙起了眉头，不信任地看着室内。

"这是怎么了？"皑皑望着我问。

"我想，"我疲倦地说，"你最好打个电话给罗教授，让他马上回来，你母亲又发病了，她几乎掐死了我。"

说完这句简单的话，我不想再管罗太太的事了。对于我，这简直是一次可怕的经验！牵着嘉嘉的手，我退出了罗教授的书房，心中发誓再也不走进这间房子。带着嘉嘉，怀着一份对嘉嘉的感情，我头一次走进了嘉嘉的房间（她住在一排下房中的一间）。那是个阴暗狭窄的房子，玻璃窗破了一扇，冷风从破口处无拘无束地窜了进来。整个房子冷得像个冰窖，迎着风，我连打了两个寒噤。走到她的床边，我摸了摸棉被和垫被，单薄得可怜。我望着嘉嘉，皱拢了眉头，摇摇头说："嘉嘉，你就住在这样的地方吗？"

嘉嘉对着我傻笑。一阵冲动之下，我跑到我的屋里，把我床上的棉被抽了一条，又拿了一条毛毯和一个比较舒服的枕头，走回嘉嘉的房间，把棉被和毛毯给她铺好，枕头也放好。一回头，我看到她瞪着眼睛，吃惊地望着我，傻傻地问："小姐，你做什么？"

我高兴她能问出一句有条理的话来。拍了拍床，我微笑地说："嘉嘉，如果我的分析不错，你应该也是个被收容者，我们有相同的地位，以后，让我们分享我们所有的。"我明知道，这几句话不是她所能了解的，再拍了拍床，我简单地说："给你的，嘉嘉。"

嘉嘉走过去，在床沿上坐下，摸摸枕头，又摸摸棉被，再摸摸毛毯。都摸过了，她又去摸枕头，再摸棉被，然后，她就痴痴地傻笑，一直坐在那儿笑。我悄悄地退了出去。当我走开的时候，我听到她在唱歌了，又是那支老歌：花非花！她唱得那样婉转动听，我知道她的内心也在欢唱着！给别人快乐也使自己快乐，我跨上楼梯，向我的房间走去，罗太太使我受的惊吓几乎已被嘉嘉的歌声带走了。

回到屋里，我关上房门，拨了拨炉火，添上两块炭，在藤椅里坐下，我长长地吐出一口气。想想看！我差一点被罗太太掐死，不禁又心惊肉跳了一阵。伸手去拿桌上的茶杯，冷冰冰的半杯残茶，这才想起原来是下楼灌水的，结果开水也没灌，还几乎送命！回想起来，一定是罗太太先就在书房里，听到了我的声音，她就藏在橱与橱之间的黑暗的空隙中了，而等到我翻出了照片，她才突然现身。但是，她在书房中做什么？她又为什么要藏起来？还是她走进书房的时候就已经在发病中？整个的行为都是一种病态？

我摇摇头，反正，都是解不透的谜！拿着火钳，我无意识地拨着炉火，手仍然有些微颤。当我弯下腰去的时候，一样东西从我毛衣外套的宽口袋中掉了出来，落在火盆的炭灰上。我拾了起来，是一张陈旧的照片，显然这是那散落的许多照片中的一张，鬼使神差地落进了我的衣袋里。带着几分好奇，我打量着这张照片，是张毫不出奇的婴儿照。一个大约半岁大的女孩，坐在一张圈圈椅里。翻到照片的背面，有一行小字，写着：

摄于皑皑六个月大。卅三年一月

是皑皑！我再翻过照片的正面，注视着那个小女孩，照片已经很旧了，孩子的面孔并不太清楚。但，那是个硕壮的小东西，没想到今天弱不禁风的皑皑，在婴儿时代却是个肥肥胖胖的娃娃！当然啦，十八年间，一个小婴儿长成个楚楚动人的少女，你再要去找她们的相似处是不可能的！例如，这照片里的女孩子有个短短的小鼻子，鼻梁处打着皱，胖胖的短下巴，灵活的眼睛，一副滑稽相！如果没有背后的注解，我怎么也不会想到这是皑皑！不过，说真的，我倒蛮喜欢这照片里的小娃娃，远胜过今日的皑皑！婴儿总给人一种亲切感，而皑皑，却过于冷漠了！把照片抛在桌上，我对它已失去了兴趣。

在炉边默默地坐了片刻，我听到罗教授回家的声音，罗太太显然已在我为嘉嘉忙碌时就回到了她的房里。我听到罗教授沉重的脚步声奔过走廊，急匆匆地跑进罗太太的屋里。

过了大约十分钟，罗教授的脚步又穿过走廊，走下了楼梯。我坐在我的椅子里，正在默想着要不要把今天的遇险原原本本地告诉罗教授，还没有等我想出结论，罗教授已奔上了楼梯，沉重而狂暴的脚步一下子停在我的门前。接着，我的房门被"撞"开了，罗教授"冲"了进来，狂怒而闪烁的眸子在须发中射着光，那颗大头颅一直逼到我的眼前。从喉咙里，他迸发出一声可怖的怒吼："忆湄！"我吓了一大跳，火钳从手中落到地下。许久以来，他没有这样凶地对待我了。错愕地抬起头来，我愣愣地望着他。

"好！你倒说说看，你是什么意思？"他暴跳如雷地嚷。

"罗教授！"我困惑地说，"怎么——"

"你解释！忆湄，"罗教授继续喊，"你到我书房里去找什么？"

"我……"我嗫嚅着，"看到书房门开着，我……走进去随便看看。"我转动着眼珠，想找出一个妥帖的理由来解释我的翻箱倒柜，"我只是……只是……有些好奇。"

我的理由似乎并不太好，他的头向我逼得更近，眼睛里冒着火："好！你说说看！书房里有什么'奇'值得你去'好'！"他的手猛地抓住了我的手腕，把我一拉一带，我差点栽到火盆里去，他的头几乎撞到了我的额角。用震耳欲聋的大声，他叫得我心惊胆战："我告诉你，忆湄！我存心要好好待你，送你进大学，让你幸福快乐！可是，如果你存心要破坏这个家庭的话，你就是逼我做我不愿意做的事，那么，忆湄，还是在你把一切都破坏了之前，趁早送你走的好！"

我的背脊挺了起来，试着想挣脱他，但他那巨大的手掌，把我抓得那么紧，我根本就无法动。泪水在我眼眶中泛滥，我控制不住自己了。“罗教授！”我喊，“你的太太差点掐死我，你又来欺侮我！你不必送我走，我自己会走！马上就走！你放开我！”

罗教授没有放开我，但他斜睨了我好一会儿，问：“谁要掐死你？”

“你太太！”我说，“如果不是嘉嘉赶来救了我，我现在大概已经死掉了！你们看我不顺眼，我也不要在这里住下去了，整个罗宅像个疯人院！说实话，我怕你们，罗教授，我怕你们家的任何一个人。除了人之外，我也怕你们家的鬼！好吧，我走！就是你不赶我走，我也要走了，我早就该走了！”

我一连串的大嚷大叫反而使罗教授平静了，他放开了我，抱着手臂，站在我面前，深思地凝视着我。

我揉着我的手腕，由于他用力太大，我的手腕已留下几道红痕，我含着泪，低低地、自言自语地、不经考虑地说：“一个是野蛮民族，一个是女疯子！”

“唔，忆湄，”罗教授开了口，语气里的火药味却消除了，“不要胡言乱语！”

我噘起嘴：“事实如此！”

“好了，”罗教授带着股息事宁人的态度说，“这事我就不追究了。只是，以后你不许再到我书房里去乱翻，把你的心思用在书本上吧，大学考不上，如何对得起你母亲的一番苦心？现在，念书吧！"他大踏步地向门口走，我喊："等一等，罗教授！"

他站住了，回过头来，不耐烦地说："你还有什么鬼事，忆湄？"

"罗教授，"我坚定地咬着牙说，"谢谢你这半年多来的收容和教育，这一次，我是决心要离开这儿了！你们使我有一种压迫感，我无法在这种气氛下生活！与其求人，不如求己！无论如何，我很感激你们，但是我要走了。"

罗教授盯着我，他的眼中再度燃烧起怒火，看来是凶恶的。"我这儿不是你的旅馆，忆湄。"他愤愤地说，"你高兴住进来就住进来，你高兴走就走！世界上哪有这么方便的事？而且，你是你母亲托付给我的，在你念完大学之前，你休想离开我们罗家！"

"大学可以不念，"我喃喃地说，"屈辱却不能再受！"

"谁让你受了屈辱？"他咆哮起来，跳到我身边。在我警觉到危险之前，他的大手已抓住了我的肩膀，接着，我就被他像筛糠般乱摇一通。"告诉你，忆湄！你别不识好歹！对于你，我已经不知道该把你怎么办才好了。你来了，惹雅筑发病，让皑皑伤心，又使皓皓不安，连徐中枏在内，无一不受你影响，而我——"他猛地顿住，瞪视着我，压低了声音，在喉咙里自顾自地诅了一大篇咒，才放掉我，用手揉揉鼻子，喃喃地说，"算是命中注定的吧，你是罗家的克星！我什么都忍耐，你还要一来就要走！别糊涂！给我好好地待下去！"

他又走向门口，这次，我没有再叫住他了，因为我已经被他连嚷带闹带摇撼地，弄得头昏脑涨了。他走出了房门，又回过头来对我喊了一句："忆湄！假若你敢走，被我捉回来，我就拆散你的骨头！"

房门砰然关上，震痛了我的耳膜。我用手捧住头，脑子里如同万马奔腾、几万只铁蹄在我脑中践踏奔跑着，眼前金星乱跳，胸中又闷又胀。整个下午的事件搅昏了我，坐在椅子里，我无法动弹，只感到头痛欲裂。

雨滴敲击着玻璃窗，声音单调而落寞，室内渐渐地昏暗了。炉火已熄灭，空气冰冻了起来，我坐着。在麻木的脑子里，不断地出现着两个问题，像幻灯字幕般一再映现："走？不走？""走？不走？""走？不走？"除了这个问题之外，我还有个更困惑的问题："他们是欢迎我，还是讨厌我？"

天黑了，彩屏来敲我的门："吃饭了，小姐！"

"我不想吃，"我说，"不吃了！"

彩屏走了，我又继续坐着。然后，门开了，中枬大踏步地走了进来，电灯一下子大放光明，我眨着眼睛，不能适应突来的光线。中枬审视着我："怎么回事？"他问："我一回家就听到彩屏说起，罗太太又发病了吗？"我点头。"你怎么了？"他皱拢眉头，"忆湄，你苍白得像个鬼！"走近我，他托起我的下巴："你的眼睛那么奇怪，忆湄，告诉我，到底怎么了，你像个迷了路的孩子！"

我是个迷了路的孩子吗？我是的。谁带我回家？我的家又在哪儿？扑进了中枬的怀里，我用手臂圈着他，这是我唯一的亲人和知己！我轻声地喊："噢！中枬！噢！中枬！噢！中枬！"

　　于是我哭了起来。

# 第十五章

　　我不知道，谁会有突然失掉了自己的感觉？我就失去了自己。我说"失去自己"还不能完全表明我的感觉——不止于"失去自己"，而是骤然之间，发现将近十九年来你所认识的那个孟忆湄，几乎是根本不存在的，你的背景、身世，一切都变成了谜。我是个最不善于分析的人，而中枢却是个最善于分析的人。当我把所有发生过的事向他细细叙述，而他仔细思想之后，我发现自己陷进一团浓雾里了。

　　火，已经重新燃了起来，屋子里散发着懒洋洋的暖气。中枢和我面对面地坐着，中间是炉火。夜已深了，他的手握着我的手，他的眼睛凝视着我的眼睛。他那两道挺直的眉毛微锁着，思想的马又在他脑中疾驰了。许久，他沉思地说："但愿我知道你是谁！"

　　"我是谁？"我迷惑地说，"一个孤苦无依的女孩子，名叫孟忆湄，今年将近十九岁。"

他摇头："没有这么简单，你不是你，忆湄，你不是单单纯纯的孟忆湄。"他用手支着额，苦苦思索，"忆湄，你还记得你的父亲吗？"

"很模糊，"我说，"他是个文质彬彬的人，身体很坏，长年累月地生病，整天躺在病榻上看书。妈妈常说他是书呆子。"

"你长得像你父亲吗？"

我指指墙上的全家福照片："你看呢？"

"我看不像。"他摇摇头，"忆湄，我有个大胆的假设。"

"什么？"

"不过是假设而已，"他说，深深地望着我，"我说出来，你不要太吃惊。我的假设也并不见得对，但可以解释许多疑点。"

"你说说看！"

他握紧了我的手，一个字一个字地说："罗教授是你的父亲！"

我惊跳，叫着说："胡说八道！"

"别激动，"他说，"冷静地想想，你会发现我的假设不是没有道理的。你说过，你母亲个性很强，却把你托付给罗教授，如果没有一份特殊的关系，她怎么能确定罗教授一定会收容你？这是第一点。罗太太对你显然有些敌意，从许多事件上都可以看出来，而你又常引起她发病，原因何在？她一定知道你的身份，而她有种潜意识的嫉妒，不止对你，还有你母亲，这是第二点。皓皓下了苦心追求你，罗教授显然也欣赏你，以父子之情，他应该促成你和皓皓，但他没有缘由地阻扰和反对，为什么？可不可能你和皓皓是同父异母的兄妹？这是第三点……"

"别说了！"我打断他，"照你这样分析，我母亲是罗太太的好友，而与罗教授有了暧昧，生下了我；至于我那个父亲，只是名义上的，是吗？换言之，我是个私生子，罗教授对我没有负上责任……"

"或者，是你母亲不愿让他负上责任！"中枬插嘴说。

我沉默了，这倒很合乎妈妈的个性，带着一个私生的女儿悄然离去，等到自己的生命即将结束，再把女儿还给那个父亲。我咬着嘴唇，连打了两个寒噤，只因为这"假设"的可能性太大！而我，百分之百地不愿接受这个可能性！站起身来，我在室内无意识地兜了一圈，然后停在中枬面前，大声地说："无稽之谈！我告诉你，完全是无稽之谈！你在编小说了！"

中枬凝视了我几秒钟，说："有时，你很能面对现实；有时，你又喜欢逃避现实！"

妈妈也说过类似的话！我想，人都有同样的毛病，对于自己不愿接受的现实，就加以逃避或拒绝。我勉强地说："可是，中枬，你并没有证据，这仅仅是你的猜测而已！"

"不错，"中枬说，"这只是猜测。不过，我想，给我一点时间，我或者可以找到一些证据……"他沉吟片刻，抬起头来说，"罗教授喜欢把所有的东西，往书房里那些大橱的抽屉里塞，那里面有没有可以证明你身世的东西？罗教授和罗太太一定都不希望你知道自己的身世——我是说如果你是罗教授的女儿的话——那么，今天罗太太到书房去，是不是也想找出这些东西而加以毁灭？凑巧你也去了，她只好躲起来，同时窥探你的动机……"

"中枴，"我的不安加深了，"你的侦探小说看得太多了，再说下去，你会说罗太太是在装疯，而目的是想谋杀我了！"

中枴紧紧地盯着我。"无此可能吗？"他问。

我悚然而惊。"中枴，"我叫，"你别吓我！"

中枴站起身来，从身后抱住了我，把我揽在他的胸前，他的下巴贴在我的鬓边，温和而恳挚地说："听我说，忆湄，我不想吓唬你。可是，我要你提高警觉，人生有许多事是我们根本想不到的。罗太太确实是个神经不太正常的人，在你来之前，她也常发病，所以她的神经病不会是装的。可是，自从你来之后，她似乎越来越怪，今天居然会疯到要掐死你，使我大惑不解。不过，她既然神经不正常，你就无法预料她会做出些什么事来。所以，忆湄，听我讲几句，尽量地避开罗太太。同时，晚上睡觉的时候，别忘了锁门。你是从不记得锁门睡觉的，记得那天你和罗太太谈菟丝花和劲草的深夜，我在门外偷听的事吗？老实说，那夜我就是听到罗太太的脚步声向你的房间走，我不放心，跟踪而去的。我一直有种恐惧……"

我寒战了，说："噢，中枴，你别胡扯，你不知道你在说些什么。"

中枴放开我，坐回到椅子上，叹了口气说："我知道我在说些什么，但愿——一切都是无稽之谈！"

我也坐回到他的对面，低头注视着炉火。一块新燃着的炭有了烟，我细心地用火钳拨了出来，用灰把它遮住，以免烟雾熏了眼睛。我的背脊上一直凉飕飕的，像有个小虫子在爬，说不出来的一股不自在，好半天，我们谁都没有说话。然后我下意识地在炭灰上画着字，一面低低地说："我真想搬出去，我真不想住在这儿。我投奔到这儿来就是一个错误。"

"是吗？"中枏的语气有些特别。我抬起眼睛来，他正在注视着一张照片，是那张皑皑的婴儿照！把照片放进他的口袋，他说："你应该来，忆湄，否则，我如何能认识你？"

"你——喜欢这张照片？"我问，莫名其妙的妒意在心中升腾。

"不错，"他笑了，捏捏我的下巴，"你在意了，是不是？因为我又收藏了一张皑皑的照片？别去管它，我只是喜欢这小娃娃的表情，皱皱的小鼻子像个猫头鹰。"他站起身，拍拍我的手背："好了，忆湄，你也该睡了，记住要关好房门。"

他走向房门口，打开房门，跨了出去，又回头问了我一句："忆湄，到今年七月，你就满十九岁了，是不是？"

"是的，怎么？"

"我居然不知道你的生日！"他噘着嘴说。

"七月二十一日。"

他笑了："我会记得牢牢的，你比皑皑差不多大了一整岁。到时候，送你一打小白猫做生日礼，好吗？以填补失去的小波。"

"小波的位置不是别的猫所能填补的，"我怅怅地说，"他们竟不能容忍一只残废的小猫！其实，小波根本毫无过失！"

"皑皑的过失也不大，"中枬笑着说，"如果你是她，说不定也会发脾气。皑皑的本性是很善良的，别把这点小事记在心上，那就不像你的个性了！"

"你好像很偏袒她哦！"我用鼻音说。

"别那么酸溜溜的！"他的笑意更深了，再捏捏我的下巴，他的身子向走廊里隐去，同时，还抛下了几句话，"不过，嫉妒对你有益，最起码，你不再眼泪汪汪地伤心了。好，明天见！保险你明天起来的时候，今天所有的烦恼都已成过去了！"

我目送他的影子消失，虽然明天一早就能见面，却仍然若有所失。关上房门，我默立了片刻，终于，郑重地锁上了房门。刚刚把门落了锁，我就听到楼下嘉嘉的歌声，不知从花园的哪一个角落飘了过来："花非花，雾非雾！夜半来，天明去。来如春梦不多时，去似朝云无觅处！"

在这阴雨绵绵的冬季的深夜里，这歌声别有一种苍凉的韵味。忽然间我心底掠过一阵寒意。"花非花，雾非雾，夜半来，天明去。"这是什么？谁也无法了解白居易作这阕词时的心情，更没有人明白他在隐示着什么。既非花，也非雾，能在夜半来，而天明去，这是什么呢？一个梦？一段感情？一个幽灵？一个鬼魂？……噢，我是越来越神经质了！

清晨，我在冰冷的空气中醒来，双脚都已冻得麻木。分了一条棉被和毛毯给嘉嘉之后，我所盖的就未免太单薄了。起了床，头重鼻塞，脚还没落地，已经一连打了三个喷嚏。

下了楼，罗教授正坐在餐桌旁，我的早餐也已摆了出来。刚刚坐下，左一个喷嚏右一个喷嚏，眼泪跟鼻涕都来了。罗教授从他的报纸上抬起头来，盯着我。

"怎么了？"他简单地问。

"我想是感冒了。"我说。

"为什么不小心些？没关窗子？"

"不，是棉被不够！"

"棉被？"他的浓眉纠缠了起来，"怎么会？我关照过，你床上的用具要和皑皑、皓皓的一样！那么你为什么不早说？要等到生病了才开口？想冻死吗？"

我凝视着他，这个毛发蓬蓬的人是谁？我的父亲吗？和皓皓、皑皑一样！他想用同等的待遇来待我吗？低下头，我啜了一口稀饭，轻声地说："棉被本来是够的，但是，昨天我分了一条棉被给嘉嘉。"

"嘉嘉！"他看来十分惊愕，"怎么？"

"我不想让她冻死，她睡觉的地方像个冰窖，玻璃窗破了，冷风满屋子奔窜……"我停下来，鼻子里一阵发痒，要打喷嚏又打不出来，我张着嘴，眨着眼睛，好不容易才把这阵难过熬过去，"我想，很少有人注意到她是怎样生活的，她自己又什么都不懂。我奇怪以前的那些冬天，她是怎么度过去的！"

罗教授紧紧地盯着我，眼睛里闪烁着两簇奇异的火焰。

"于是，你就把你的棉被给了她？自己冻得生病？"

我点点头："不错，我把棉被给了她，但并没有料到会感冒。"

他继续盯着我。"你也这样爱管闲事!"他闷闷地说。

"噢,这不是闲事!"我说,"嘉嘉也是个有生命、有情感、有血有肉的人。凡是生命,都该被重视……"

"凡是生命,都该对他自己负责任!"罗教授冷冷地说。

"有些生命,是无法自己负责的,他没有能力照顾自己,你也无法对他苛求。嘉嘉是这样,不止嘉嘉,罗伯母……"我顿住,一个喷嚏阻住了我下面的话。

罗教授冷然地接了下去:"是一株菟丝花,是吗?菟丝花是要靠别的植物支持才能生存的,是吗?"

"噢,"我懊恼地说,"她告诉你的吗?那——只是一个无心的譬喻。"

"一个很恰当的譬喻。"他喃喃地说,又问,"谁给了你这些奇奇怪怪的思想?嗯?"

我愕然,摇了摇头。"我不知道,"我说,"大概是与生俱来的!"

他不再说话,低下头,自顾自地吃着他的早餐,我也埋头吃我的早餐,同时还要和我的眼泪鼻涕和喷嚏作战。一顿饭,我不知道打了多少个喷嚏,我每打一次,罗教授都要抬起眼睛来看我一眼。就这样,我吃完了早餐,一抬头,我发现罗教授正靠在椅子里,静静地望着我。我心中一动,冲口而出的,我问:"罗教授,你知道一个地方,叫作湄潭的吗?"

罗教授像触电般一震,迅速地说:"你说什么?"

"湄潭,"我重复了一次,"你知道这个地方吗?你去过吗?"

"湄潭？"他口齿不清地问，那些乱七八糟的毛发全扎到一堆去了，"你从什么地方听到这个地名？嗯？"

"妈妈的画上写着这个地名。"我说。

"是吗？"他的毛发又舒展了，"我知道，那是个小县城，在贵州省，风景很美丽。"

"你在那儿住过吗？"

"是的，"他含糊不清地说，"一段短时间。"

"是不是——"我迟疑地问，"我母亲认识你们的时候，就在——湄潭吗？"

"见鬼！"罗教授跳了起来，把报纸扔在桌上，没好气地说，"你在干什么，忆湄？你想知道些什么？还是在调查什么？嗯？别自作聪明！"他转身向餐厅门口走，又回过头来，气冲冲地说，"告诉你，忆湄！把你的心完全放到书本上去！别再管闲事！"

罗教授走了，我仍然坐在椅子里，望着饭碗碟子发呆。罗教授是谁？我的父亲吗？看样子，中枢的猜测是越来越合乎逻辑了。那么，换言之，妈妈在一种不名誉的情况下生了我，"孟"只是名义上的姓而已！多么可怕！不，这太不可能！我一定可以想出理由来推翻这可能性。妈妈是一个那么正直的女人，怎会和有妇之夫发生暧昧？不过，感情的事常常是无法解释的，我又有什么把握肯定妈妈一定不会呢？摇摇头，我不愿再想了！皑皑说过："你是谁？突然跑了来，把一个本来安安静静的家庭搅得天翻地覆？"罗太太也说过："你知道你的母亲是谁吗？你知道——"

是的，我现在明白了，我的身世不像我想象的那么简单！我的身世是一个谜！站在饭厅的中央，我愣愣地自问："我是谁？我是谁？我是谁？"

"你吗？"餐厅门口有一个声音在答复我，"我想，应该是一种小妖魔和小仙女的混合品！"

我抬起头来，皓皓站在餐厅门口，正咧着嘴对我笑。一经和我的视线接触，他立刻眨了眨他漂亮的眼睛，愉快地说："听说昨天你曾受过一场虚惊，是吗？"

"虚惊！"我说，"岂止是虚惊！我差一点送了命！"

"不过毕竟没有送命！"他笑嘻嘻地说，走到我的面前，审视着我，"这么一件小事就让你变得如此苍白吗？"

我"阿啾"一声，打了个喷嚏，用手揉着我不通气的鼻子，说："苍白的原因是失眠和感冒。"

"失眠？"他大大地发生了兴趣，"是为了我吗？"

"呸！"我说，"皓皓，你从没有正正经经说过一句话，永远只会贫嘴！"再打了个喷嚏，我说，"你昨天回来得很晚？"

"你在关心我？"他反问。

"哼！"我哼了一声，"皓皓，你是个最难于谈话的人！"

他在餐桌边坐了下来，仍然望着我笑。

"你应该恭喜我，"他慢吞吞地说，"我有了个新的女朋友，我想，我这次不会再三心二意了。"

"真的？"我问。

"你希望是假的？"他的眼睛亮晶晶的。

我掉头向餐厅门口走，他一下子赶上来，拦住了我的去路。抓住我的胳膊，他的脸逼近了我，眼睛闪烁地瞪着我，嘴角的肌肉收缩着。看样子，他是在莫名其妙地生气。

"你干什么？"我问。

"忆湄，"他恨恨地说，"我真不知道你有什么地方特别好！你不算很美，更谈不上成熟及诱惑力，你又是这样一个执拗而固执成见的小东西！但是，你身上具有什么？真的，忆湄，你是谁？你不是个简简单单的女孩，而是个妖魔和仙女的混合品！罗家欠了你什么？你注定了来扰乱这整个的家庭！"

我困惑地瞪视着他，他也瞪视着我。然后，他长长地叹息了一声，放开了我，转过头去，自言自语地低声说："我但愿有一种巨大的力量，能把我从你的身边拉开！"

我凝视他，蹙起了眉，于是，他一下子把我推开，推得又重又野蛮，嘴里乱七八糟地嚷着说："哈！你干吗做出那么一副悲天悯人的样子来？你以为我罗皓皓会痴情如此？不过哄你玩玩而已，你可别自作多情！天下的女孩子那么多，我罗皓皓谁都可以爱，你，算不了什么！"他对我眨眨眼睛，"所以，忆湄，你看，你大可不必为我难过。"

我静静地望了他好一会儿，然后，我攀住他的肩膀，轻轻地吻了他的面颊。我的举动触怒了他，他像碰上了有毒的东西一样，猛烈地推开了我，忙不迭地用手擦拭着被我吻过的地方，嘴里低低地、叽里咕噜地诅咒。这样子和神情都像极了罗教授。

我轻声地说："皓皓，如果我恐惧的事情是事实，那么，那个大力量终究会来的。"

"你在说些什么鬼？"他问。

我摇摇头，不再回答。离开了他，我走出餐厅，回到了我的房间里。在书桌前坐了下来，鼻子塞得更加厉害，炉火烤得我头痛。忽然间，我强烈地思念起妈妈，思念和妈妈共有的那些岁月：一间小小的房子，一对相依为命的母女，和那份单纯得不能再单纯、宁静得不能再宁静的生活。想想看，不久之前，我还依偎在妈妈身边，事事让妈妈拿主意，连早上起床，穿哪一件衣服，都要问一声妈妈。而现在，我竟处在这样复杂紊乱的境况里！妈妈，妈妈，在她交代我来投奔罗教授的时候，她曾预料到我会遭遇这些事情吗？

黄昏的时候，彩屏捧了一大沓毛毯和棉被走进我的房间。把东西堆在我的床上，她望着我说："老爷要你晚上在家里不要出去，他请了医生来给你看病！"

"哦，"我错愕地说，"一点小感冒而已，真犯不着请医生。中枢已经买了特效药来了！我的身体又强，现在都不头痛了。"

彩屏把棉被帮我铺好，那是一床崭新的、鹅黄色的底色、桃红色的花朵的棉被，鲜艳而夺目。毛毯也是新的，浅绿的底，墨绿的格子。彩屏笑着说："老爷自己上街去买来的。我在罗家做了这么多年，还是头一次看到老爷买这些东西，以前都是叫我们去买的。"她看看东西上缀着的价格标签，又笑了，"老爷买东西一定不会讲价，起码贵了一百块！"她注视我，含着笑意的眼光里，似乎还带着抹奇怪和研究的神情。连她也在诧异我的身份和在罗家奇异的地位吗？她也在怀疑我是谁吗？床铺好了，她又说："小姐，你的棉被给了嘉嘉吗？"

"是的。"

"老爷今天下午叫了配玻璃的人来，把嘉嘉房间的玻璃窗都修好了。"彩屏说，望着我，"小姐，从你来，嘉嘉的生活好多了，以前，实在没有什么人会去注意她。"她把换下的被单和枕套抱起来，向门口走，又站住说，"罗家的人都是好人，不过，他们都不大去注意别人的，每个人只管自己。"

这是下人嘴里批评的主人，但确实有些对。目送彩屏走出房间，我呆呆地在床沿上坐下，用手抚摸着那柔软的棉被，嗅着那新东西上所特有的香味，有些心境恍惚。罗教授自己上街去买来的！难得他会记起帮我买棉被！贵了一百块？岂止一百块？但，最使我感动的，还不是他为我买棉被或请医生，而是他为嘉嘉配玻璃窗！一件小小的事，却可证明他那粗粝的外表下，藏着一颗怎样的心！

望着窗子上的露珠和窗外苍苍茫茫的暮色，我奇怪这是怎样一个世界？奇怪罗家所有的人，是怎样的个性？奇怪他们是欢迎我，还是不欢迎我？是喜爱我，还是讨厌我？为什么他们好像都很喜欢我，而又总要令我难堪？这，到底是怎么一回事？是因为我"特殊"的"身份"吗？我"有"一个特殊的身份？

对着窗子，我喃喃地问："我是谁？我是谁？我是谁？"

# 第十六章

　　接连而来的好几天，我变得精神不安而神志恍惚，无论早晨或黄昏，白天或黑夜，我都会突然间冲口而出地自问一句："我是谁?"我想，我已经快要精神分裂了。自从那天在书房遇险之后，我十分恐惧罗太太。每次碰到她，我都会有种痉挛的感觉，而立即急匆匆地避开。罗太太对我是怎样的想法，我不知道，但我敏感地觉得，她常在暗中窥探着我，那两道眼神狂乱而怪异。许多时候，我会恐怖地想，她是在找寻机会再来勒死我。这种念头令我神经紧张而心情恶劣。

　　中枬这几天显得很忙碌，他常常不在家，我不知道他忙些什么。而在家的时间，他也很少到我房间来，他总是借故停留在罗教授的书房里，我猜他是在搜集一些资料，用来证实他的猜测。不过，从他沮丧而困恼的神色上看来，他是一无所获。罗教授似乎也变了，他那掩藏在须发中的眼睛，不再像往日那样坦白自然，却经常以一种奇怪的、怀疑的神色，不信任地望着我，或是中枵，或是皓皓和皑皑。甚至于，他也用同样的神色去看罗太太。我觉得他有种潜在的紧张，时时刻刻都在戒备着什么。皓皓呢？那天在餐厅中和我谈了几句简单的话之后，他似乎故态复萌，又变得早出晚归，成天不在家。如果有一两分钟的在家时间，不是向中枵挑衅，就是和罗教授"顶牛"。有一次，我还听到他在取笑皑皑，说她是个蜡像美人。皑皑，她也真像个蜡像美人，她越来越苍白，越来越瘦弱。由于瘦，鼻子就显得特别高，眼睛也显得特别大，有种西方古典美人的美。但，她那黑而深邃的眸子使我不安。或者，她也知道她的眼光会使我不安。我觉得，她屡次地故意盯着我看，仿佛想用她的眼光来杀我。她的眼光也确实收到了效果，我有份被伤害的难堪，罗宅对我而言，是愈来愈难处了！

　　这天早上，从睡梦中醒来，意料之外的，竟有着满窗耀眼的阳光。长久一段时间，只看得到暗沉沉的天和低压厚积的云层。一旦看到阳光，那份喜悦和振奋真难以形容！何况我向来是个比较爱动的人，这些日子，被雨和寒流困在家里，几乎使我浑身的筋骨都发霉了。因此，当早上中枵来给我上课的时候，我像个冬眠乍醒的小昆虫般"跳"到他面前，一下子用手钩住了他的脖子，兴奋地说："今天放我一天假，中枵。太阳那么好，我们到郊外去走走！"

　　中枵把我的手从他脖子上拿下来，微蹙着眉头望着我，那神情像我提出的是个荒谬绝顶的提议！他丝毫不发生兴趣地说："怎么想出来的？好好的要到郊外去玩？你知道还有几个月就要大专联考了。"

"别那么道学气！"我噘着嘴说，因为被泼了一大盆冷水而不高兴，"偶一为之，又怎么样？难得有那么好的太阳！"

他看看天，太阳似乎燃不起他的兴致。"今天不行，忆湄。"他冷淡地说，"你需要把或然率弄弄通，我也还有事要办！"

"你这两天在忙些什么？"我有气地说，"整天看不到你的人影！"

"要放寒假了，你知道，"他说，"学期快结束的时候总是忙一点。"把书本摊开在桌子上，他说："来吧！让我们开始上课！"

用手支着头，我无精打采地望着课本。或然率！我对那些或然率一点兴趣都没有！阳光透过玻璃窗，暖洋洋地照射在我的身上、书桌上和课本上。多好的阳光！多美的阳光！拿着一支铅笔，我在笔记本上胡乱地涂抹，勾出一个人头，加上些胡须和乱发，半遮半掩在乱发中的眼睛，这人是谁？罗教授？一个地质学专家？我的什么人？在人头的旁边，我涂上两句话："人面不知何处去？一堆茅草乱蓬蓬！"

"嗖"的一声，我的笔记本被中枥抽过去了。他看看笔记本上的人头，又看看我。"这是你做的或然率的笔记？"他问。

"我讨厌或然率！"我说，"中枥，你太严肃。"

他叹息了一声："严肃，是为了你好。"他再看看那个人头，"不过，你倒有很高的艺术天才，恐怕学画比学文对你更适合。"

"中枬，"我恳求地说，"别上课吧，我一点心情都没有。太阳使我兴奋，玩玩去，怎样？"

中枬凝视了我几秒钟，低下头，在课本的习题上一路圈出三四十个题目，放在我面前，说："把这些题目做完，我们再出去！"

"这够我做到月亮上升！"我叫着说。

"不错！"他点点头，"我们可以去看晚场的电影！现在，你做习题，我也要出去了。"

"你到哪儿去？"

"去看个朋友！"

"你对看朋友有兴趣，对陪我出去就没有兴趣！"我嚷着说。

"忆湄，"他站在我面前，深深地注视着我说，"人生，有许多'责任'，是比'玩玩'更重要的，我们已经浪费了不少的时间，不能再浪费了。我有些正经事要办，你别太孩子气，晚上我再和你详谈。"

"不要！"我任性地说，"你只知道正经事！在你脑子里，责任啦，工作啦，前途啦……实在太多了！皓皓说得对，你是个只会谈大道理的书呆子！跟你在一起，就别想开心地玩玩，你永远是煞风景！"

我的话触怒了他，听到皓皓的名字，他的眼睛就冒起火来了。"我要告诉你，忆湄，"他板着脸说，"假如我有一个和罗教授同样富有的父亲，我不愁吃，不愁穿，也不愁没房子住；我又有一个安于做寄生虫的个性，浑浑噩噩靠父母的财产过一辈子就满足了，如果我是那样一个人，我会带你玩，带你疯，带你做一切你爱做的事！满足你个性中坏的一面！或者你也希望我做那样一个人，但是我不是！你对我满意也好，不满意也好，我就是这样一个人！"

说完，他气冲冲地走向了门口，扶着房门，他又加了一句："晚上请你看电影！"房门砰然关上，我呆呆地坐在椅子里，带着满腔的失意和受伤的感情，瞪视着向我诱惑的闪烁着的满窗阳光。一早上欢悦的心情全飞走了，中枬，他是怎样一个人！难道在爱情的领域里，还是这样的倔强和固执！我的提议是很不对的？他未免太过分了！责任！责任！他心中除了责任还有什么？我沉重地呼吸着，愤怒和懊恼使我全心激动。"晚上请你看电影！"怎样的语气，仿佛请我看电影是他在向我还债！我稀奇这场电影吗？不过渴望有一天的时间，和他单独相处而已，如果连这么一点点领会力都没有，还算什么知心呢？

我大约发了十分钟的呆，然后我跳了起来，走出房间。在走廊上，我碰到了正要下楼吃早餐的皓皓！他望着我，映了映眼睛，他眼中的光芒和太阳光相映。带着个和阳光同样温暖的微笑，他说："早，忆湄！阳光没有鼓舞起你一些活力来？"

"我向来是不缺乏活力的！"我说。

"是吗？"他锐利地望着我，"有兴趣出去玩玩吗？"

我心中怦然一动，注视着他，他的眼睛是慧黠而难测的。"到哪儿？"我意志动摇地问。

"由我来安排，包管你玩得很开心，怎样？你的每一天都给了徐中枬，能够给我一个整天吗，从早上到晚上？"

"从晚上到深夜！"我冲口而出地说。为什么我会冒出这样一句话来？是在潜意识中想对中枬报复吗，还是根本就很喜欢皓皓？

皓皓不给我反悔的时间，拉着我的胳膊，他像个加足了油的火车头，嚷着说："那么，立即出发！"

于是，我们并肩"冲"下了楼梯。

这是奇妙欢愉的一天，假如没有中枬的阴影在时时刻刻地困扰着我的话，那就太完美无缺了。早上，我们叫了一辆计程车，一直驶到野柳。冬天的野柳，除了冷冷的岩石嵯峨耸立之外，就只有滔滔滚滚的海浪喧腾呼啸。我们准备了野餐，坐在那大块的岩石上，没有其他的人，没有车马、电唱机、收音机等的吵闹。静静地享受，那情调真美极了，动人极了！皓皓说了好多他自己的笑话，逗得我一直捧腹不已。然后，当一次我的大笑停止之后，他忽然握住了我的手，深深地凝视着我说："忆湄，和我在一起不快乐吗？"

"太快乐了！"我说。

"那么……"

我知道他又要旧话重提，趁他没把话说出来之前，还是堵住他的嘴比较好。掉头看看海面，我说："看！海上有一条船！"

他看看海面，远处真的有一点帆影，正渺小地漂浮在浩瀚的大海上。就那么瞥了一眼，他又转回头来望着我，低低地说:"你喜欢中枬,因为他是个孤儿,一个有独立性和干劲的孤儿,对吗?"

"或者,这也是原因之一,"我说,"爱情常常是没道理可讲的。有时,我觉得我更该爱上你,但是……"我耸耸肩,这是皓皓的习惯,和他在一起时,我常会在不知不觉中模仿他,"或许我们的个性太相近,反而……"

"好吧,别说了!"他打断我,也耸了耸肩,"反正,就是这么回事,我了解。"他把手压在我的手背上,对我微笑,"以后我们不再谈这个,忆湄,我实在太喜欢你。"他抬起眼睛来,重新望着海面,那一点帆影仍然在远方的水面漂漂荡荡。"有一天,"他幽幽地说,"我会乘上一条船,扬帆远去。我身上有许许多多的缺点,最大的一项,是没有奋斗和吃苦的能耐——其实,我是很了解自己的——我应该锻炼锻炼。有一天,我会独自去闯我的天下!"他又望着我,突然大笑,跳了起来,"好了!我们的话题未免太严肃,简直不像出自罗皓皓之口。来!忆湄,站到那块奇形怪状的大石头旁边去,让我帮你照一张相!"他带了个小型的柯达照相机。

我站起身来,我们迅速地摆脱了刚才那话题给我们的拘束感。在岩石与岩石之间,我们像孩子般追逐嬉闹,又像孩子般收集着蚌壳和寄居蟹。一直到红日将沉,才尽兴地离去。从野柳回到基隆,正是吃饭的时间,我们在基隆吃了晚饭,皓皓说:"基隆有许多可玩的地方,你敢去吗?"

"只要不是水手们聚集的酒吧!"我说。

"舞厅呢?"他斜睨着我问,带着个有趣的挑衅般的微笑。

我略事犹豫。

"姑且放肆一次吧！"他说，"你难得被解放一天！应该快快乐乐地玩，疯疯狂狂地玩。你还那么年轻，已经快被管教成一个小老太婆了。别顾虑太多，舞厅并不坏，不会吃掉你，何况还有我呢！"

于是，在尽兴的一天之后，我们又有了疯狂的一晚！灯光、人影、音乐、旋律……他拉着我的手，转、转、转！转得我的头发昏，转得我眼花缭乱！他大声笑，我也大声笑，像喝醉了酒。这是我生命中从没有过的一夜，那些快节拍的舞曲使人飘飘然，仿佛浑身都充满了活力。那些彩色缤纷而又旋转不已的灯光让人眩然如醉。而那些跳舞的人们的嬉笑欢乐又具有那么强大的传染力，我们快乐得像一对不知天高地厚的小娃娃。

深夜——真是名副其实的深夜，街上已没有行人，天上只有几点冷冷的孤星。我们乘着一辆计程车，在黑夜的街头，疾驰着回到台北。一日之游使我困倦，在车上我几乎睡着了。直到车子停在罗宅的大门口，我才惊醒过来，伸了伸懒腰。我倦意蒙眬地问："到家了？这么快！""下车吧！"皓皓说。我下了车，靠在大门口的围墙上打哈欠，皓皓按了门铃。深夜的冷风扑面吹来，我不胜瑟缩。皓皓解下他的大衣，裹住了我，笑着说："在车上打瞌睡，出来时再被冷风吹一吹，你大概又要害一次重感冒。"我哈欠连天，把头缩进他的大衣领子里，笑了笑，没有说话。假若再没有人来开门，我可能站在那儿都会睡着了。

门开了，我懒洋洋地跨了进去，并不知道门里面有一场风暴正等待着我。一只手攫住了我的手臂，有人剧烈地摇撼着我，皓皓的大衣滑到了地上。突来的变故把我的睡意驱散，我惊愕地抬起眼睛，接触到罗教授圆睁着的怒目。

　　"说！忆湄！"他厉声地吼着，"你跟这个混蛋跑到哪儿去了？半夜三更才回来！"我没有来得及回答，他又是一阵猛摇。

　　"说！"他大叫，声如巨雷，"你们到哪儿去了？做了些什么？"

　　"噢！"我说，"不过是玩玩而已！白天到野柳野餐，晚上去基隆跳舞……"我的话还没有说完，罗教授扬起手来，重重地挥了我一耳光。这一下，我的睡意是真的完全没有了。瞪大了眼睛，我呆呆地望着罗教授。罗教授的眼神是狂暴的，继续抓着我的手腕，他嚷着说："假如你来到罗家，是学习堕落，那么，你还是离开吧！管你念不念大学！管你上进不上进！管你……"

　　"爸爸！"挺身而出的是罗皓皓，"是我带忆湄去的！你要怪，怪我好了，别在忆湄身上出气……"

　　"好，好，好！"罗教授喘息着，放开了我，转到他儿子面前，"我正要找你，我是该管你了，早就该管你了！"他大叫，"你给我滚过来！"

　　罗教授骤然放松了我的手臂，使我失去平衡，差一点栽倒在地下。站稳了身子，我的面颊上被罗教授所打的地方，正热辣辣地发着烧。耻辱和愤怒也在我内心中发着烧。从来没有一个时候，我觉得如此耻辱和委屈！就是我的母亲，也从来没有打过我，这个怪人以为他收容了我，就有权"如此"来"管教"我吗？何况我不认为我犯了什么大过失，值得挨这一耳光。泪涌进了我的眼眶，顾不得那相对咆哮的一对父子，我哭着跑进客厅，又跑进餐厅，在楼梯口上，我碰到了正拦在楼梯口的皑皑！她微仰着头，脸上挂着似得意而非得意的笑。我想，她百分之百地目睹了我的挨打。冷冰冰地，她注视着我说："噢，忆湄，我想你玩得很开心！"

她的讽刺对我如同火上加油，我的血管都几乎爆裂，我瞪视着她，不再顾忌自己的语气过分刻薄。仓促中，我只想抓一样武器来打倒她，打倒她的冷漠，打倒她的骄傲，打倒她的优越感！于是，我尖酸地说："当然，我玩得很开心！我用不着在别人的书里夹花瓣，我用不着叫别人'勿忘我'，而他们愿意跟我玩。至于你，就是种上一园子的勿忘我，人家仍然把你这抹微蓝，抛弃在垃圾箱里！"

我看着皑皑的脸色忽青忽白，我看着她的嘴唇惨白如纸，心底掠过了一阵报复性的快感。但，当我准备上楼而抬头向楼梯上面看去时，我呆住了。罗太太像尊石膏像般站在楼梯上，一对眼睛妖异地瞪视着我。然后，她一步步地跨下楼梯，一步步地向我逼近。我的背脊发麻，手心发冷。她又来了！我知道，她又来了！来要我的命！我向后退，她向前进。然后我的身子抵住了墙，再也无法后退了。靠在墙上，我被动地仰着头望着她。她停在我的面前，并没有像我预期的那样来掐我的脖子，却直着眼睛喑哑地问："你要怎样才肯放手？你要怎样才算达到目的？你要些什么，由我来给你，好不好？我一定，一定让你满足，好不好？……"她昏乱而没有系统地说着，慢慢地举起了手来，我神经紧张，没有等她接触到我，就爆发了一声尖叫。我的尖叫似乎更加刺激了她，她捉住了我的手臂，嘴里喃喃地、呓语般地，不知道说些什么。同时，手指已箍紧了我。我挣扎，狂叫……我的喊声把一切都压倒了。于是，我看到罗教授和皓皓都冲了过来。同时，徐中枏也出现在楼梯的顶端，高高在上地俯视着楼下发生的一切。

我立即被"救"了出来，从罗太太的掌握下得到解脱，我啜泣着冲上了楼，奔向中枏。在我的困厄中，我永远第一个想到的就是中枏！抓着中枏的手，我战栗地喊："噢，中枏。噢，中枏。"

中枏牵住了我的手，他严肃的脸上没有丝毫的笑容，把我送进了我的房间，他站在我的面前，冷淡地注视着我说："你不用告诉我，今天晚上发生的一切，我全看到了！"

我张大了嘴，泪珠停在睫毛上，困惑而不解地望着他，他看来何等冷酷！

"我只有一句话送给你，"他冷冰冰地说："那就是：人必自侮而后人侮之！"说完，他掉头就向门口走，我慌乱地喊："中枏！"

他站住，忍耐地说："你还有什么事？你玩够了，疯够了，回到家里来，对别人也挖苦够了，你还有什么事？"走回到我面前，他用手托起我的下巴。到这时，我才发现他在生气，他眼中燃烧着怒火，语气僵硬而冷漠："我高估了你，忆湄。"他说，"现在，我愿意告诉你，我这几天在忙些什么。我不愿你继续住在罗家，所以我找了一间房子，是我一个同学家里分租给我的，我正布置着它，希望给你一个意外的惊喜。这是第一件事。我想以后由我供给你的生活和读大学，所以正奔波着找寻一个兼差，现在已经找到了。是个广告公司的设计员，待遇很高，约定今天要面试，所以我不能陪你出去玩，这是第二件。我默默地做这一切，在事情没有完全弄妥之前，不想让你知道，免得分你的心，也免得弄不成功，让你失望——为你设想得如此周到，而你，却陪着另外一个男人，流连于舞厅之中！"他恶狠狠地瞪着我，"忆湄，你辜负了我待你的一片深情！"

"噢，中枬！"我无助地喊。

"这些倒也罢了，你对皑皑说的那几句话，简直像个没教养、没风度的女孩子！忆湄，"他对我摇头，仿佛我是个病入膏肓、无可救药的人，"你使我失望！我想，是我认错了你！为你做的一切，全没有意义！或者，我配不上你，我太实际，不能陪着你胡天胡地地玩，只能默默地去为你工作。而你，对工作远不如对娱乐的重视！你，和皓皓倒真是一对！"

他甩开我，大踏步地走出了房间，砰然的门响震碎了我最后的忍耐力。我扑倒在床上，把头埋进枕头里，失声痛哭起来。我哭了那么久，那么久，那么久，从有声的哭变成无声的哭，从有泪的哭变成无泪的哭……然后，我停止了啜泣。窗外寒星数点，夜风低回呜咽，我茫然四顾。怆恻之中，已不知身之所在。我从床上坐了起来，静静地用手捧着头，凄凉地回忆着我所遭遇的一切。一件明显的事实放在我的面前：罗宅已不是我所能停留的地方。罗教授对我那么野蛮跋扈，罗太太时时刻刻都可能掐死我，皓皓对我徒劳的追求，皑皑对我的嫉恨，以及中枢——中枢，这该是我心头最重的一道伤痕——已经鄙视了我。罗宅，我还能再留下去吗？最好的办法，是我悄然而去，把罗宅原有的平静安宁还给罗宅！或者中枢还会再去追求皑皑，那不是皆大欢喜？至于我，孤独而渺小的孟忆湄，是梦该醒的时候了！这半年多来的日子，对于我，不完全像一个梦吗？我站起身，慢慢地收拾好我的衣箱。又把墙上那张全家福的照片取下，对着妈妈的遗容，我泪水迷蒙、语不成声地说：“妈妈，请原谅我无法照你所安排的去做。”

把照片也收进了箱子，我又静静地坐了一会儿。然后，我在桌上留了一个小字条：

罗教授：

很抱歉，我的来临带给你们许多困扰，现在，我走了。以后罗宅一定能恢复原有的宁静。谢谢您和您的家人对我的厚待和恩情！

祝福你们家每一个人！又及：请善待嘉嘉，那是个不会照顾自己的可怜人。

忆湄留条

除了这个字条之外，我也留了个字条给中枏。这条子足足写了将近一小时，撕掉了半刀信纸。最后，只能潦草地写上几句话：

中枏：

　　我走了。带着你给我的欢笑和悲哀走了。希望我们再见面的时候，我能够距离你的理想更近一些。
祝你幸福！

忆湄

两张字条分别压在桌上的镇尺底下，天际已微微发白了。我提起箱子，轻悄地走出房间，合上房门，对这间我住了将近九个月的房子再看了一眼，在心中低低地念："再见！再见！再见！"

我穿过走廊，走过了罗太太的房间，走过了罗教授的房间，走过了皓皓和皑皑的房间，也走过了中枏的房间。一路上，我凄楚地、反复地，在心中喊着："再见！再见！再见！"

下了楼梯，穿过无人的小院落，我在晨光微曦中，离开了这个有我的梦、我的爱，有我的欢笑和眼泪的地方。

# 第十七章

搭上了早晨第一班南下的柴油特快，我在中午的阳光中回到了阔别九个月的高雄。提着箱子，站在火车站前的广场上，举目四望，高雄！那么亲切、那么熟悉的地方！我离开的时候，车站前的那株凤凰木花红似火，现在，绿荫荫的叶子仍然在冬日的寒风中摇晃。高雄，高雄，别来无恙！而我呢？去时怀着一腔凄苦和迷惘，回来时却怀着更多的凄苦和迷惘！三轮车停在小学校的门口，我和妈妈共同居住了那么多年的地方！孩子们在大操场中追逐嬉笑，教室中一片书声琅琅。噢，我的故居！我成长的所在！林校长在家里，还是在校长室？无论如何，我还是先到校长室去碰碰运气。林校长，她将多么惊奇我突然来到！

在校长室门口，我被一群热情的故友们包围了，妈妈的同事们！带着那样惊喜交集的表情，把我围在中间，推来攘去地拉着我，无数的问题和评语向我涌来：

"噢！忆湄！你长大了！"

"忆湄，你成熟了，也漂亮了！"

"忆湄，台北的生活好吗？"

"忆湄，为什么这么久都没信？把老朋友都忘了，是不是？"

"忆湄，到高雄来玩的吗？能住几天？"

左一个问题，右一个问题，我被弄得团团转。然后，林校长排围而入，从人群中钻了进来，她大喊："忆湄！"

抛下箱子，我扑过去，一下子投进了她的怀里。她拍着我的背脊，像慈母般恺切温柔，同时一连串地嚷着："怎么？忆湄，一去半年多，起初还收到你两封信，然后就音信全无了。罗教授待你好吗？台北的生活如何？大学考试准备得怎么样？现在怎么有时间到高雄来？……"

面对着这成串亲切而关怀的问题，我忽然失去了控制力。一路上，我竭力忍耐着的泪水，终于夺眶而出，"哇"的一声，我放声痛哭起来。林校长大吃一惊，用手环抱着我的肩膀。她失措地、惊慌地拍着我，结舌地说："这……这……这是怎么了？忆湄，别哭！有话好好说，怎么了？忆湄，你受了什么委屈？来！先到我家去，慢慢再谈。"

我拭去泪，抬起眼睛来，无助地望着林校长，低低地说："林校长，我回来了！不再去台北了！这儿还能收容我吗？"

"噢！忆湄！"林校长喊，"你说什么话？这里永远是欢迎你的！来，来，来！一切都先别谈，到我家去洗把脸，吃点东西。"挽住了我，她不管三七二十一地提起我的箱子，把我向她的家中拉去。到了林校长家里,洗了脸,吃了一碗特地给我下的肉丝面,精神好多了,心情也平定了不少。她的孩子们绕在我的身边,孟姐姐长孟姐姐短地问个不休。林校长费了好大的力气,才算把那群热心的小东西赶到外面去玩了。关上房门,她握住我的手,关切地说:"现在,你可以告诉我了,怎么回事?罗教授待你不好吗?"

我凝视着林校长,怎么说呢?我在罗宅的九个月中,一切是那么复杂,那么错综,人、事及感情!我如何能把这事情清清楚楚地说出来?何况,这之中还牵扯着我的身世之谜,牵扯着妈妈的名誉!瞪着林校长,我微蹙着眉,久久无法说一语。

"哦,忆湄,"林校长拍拍我的手背,"不说也罢,我想我猜得出来。"她叹了口气,"本来嘛,你妈妈也想得太天真了,多年没有谋面的朋友,就贸贸然地让你去投奔,现在的人都那么现实,谁还会真正地去重视友谊呢?……"

林校长的话丝毫搔不着我心中的痒处。摇摇头,我本能地为罗教授辩护:"不,并不是这样,罗教授是……是个很好的人……他……他待我也不坏。"

"那么,你为什么又回来了呢?"

我想着昨夜,想着罗太太,想着我受的屈辱,皑皑和中枏……泪又涌进了我的眼眶,我摇头,用手蒙住脸,啜泣着说:"不,不,请您别问。"

"好,我不问你,"林校长豪爽地说,"等你哪天心情好的时候再告诉我。反正,你终于要在我家住下来了!我家地方小，你可以和我两个女儿住一间屋子，你母亲希望你考大学，你还是继续念书，准备考试，如何？"

"不，"我说，"我想自食其力，我可以教那些孩子。"

"你想当教员？"

我点头。

"我认为——"林校长说，"你还是该完成你母亲的遗志。"她沉吟了一下，又说，"好吧，你先住下来，这问题让我们再慢慢讨论。"

我又在我居住熟了的地方住下来了。早上，我踏着草地上的露水，找寻着我和妈妈共同生活的痕迹。我重新来到那破旧的小屋门口，现在，这屋子翻修过了，住着一位新来的男教员。我在那门口呆呆地伫立了那么久，让那男教员惊奇得瞪大了眼睛。而当他来找我搭讪时，我又像个受惊的鸽子般飞走了。操场上、教室里、走廊边、校园内……处处有妈妈的影子。黄昏，我躲在无人的校园墙畔，望着彩霞满天，望着落日西沉，我悄悄地啜泣低唤："妈妈！妈妈！"

妈妈，妈妈，妈妈在哪儿？我在任何的地方找寻妈妈，处处有妈妈，又处处没有妈妈！于是，我偷偷地流泪，偷偷地哭泣，哭我的孤独，哭我的无依。就在这终日徘徊中，我领会了一件事，妈妈在我心中如同神圣。我之所以决然离开罗宅，是不是也由于害怕去面对一个可能公开的真实？我决不愿想妈妈会生下一个私生子。妈妈，她是完美无缺的，她是我心目中的偶像！许多天过去了，我仍然像一个游魂般，整天在各处荡来荡去。对妈妈的凭吊和哀悼稍稍平淡一些之后，中枬和罗教授等人的影子就跟着浮了上来。他们会找寻我吗？中枬会难过吗？皓皓、皑皑呢？罗太太呢？于是，我开始强烈地思念起他们，不止他们，还有嘉嘉、彩屏，以及早已失踪的小波。我怀念那幢大宅子，怀念那花圃，也怀念那闹鬼的小树林！我终日失魂落魄，揽镜自照，憔悴苍白得几乎已不再像"我"。白天，我食不下咽。夜里，我寝不安眠。随时随地，我都像个易碎的物品般，不能碰触。因为眼泪之闸永远开着，碰一碰就要流泪。我，和九个月前离开的那个孟忆湄已经不同了。我不知道，从什么时候开始，我已失去了我自己。

中枬，他会和皑皑恋爱吗？在失去了我之后，那抹"微蓝"也该被重视了。本来，他就喜欢着她的，不是吗？罗教授把中枬留在家里，待以上宾之礼，让他教皑皑画画，所为何来？他们早就期望着中枬和皑皑恋爱，不是吗？那么，现在，他们都可以如愿以偿了。我整日整夜地想着这些问题，想得我头发昏，想得我神思恍惚。而与这些问题同时而来的，还有一次比一次加深的内心的痛楚。于是，我明白了。在那些无眠的夜里，我流着泪，在心中辗转地呼喊着："中枬，你不可以爱她！中枬，你不可以爱她！中枬，你不可以爱她！"日子冗长困倦，我的脚步踏遍了校园每一个角落，找寻不到失去的我。头一次，我了解了李清照的词："寻寻觅觅，冷冷清清，凄凄惨惨戚戚……"的情意。也是头一次，我懂得了真正爱情的滋味。

我的失魂落魄瞒不过林校长，一天，她看着我端着饭碗发呆，笑着说："忆湄，菜不合你的口味吗？"

"噢！"我猝然醒觉，"不，很好。"我连扒两口饭，伸长脖子咽下去。

"忆湄，告诉我，"林校长的手越过饭桌，握住了我，"你遭遇了一些什么？"

放下饭碗，泪水夺眶而出，我站起身来，奔出了房子。

一天又一天，我慢慢地醒悟，我必须面对现实，拿出勇气来生活了。早上，我围上围裙，到厨房去帮林校长弄早餐，然后，到院子里去喂鸡。撒下一把米，看着那些各种颜色的鸡从四处跑来，小小的脑袋啄食着米粒，我心头稍稍欢快了一些。生命，是可喜的，虽然我这条生命正在愁苦中，但我仍然爱其他的小生命。喂完了鸡，又到校园中，低年级的校园里，有一个大的铁丝笼子，里面畜养着十几只小白兔。我和它们每一只都是好朋友。拿着一大把青菜和胡萝卜，我送到它们的嘴边，望着它们争先恐后地抢食。蹲在地上，我抚摸着它们的背脊，和它们低低地说话。有一只离群独居，不肯吃东西，我摸摸它的额，似乎比一般兔子的体温高。病了吗？我怜惜地把它抱了起来，向林校长的家里走。对于小动物的病，我有个偏方，曾经百试不爽——不管什么病，都喂它半包鹧鸪菜。

抱着兔子，系着围裙，我慢吞吞地向前走去，到了林校长家的门口，看到林校长最小的一双儿女正在争论着什么。

"是海盗！"一个说。

"不是，是刚从监狱里放出来的，可能是个杀人犯。"

"不是，是海盗，海盗都是这个样子的，电影上我看过！"

"我也看过电影，囚犯都是那个样子的！"

"我告诉你是海盗！"

"我告诉你是囚犯！"

"打赌！赌三颗弹珠！"

"好！等下我们问妈妈！"

我站住，在冬日的阳光下，望着那两个争执着的孩子。当孩子真好，不是吗？无忧无虑，无愁无怨。兔子在我怀中蠕动，我拍抚着它，安慰地说："别急，小兔子，马上弄药给你吃。"

有一片阴影罩了过来，我低着头，可以看到有个人影由远处移近。然后，我望见一双穿着皮鞋的脚，鞋面上积着灰尘。深灰色的西服裤，裤管瘦而长。目光慢慢向上抬，西服上衣，敞开的领口，没有系领带，方方正正的下巴……我的眼光和他的接触了。他站在那儿，静静地望着我，眼睛深邃闪烁。我们彼此对望着，谁也不开口，时间慢慢地消失，云遮住了太阳，又放开了它。他一直显得那样安详自如，只是脸色有些反常的苍白。终于，他先开了口："好吗，忆湄？"

我点点头，喃喃地不知说了些什么。

他伸过手来，轻触我怀里的兔子，他的手指神经质地颤抖着。

"它怎么了？"他问。

"病了，大概是感冒。"我说。

他的手指从兔子身上滑到我的手背上，一把抓紧了我，他战栗地喊："忆湄！总算找到了你。"

我闭上眼睛，一阵天旋地转，泪珠沿着面颊滚落。好半天，我无法说话，也无法移动，只有泪水无拘束地泛滥奔流。于是，我觉得他拉住了我，又用手环住了我的腰，他的声音清晰而痛楚地在我身边响着："忆湄，你怎么那样傻？就这样不声不响地走掉？你使整个罗家都翻了天，你知道吗？现在，都好了，是不是？我们来接你回去。别哭了，来吧！"

我仍然在哭，除了哭，我似乎不会做任何的事情了。中枢拥住了我，拍着我的肩膀，试着要稳定我激动的情绪。而我，把额头抵在他宽辟的肩膀上，哭了个肝肠寸断。好不容易，我的哭声低微了。中枢托起我的下巴，像对待一个小娃娃一般，帮我擦着眼泪。接着，我听到林校长的小女儿拍着手喊："看啊！孟姐姐，不害羞，女生爱男生！女生爱男生！"

推开中枢，我看看他，又看看那拍着手的孩子，忍不住又挂着眼泪笑了。中枢注视着我，也笑了。于是，我忽然听到一个人大踏步走近的声音，同时，一只大手抓住了我的手腕，我抬起了头，看到的是罗教授须发蓬蓬的脸和灼灼逼人的眼睛。"好呀，"他夸张地嚷着，"忆湄！你翘课逃到这里来了！也怪我平常太粗心，只知道你以前住的地方是个小学校，也不知道住址，这一下，把全高雄市的小学校都翻遍了，才把你翻出来！好！现在乖乖地跟我回去！"

"我……我……"我嗫嚅着。

"你还有什么鬼意见？"罗教授咆哮地喊，"你就是有什么不高兴，在家里吵一顿、骂一顿都可以，干吗一个人跑掉？台湾那么多人口，那么大地方，让我到哪里去找你？这不是给人出难题吗？你走了不要紧，家里人仰马翻，中枢怪我不该打你一巴掌。其实，鬼才知道你挨了一掌就会跑掉！嘉嘉满屋子跑上跑下地找你，结果突发奇想，以为你藏在抽屉里，把所有的抽屉打开来找，翻得乱七八糟。皓皓也跟我吵……现在，好了，你赶快跟我回去吧！还有你那只鬼猫，不声不响地在我放卷宗的抽屉里做了窝，啃了一抽屉的鱼骨头……这些，只有你回去处理……"

"什么？"我惊喜交集地大叫，"小波，它回来了吗？"

"回来？"罗教授叫，"它几时失踪过？失踪的是你！现在，别多说了！走吧！看能赶得上几点钟的火车！"

我犹豫着，一转头，我看到含笑站在一边的林校长。她走过来，握住我的手臂，带着个了解的笑容说："去吧，忆湄，罗教授都跟我讲过了。回去吧！忆湄，好好念书！好好考上大学！"

我仍然在犹豫，罗教授拉着我的手腕就向校门口走。他的手碰到了我怀里的小兔子，他吃惊地叫："天哪，这又是什么玩意儿？"

"小兔子，它在生病。"我说，举起兔子来，"我可以带它一起走吗？"我问。

"噢，噢……"罗教授的眼珠奇异地转动着，从他的大鼻孔里吸着气，"好吧！带它走！我看，家里该为你辟一个动物园呢！"

我欢呼了一声，多日来的烦恼忧愁和悲哀都在一瞬间飞走了。

把小兔子交到中枏手里，我说："帮我抱一抱！"就转身冲进屋里，去收拾我的箱子。

提着箱子，我走了出来，林校长过来和我握别，含蓄地笑着说："下次，你再来的时候，希望不再是私逃的了。"

我望着林校长，有些依依不舍。罗教授已经不耐地抓耳挠腮了。我们向校门口走去，林校长的两个孩子推来推去地低声说着："你去问！"一个说。"你去问！"另一个说。

"他们在做什么鬼？"罗教授问。

我望着罗教授毛发蓬蓬的脸，猛悟地大笑了起来。罗教授皱着眉叫："笑什么，你？"

"笑他们！"我说，"他们想证实对你的猜测，不知道你是海盗呢，还是囚犯？"

中枏也笑了起来，林校长也笑了，罗教授瞪着眼睛，竭力把脸色放得严肃，却在喉咙中稀奇古怪地诅咒。我们就在笑声中、诅咒声中、孩子的起哄中，走出了大门。

两小时后，我、中枏和罗教授都在北上的火车中了。

火车向前疾驰而去，抛下了树木、原野、村庄和城市。我和中枏并排坐着，罗教授坐在我们的对面。小兔子用个小铁丝笼装着，放在座位下面。一路上，我们都十分沉默。中枏似乎有许多话要对我说，碍于罗教授，只能默然不语。罗教授蹙着眉，瞪视着车窗外面，不知道在想些什么。我呢？车子越接近目的地，我就感到越惶惑。我出走了一次，又回来了！事实上，我出走时所想逃避的种种问题仍然存在，回来之后，我又将面对它们，一切情形不会好转，问题依旧没有解决。我，该怎么办？车子过了台中，过了新竹，一站又一站，台北渐渐近了。车窗外早已一片黑暗，远处几点灯火在夜色里闪烁，一会儿就被车子抛下了。新的灯火又重新出现。我凝视着那旷野里的灯光，茫然地想着，那些有灯光的地方，是不是都有人居住？这些人又都是如何生活着的？是不是也有像我这么多的烦恼和困惑？车子过了竹北，又过了桃园，中枬在椅子上不安地欠动着身子。我侧过头去看他，他的神色有些奇怪。终于，他咳了一声，突然说："罗教授！"罗教授似乎吃了一惊，转过头来瞪视着中枬。

"罗教授，"中枬说，"我有几句话要和您说，在车子没到台北之前，我想先和您讲清楚。"他看了我一眼，暗中伸过手来握紧了我的手，"我想和忆湄到台北后就宣布订婚，同时，我预备负担起忆湄的生活。我已经帮她租妥了一间屋子……"

"你是什么意思？"罗教授满脸的须发虬结起来了，眼光凶恶地瞪着中枬。

"我的意思是——"中枬镇定而坚决地说，丝毫没有被罗教授的凶样所折倒，"忆湄到台北之后，不回你的家，我已对她另有安排。"

"你是谁？你有什么资格安排忆湄？"罗教授低沉地吼着，眼光更加凶恶了，"荒谬！荒谬透顶！"

"我是忆湄的未婚夫！"中枬紧握了我一下，挺了挺背脊，"我一定要安排她的生活！罗教授，她在罗宅太不安全！"

"太不安全？"罗教授的眼珠几乎突了出来，"谁会吃掉她？"

"我怎么知道！"中枬说，"最起码，她在罗宅并不快乐。罗教授，您不能再逼走她一次！"

"我没有要逼走她！"罗教授叫。

"事实上，罗宅的每一个人都在逼她！"中枬说，深深地盯着罗教授。"罗教授，"他一字一字地说，"忆湄是您的什么人？"慢慢地，他从上衣口袋里掏出一张照片，递给罗教授，"这张照片里的人又是谁？"

我对那照片瞟了一眼，是那张皑皑的婴儿照！我诧异地望望中枬，又望望罗教授。我不知道中枬在玩什么花样，但，罗教授却显然被触怒了，他的眼珠狂暴地转动着，须发怒张，握着那张照片，他的手发着抖。好半天，才从喉咙里迸出一句话来："中枬，你以为你有权去窥探一个家庭的隐秘？"

"我想我有权要保护我所爱的人！"中枬昂了昂头，"我必须使忆湄不受伤害！"

"谁会伤害她？"

"我不知道，"中枬望望我，"或者是那个知道她的身世，而又嫉恨着她的人！罗教授，我想，您还是说出来吧，她是谁？"

罗教授的眼睛瞪得那么大，我猜他很可能对中枬扑过去，如果不是在火车里，后果真不堪想象。中枬镇静地迎视着罗教授的目光，似乎一点也不肯妥协，他们彼此瞪视着，谁也不说话。车子继续在夜色中向前滑行，许许多多的灯光被抛在后面了，车子驶进万华站，灯光热闹了起来。罗教授低低地说一句:"你知道多少?"

"并不太多,"中枬也低低地说,"不过,您继续保密太不聪明,世界上没有一件秘密能够长久保持。忆湄有权知道她自己的故事!"

罗教授低低地在喉咙里叽咕了一句,谁也不知道他说的是什么。

中枬又开了口:"假如你认为忆湄该住在罗宅,你一定有很好的理由,是吗?如果她必须像个被收容的难民般,屈辱地寄人篱下,就不如离开罗宅,自由自在不受耻辱地生活!"

"耻辱?谁让她受了耻辱?"

"皑皑。她看不起忆湄,看不起的最大原因,是因为忆湄是个来投奔的孤儿!"

罗教授怔了怔,我敏感地觉得,他似乎战栗了一下。

车子进了台北站,播音器里在报告终点已到。中枬站起身,取下了我放在行李架上的箱子,我也忙不迭地提起我的小兔子。我们向车厢门口走去,中枬说:"忆湄和皑皑的地位是平等的,是吗?"

罗教授跨下车厢,站在月台上,望了中枬一眼:"并不完全平等。"

我跳下车厢,我们走过天桥,走出了台北站,三轮车和计程车全来兜揽生意,中枬凝视着罗教授:"回哪儿去?"

"当然是回家!"罗教授愤怒地叫。

"您的家?"

罗教授的背脊挺直了,他的一只手压在我的肩膀上,他在战栗着。低声地，他说："是的，我的家，也是忆湄的家。"

中枘的眉头放松，挥手叫了一辆计程车，我们钻了进去。

"罗斯福路！"中枘对司机说。转头来看我："你在干什么，忆湄？"

"我的小兔子，"我轻声说，"它在发烧。"

罗教授又战栗了一下，接着，是一声深长的叹息。

"你的小兔子！"他喃喃地说，"你的习惯和你的母亲完全一样。"

"我的母亲是谁？"我问。这是个久已存疑的问题。

"是——"他慢慢地，一字一字地说，"我的妻子！"

# 第十八章

窗外，有很好的月光。

我们环坐在客厅里。所谓我们，是罗教授、中枬、皓皓、皑皑和我，只缺了罗太太。我们到家时，已经晚上十点多钟，罗太太已睡了。罗教授分别把皓皓、皑皑叫到楼下，并吩咐不要惊动罗太太。我们坐着，围成一个圆形，中间生了一盆火。夜，已经很深了，窗子关得很密，月亮把窗玻璃染成了灰白色。室内，只亮着壁角的一盏有着绿色灯罩的落地台灯，整个室内的光线有些暗沉沉而绿阴阴。幸好炉火烧得很旺，映红了每一个人的脸。罗教授靠进椅子里，眼睛深沉地凝视着炉火，开始了他冗长的叙述。

"那是一九三八年，我刚刚大学毕业，为了考察地质，我在广西、贵州一带游历，收集一些钟乳石和石灰岩。一九三八年的秋天，我到了贵州的一个小县城里——湄潭。在那儿，我遇到了绣琳，也就是忆湄的母亲。"罗教授停下来，望望我，又转头去望着皓皓，"同时，也是你的母亲，皓皓。"

"什么？"皓皓惊跳起来。

"别动，"罗教授说，"让我慢慢地说。"

他用手揉揉鼻子，回忆使他的眼光惨切。停了好久，他才又说："我应该先告诉你们，我有个很富有的家庭，我父亲是桂林城中的首富之一，我是独子，很早就继承了我父亲庞大的遗产。所以，毕业后，我带着两个家仆，很舒服地在家乡附近一带游山玩水。至于考察地质，不过是借口而已。到了湄潭，我原不准备久留，那是个穷苦而简陋的小地方，但，我却邂逅了江绣琳。

"那是个黄昏，落日衔在山峰之间，彩霞满天，归雁成群，我在一棵大树下发现了江绣琳。支着个简单的画架，她在画一张风景写生，她的画并不十分好，人长得也不算漂亮，服饰简单淳朴，态度落落大方——给人一种亲切感。我那时年纪很轻，也很风流自许，上前去随便找点话和她谈了谈，然后，我再也离不开湄潭了，我在那儿足足住了十个月。回到桂林的时候，已多带回去一个人，江绣琳，我新婚的妻子。

"绣琳是个穷苦人家的女孩子，受过高中教育，朴实而善良。我常觉得她心中是个无价的宝库，你可随时在她身上发掘出宝藏来。回到桂林，我们家庭的富有吓到了她，成群的仆人使她手忙脚乱，故意刁难的老人家让她暗暗流泪。但，她是相当坚强自信的人，在一年之内，她克服了所有的困难，也收服了所有的仆人。你不会找到比她更成功的主妇，也不会找到比她更得人心的主妇。大家都喜欢她，而她，也从没有主人架子。她快乐，无忧无愁，爱唱歌，爱笑，爱闹。她的笑语之声，随时随地飘浮在那栋古老的宅子和深广的花园里。

　　"没多久，深院大宅使她厌倦了。她是个完全闲不住的女子，她种花、养草、养金鱼，这些，仍然不能让她满足。她有颗太善良而不甘寂寞的心，不知从什么时候开始，她染上了一个收集癖——她收集一切小动物，多半都是病弱无依且骨瘦如柴的。猫、狗、兔子、鸽子……无所不养。常常，她到外面去逛一趟，就抱回一只小脏猫，或者被抛弃的小狗——长了满身的疮。她会不厌其烦地给它们治疗，照顾它们，畜养它们，看着它们从瘦弱变强壮，她就快乐无比。

　　"这种收集小动物，起先我也觉得很好玩，看她那么热心，也分享她的一份快乐。但是，逐渐地，家中鸡飞狗跳，变成了个'病残动物园'，总觉得不大是滋味。虽然说过她几次，她却依然故我，而且，她又有一篇大道理，振振有辞地说：'你怎么能看着一条生命被弃置呢？难道你不喜欢生命吗？有什么快乐能够比望着生命茁壮成长更让人开心呢？我喜欢照顾它们！你别剥夺我的快乐！'

　　"好吧，我只有让她去！结果，她变本加厉。有一天，她到乡下我们一个远亲的家里去玩，回来的时候，居然把他家的一个白痴女儿也带回来了。那就是嘉嘉，既说不出几句整话，又什么都不懂，而且瘦得只剩一把骨头，还害着疥疮。我责备她不经思索，弄这么个白痴来岂不自找麻烦！她却笑着说：'我们家又不怕多一个人吃饭，她家里没有人要她，生活得比我们家的狗还不如，实在太可怜。而且，她并不很笨，我可以教她做一些事，教她种花，养小动物，她一定会学得很好，反正，让我来管嘛，又不要你操心！'

"就这样，她把嘉嘉留在家里，以后半年之内，她就忙着'教育'嘉嘉，教她种花，教她生活，教她养小动物，还教她唱歌！她忙得不亦乐乎，嘉嘉居然也似懂非懂地跟着学。那时候，绣琳最爱唱的一支歌就是'花非花'，她足足费了半年多的时间，终于教会了嘉嘉，直到如今，嘉嘉这支歌仍然时刻不离口。当嘉嘉学会了唱这支歌的时候，绣琳开心得就像得到了全世界，她跑来跑去地嚷着：'她不是白痴！她不是白痴！'

"但，白痴还是白痴，嘉嘉学完了这支歌，再也学不会别的，唱来唱去就是这一支，成天唱到晚。但，她倒是学会了种花和养小动物，而且，变成了绣琳的影子。绣琳对她的照顾，她也很能了解和体会。每当绣琳在花园中浇花唱歌时，她永远在一边手舞足蹈地跟随着。绣琳的爱好，她也知道，例如，绣琳喜欢黄色的小草花——那是家乡遍地野生的。嘉嘉常常满山遍野去给绣琳采了来。这也是为什么她特别喜欢忆湄的原因，忆湄长得太像绣琳。我想，她根本分不清忆湄和绣琳。

"一九四〇年，皓皓出世了，这条小生命带给绣琳的喜悦真非言语所能形容。我当然也很高兴，尤其，我想，有了这个孩子，绣琳可以不再去收集小动物了。孩子应该可以占据她全部的注意力，但是，我错了。孩子满月后，她娘家有人来桂林，希望她带孩子回去住几天，她去了。

"她在娘家大概住了两个月，回来的那天，她的轿子后面跟着一乘小轿子，上面还垂着帘子，因为太阳很大。轿子抬进了大门，满院子站着迎接她的仆人，还有我。她抱着孩子从轿子里钻了出来。我至今记得她的神情，用一种喜悦的而又畏怯的眼光望着我，低低地喊：'毅！''怎么？'我瞪着另外那乘轿子。'我要给你一个意外。'她说。'是什么？''你不生气才行！''到底是什么？'

"她把我牵到那乘轿子门口，一下子掀开了帘子，我和一个瘦骨嶙峋的女孩子面面相对了！老实说，我从没有那样吃惊过。那女孩苍白得像个鬼，瘦得只剩下了骨头，一对大得惊人的黑眼睛畏惧而怀疑地瞪视着外面的人群。我向后退，一时间，只能反复地喊：'这是什么？这是什么？'

"绣琳带着可爱的微笑回答我：'是个人哪，我的老爷！'

"'哎，'我有些生气了，'我当然知道她是个人，但是，她是个什么人？''一个女人嘛！'绣琳顽皮地望着我，对我眨着眼睛，想缓和我的怒气。

"'一个女人！'我暴怒地叫，'我当然知道她是个女人！但是，她来做什么？她是谁？'

"'她是我的小妹妹。'绣琳噘着嘴说，因为我的生气而有些气馁。

"'小妹妹！我从没有听说过你有什么小妹妹！'

"'不是亲的，是个本家的姊妹。她也姓江，她父亲和我父亲是同曾祖父的兄弟！'

"'多远的亲属关系！'我瞪着她，心里有气而又无可奈何，忍耐地问，'好吧！就算是你妹妹，你把她带来干什么？'

"'她，她，她在生病。'

"'哦。'我翻翻眼睛，心里已经明白了七八成，'什么病？'我气呼呼地说。

"'肺病，第二期。而且，她，她，她……'

"'她怎么？'

"'她的神经系统有点问题，她家里要把她送到疯人院去。'

"好！先是白痴，又是疯子！我家里岂不变成疗养院了？望着绣琳那对坦白而切盼的眸子，我气得说不出话来，停了好久，才问：'那么，你怎么把她带到我们家来呢？难道我们家是疯人院吗？'

"'噢！'绣琳喊，'别那么残忍！你看她病成那副样子，送到疯人院去一定没命。救人一命总是好事，而且，她的神经根本就没什么病。反正，我来管她，不要你操心嘛！'

"又是那句话！接着，她关于生命的大道理又来了。我叹着气，被她的热诚所折服，何况，人已经来了，又不能再送回去，只得无可奈何地说：'好吧！你不怕麻烦，弄个病人到家里来，我还有什么话说？就留下她吧！'

"'啊哈！'绣琳欢呼地大嚷，'毅！你是天下最好、最善良、最伟大的人！'

"就这样，这个女孩子走进了我们的家庭，这，就是雅筑。"

罗教授停了下来，室内那样静，只有好几个人的呼吸声在起伏着。炉火劈啪地响，窗外有风声，像是一声叹息。毛玻璃上晃动着树影，远处有一只不知名的夜鸟在哀啼。唤什么？想唤回失去的伴侣吗？我的眼中凝着泪，绣琳，我的母亲！没有人比我对她更亲近，听着罗教授口中的她，我依稀看到一个年轻时代的妈妈，那副娇憨任性而调皮的样子。噢，我的母亲！我的母亲！罗教授抬起眼睛来望着我。

"忆湄，记得你关于菟丝花的那个譬喻吗？"

我迷惑地注视着罗教授。

"雅筑来了，"他继续他的叙述，"是的，她就是一株菟丝花。一株柔弱细嫩的藤葛，必须攀附着别的植物才能生存。她的到来，使绣琳终日忙碌，但她忙得非常高兴，她调养她，请最好的医生来治疗她，伺候她，宠她，爱她，如同待一个亲生的小妹妹。

"第二年春天来临的时候，雅筑的肺病已经痊愈，面颊上也染上了一些轻红，美丽得像一朵亭亭玉立的白色睡莲。绣琳更加爱她，更加宠她，喊她作白雪公主，给她做了许多白色的衣服，布置一间漂亮而雅致的房间给她，认为只有她配穿白色的衣服，配用白色的东西。时间一天天过去，雅筑也越来越美丽，她那时正是女孩子最好的年龄——十九岁。她的精神病，在长期的治疗下也很收效，她几乎已经是个健康的女孩子。

"一九四三年，战火已蔓延到广西，我带着家眷，辗转到了重庆。嘉嘉和雅筑都跟了出来。这年，绣琳又有了孕，我们决定，不管是男是女，都取名叫皑皑。

"就在这时，雅筑病了。我们请医生治疗无效，查不出任何病源，但她茶不思饭不想，一天比一天憔悴。绣琳十分着急，拼命找医生，一点用也没有。她像一枝突然枯萎了的花，怎么都鼓不起生的希望。说实话，长期和雅筑相处，我难免对她有份感情。美丽的女孩常常本能地引起人的喜爱，何况柔弱的女孩子更容易激发男性的保护感。我承认，我几乎是爱上了雅筑。看到她卧病日久，越来越憔悴，我的焦急也不亚于绣琳。可是，我们的焦急和医治都乏效了，她有三天粒米不进，我们都认为她没有希望了。

"那天夜里，我和绣琳轮流守望她。绣琳有孕，我让她多休息，早些去睡，我就坐在雅筑的床边，凝视着雅筑。然后，那奇异的一刻来临了，雅筑睁开眼睛，默默地望着我，宇宙间一切的东西，在刹那间化为虚无。我知道什么事发生了！直到那一刻，我才明白自己竟然在爱她！那小小的、柔弱的、无法独立生存的小女孩！我握住她的手，她笑了——我这才懂得为什么古人肯为女人的一笑而毁国——凝视着我，她轻轻地说：'我快死了，是吗？''不！'我说。她深深地叹息，说：'如果到了生命的尽头，我能得到，也就满足了，我爱了你那么长久！'

"一句话崩溃了所有的堤防，她已将死！我还要隐瞒我的感情吗？于是，我吻了她。我这一吻，把生命力量重新注进了她的体内，像奇迹一般，她居然没有死！就像她得病的突然，她痊愈得也突然。绣琳雀跃如狂，而我忧心如捣，既高兴雅筑的复生，又愧对绣琳的欢悦。"

"绣琳生了一个女孩，"罗教授抬起眼睛来望着我，"那就是你，忆湄。"我凝视着罗教授，默默不语，火盆里有一块煤烟炭，烟熏了我的眼睛。"新生的小女孩占据了绣琳全部的注意力。那是个强壮而漂亮的小东西，我们叫她皑皑。当绣琳为新来的小女孩忙碌时，我和雅筑的感情也进入了另一阶段。这是难以解释的，雅筑的柔弱、病态，都唤起我一种强烈的感情。她和绣琳是完全不同的，她时时刻刻需要别人的保护，而绣琳时时刻刻要去保护别人。或者，在一种男性的本能上，对于弱者都比强者更加怜爱一些。我不否认，我欣赏绣琳，但，我爱上了雅筑，即使是二十年后的今天，在绣琳和雅筑的孩子们面前，我仍然愿意坦白地直陈这一点！"

我变更了一下坐的姿势，下意识地看了看皓皓和皑皑，皓皓的眉头深锁着，漂亮的黑眼睛一瞬也不瞬地盯着他的父亲。皑皑的脸色苍白而肃穆，眼睛深不可测。

罗教授继续说了下去：

"正像忆湄所说，雅筑是一株菟丝花。真的，这株花一旦生根，就无法拔除，除非让它死。她对我的爱情也是根深蒂固般固执和倚赖。或者，这是有罪的，这是错误的，这是不可原谅的。但感情一经发生，就无法遏止。我知道，她再也离不开我了，除非让她死。而我，也无法抗拒她的美丽和深情。于是，我成了一个欺骗和背叛的丈夫！而我那天真忠厚的妻子，却依然浑然不知地宠爱着她那白雪公主般的小妹妹！

"然后，雅筑怀了孕，这秘密再也保不住了。雅筑怀孕之后，就病得很厉害，医生诊断出已经有了三个月的身孕。我再也忘不了那个晚上，绣琳注视着我的眼光。事情已到这一步田地，我认为只有向绣琳坦白承认一切，我想，以绣琳一向宽大而不拘小节的个性，或者她能原谅我和雅筑，而加以容忍。可是，事实上是错了。我把一切说出来之后，绣琳愤怒悲痛得不可思议，她冲到雅筑房里，抓住雅筑的衣服，摇撼着对她喊：'你的心呢？你的心呢？把你的心拿出来给我看看！我要知道你到底是有心还是没有心。把你的心拿出来，我亲爱的小妹妹！'

"雅筑只是哭，从头到尾地哭，我在她们之间，不知所措。不过，我也有种侥幸的想法，认为让绣琳发一顿脾气，可能可以减少她的愤怒。但是，第二天早上，我们发现她走了，她留下了皓皓，抱走了刚满半岁的女孩。同时，她留了一个简单而残酷的纸条，上面潦草地写着：

> 我养一只狗，它知道对我友善，
>
> 我养一个白痴，她也知道感恩。
>
> 而这次，我养了一个人——
>
> 没有心的人——
>
> 她却咬了我一口。
>
> 这一生，我希望不再见到你们，如果有机会再见面，除非是向你们讨还这笔债！
>
> 绣琳

"她走了，我们曾四处寻找，各方面打听，却再也没有找到她。"罗教授再一次停顿，我的泪珠从睫毛上跌入火里，发出"嗤"的一声轻响。室内沉静得听不到任何声音，窗外的风大了，月亮仍然很亮，窗玻璃上有个阴影晃了一下，同时有一声叹息。是谁？那传说中的幽灵吗？我凝视着窗子，树影摇动着，风在呜咽——是我神经过敏。掉回眼光来，我看着罗教授，他看着炉火，火映红了他的脸，他的眼光深沉寥落。"我知道绣琳的个性，她这一走似乎再也不会回来了。雅筑经此打击，立即旧病重发，她神志昏乱，整日喃喃地向人说：'我是没有心的，你知道吗？我是个没有心的人！一个没有心的女人！'

"我请医生治疗她，她好了，抓住我的衣服一再哭着说：'我不是存心要抢你，我是情不自已！请别离开我！请别离弃我！'

"我已经失去了绣琳，不愿再失去雅筑，我善待她，爱护她，也照顾她。不久，她也生了一个小女孩，为了纪念我所失去的那个女儿，我让这新生的婴儿顶替了另一个的名字——皑皑。"他望着皑皑，"这就是你。"又望着中枬说，"那张照片里的是头一个皑皑——也就是忆湄。"一段沉默，他又说了下去，"从此，雅筑的病时愈时发，任何触起她回忆到绣琳的东西都会让她发病。我送走了绣琳所畜养的小动物，独独留下嘉嘉。因为那是个无法独立生存的女人，是绣琳下过一番工夫教育的，我不能送走她。我们一直住在重庆，一九四九年，到了香港，曾经打听到绣琳一些消息，知道她已经改嫁。五年前，到了台湾。然后就直到去年，收到绣琳一封信，说女儿已长成，而她将病逝，要我们照顾那孩子，支持她到大学毕业。收信之后，我立即托人调查全省的人名，想找出江绣琳其人，还没等我找到，而你——"他注视我，"已经来了。"

我啜泣着，用手帕拭去了泪，新的眼泪又来了。我无话可说，在泪雾之中，我看到的是我那可怜的妈妈，长期挣扎于贫穷和疾病之中，那么困苦，那么艰难，到生命的末期，还不肯把这一段历史告诉我！噢！我的母亲！我的母亲！

"这之后的事，不用再说了，"罗教授放低了声音说，"我想，你们都了解。皓皓！你不认认你的妹妹吗？她和你是同父同母所生，你们有一个很伟大的母亲。这就是为什么我必须反对你们太接近，皓皓的自作多情和风流自许，比我年轻时有过之而无不及。至于雅筑，她实在被忆湄所惊吓，她一直以为，你是代替你母亲，来向她讨还那笔债的！但，忆湄，她不会伤害你，她一直是个胆小而善良的小东西。将近二十年来，她受着内心的谴责和折磨，她怕你！又愧对你！想对你好，又本能地抗拒你，再加上她的病，就造成种种变态的行为。她——以为你是有意争取中枏，她实在不知该怎么来对你！"

我泣不成声，我不管罗教授和罗太太——罗太太！她是"罗太太"吗？——我也不管皓皓和皑皑，我心中只有妈妈，我那可怜的妈妈！在这整个故事中，她是个无辜的牺牲者！她有什么过错，该半生困顿？因为她救助了一个将送命的女孩子！我想起我们的生活，贫苦、挣扎，那破旧的小屋，那简陋的三餐和妈妈的病！假若不那么苦，她怎么会那样年轻就离开人世？这世界多么不公平！

"今天，"罗教授又说，"我把这所有的故事都告诉了你们，不管你们做怎样的想法。对我，对雅筑，做怎样的看法。我只希望表明一点，我有个失去的女儿，现在，她回来了！不是个投奔的孤儿，是个失而复得的孩子。在这个家庭里，她有她的身份和地位——我希望，皓皓，你重新来认识你的妹妹。皑皑，你也来认认你的姐姐……"

罗教授的话没有说完，皓皓站了起来，他站得很急，带翻了椅子。接着，他就纵声狂笑了起来，他的笑声在寂静的夜里显得刺激而可怖，一面笑，一面喘息地说："哈哈！怎样荒谬的事情！忆湄是我同父同母的妹妹！一个漠不相关的女人，我竟把她当作母亲！哈哈哈！"他笑得前俯后仰，"爸爸！这是怎样一个疯狂的世界？"

眼泪从他的眼眶中跌落，这是我第一次看到皓皓流泪。他踢开椅子，大踏步地向门外走去，迅速地消失在门外了。

皓皓刺激了我，站起身来，我望着罗教授，泪水在我面颊上奔流，我哭着喊："不！不！不！我不要做你的女儿！我不是你的女儿！罗家给过我什么？你又给过我什么？我和妈妈困苦的生活，你却和那个女人逍遥自在！这世界太不公平！你们该受罚！该受罚！我不要做你的女儿！永远不要！"

"忆湄！"罗教授叫。

"你再也唬不到我，我要离开这儿！永远离开！我恨你们！你和那个女人！那个没有心的菟丝花！"

　　我哭着跑出门外，我选错了门，跑进了饭厅。我听到罗教授在我身后狂吼狂叫，我神志昏乱，头脑不清，只知道心碎神伤，而急于逃避。我跑进了花园，后面有人在追我，狂叫着我的名字。仓促中，我无目的地沿着小径向前面疾冲，一面冲着，一面哭着，泪水使我看不清东西，我根本不知道自己跑向何方，直到树木的阴影遮住了月光，而树叶拂过了我的面颊，我才知道我已经跑进了那片小树林。风在树木间低幽地呜咽，幢幢的黑影如同妖魔鬼怪，我慌乱地在树丛中乱冲乱撞，头脑里更加昏昧不清。然后，我撞到一件物体上，那东西立即荡开了，我站住，喘息地望着地下。月光从树隙中漏入，地上有一双女性的白色绣花拖鞋。我迷茫地瞪着那双拖鞋，脚像生根般的不能移动。接着，那件荡开的物体又荡了回来，碰到我的身上。我看过去，触目所及，是一双人脚！顺着人脚向上看，一个披头散发的女尸，正赫然地吊在那棵缠着菟丝花的松树上！我恐怖地大叫起来，我的叫声在夜色中尖锐地响着，然后，我昏倒了过去。

# 尾声

君为女萝草，妾作菟丝花。

轻条不自引，为逐春风斜。

百丈托远松，缠绵成一家。

谁言会面易，各在青山崖。

女萝发馨香，菟丝断人肠！

枝枝相纠结，叶叶竞飘扬。

……

一片叶子飘落在我的唐诗上，打断了我正看着的那首李白的《古意》。拾起了叶子，我抬起头来，呆呆地凝视着面前那棵松树和松树上缠着的菟丝花。这是夏天，菟丝花正盛开着，一串串粉白色的花朵在微风中摇曳，细嫩而脆弱的藤蔓楚楚可怜地缠绕在松树上。绿褐色的藤和粗壮的松树相比，给人一种奇异的、感动的感觉，我看呆了。

一段小树枝弹到我的脸上，惊醒了我，中枬含笑站在我面前。

"你的画画完了？"我问。

"唔，一张很成功的画。"他笑着说。

"是吗？"我望着那支着的画架，"你画了张什么？"

他把画板取下来，递给我。画面是一个小丛林，丛林中的一块石头上，坐着一个托腮的少女，少女膝上有一本摊开的书，而她的眼睛却凝视着前面的一株小小的白花。

"题目叫'凝思'，好吗？"中枬问。

"你把我画进去了。"我说。

他取开了画板，蹲下身子来，捉住了我的双手。

"你在想什么？"他低低地问。

"菟丝花。"

"还在想那件事吗？"他凝视着我，"半年多了，你也该从那个恐怖的记忆中恢复了。"

"我不是想那个。"

"你在恨她吗？"他说，我明白他口中的"她"是指的罗太太，不，是雅筑，"她已经用她的死赎了罪，人死了，什么都可以原谅了。是不？忘记那些事吧！"

"她偏偏选择这棵缠着菟丝花的松树来上吊！"我感慨地说，"她也以菟丝花来自比！是吗？我记得有一天，她曾经和我谈起菟丝花，她说，如果生来就是菟丝花，怎样能不做一株菟丝花？这就是她的悲哀。"我叹息，"或者，她并没有太大的过错，她只是一株菟丝花！"

"你想通了，"中枬吻我，"饶恕是一种美德，你真可爱！"

"她一定早就想上吊，"我说，"多年来内心的负担可以压垮一个健康的人，何况她本来就有病！这小树林中曾经吊死过人的事一定给了她启示。我曾看到过人影，听到过叹息，那一定是她，是吗？"

"我想是的。"

"一株菟丝花！"我再叹息，"我刚刚在看李白那首《古意》，突然有个奇怪的想法。以前，我们总把菟丝花比作罗太太，松树比作罗教授，现在，我觉得松树应该是我的母亲，罗教授是那株女萝草！百丈托远松，缠绵成一家！他们借着我母亲来缠绵成一家，我母亲是个默默的牺牲者，供给他们机会来生存！"

"一个很好的譬喻，"中枬说，"罗教授，你还喊他罗教授吗？"

"我改不了口！"我说。

"试试看，忆湄，他很爱你，而且，他又那样——那样——寂寞。"

"皑皑来了！"我说。

真的，皑皑正慢慢地向我们走来，她手中拿着一个信封，脸上微带着笑。半年来，她是罗家变化最大的一个人，她第一个从罗太太（雅筑）的死亡中恢复，迅速地挺起她的脊梁，来面对现实生活！是的，她不再是一株菟丝花，而是一株劲草！望着她坚毅地挣扎着站起来，接受各种狂风暴雨，我佩服她！半年后的今天，她成为我真正的朋友和姐妹，我们的个性仍然不合，但我们都努力地去适应对方。

"嗨！中枒！"她喊着说，"哥哥有一封信给你！快拆开看！"

中枒拆开了信，看着，也笑着。

我说："怎么，他怎样？中枒！信里写些什么？"

"我念几段给你听听，"中枒说，慢慢地念：

　　告诉忆湄，我终于扬帆远去，学习独立了。外面什么都好，只是没有家里的人情味，也没有个刁钻古怪的小丫头斗斗嘴，殊觉无聊。到处拥挤不堪，连偷偷溜冰的地盘都找不到，颇怀念家中的水泥地和那广大的花圃！不知何年何月才能回去，大概我回去的时候，忆湄已在教她的小忆湄或小中枒溜冰了——教得技巧点，别像他妈妈那样摔碎了骨头……

　　……上星期自己煎蛋，把手指一齐煎进去了，想想人肉一定没有煎蛋好吃，所以只吃煎蛋没有吃手指……交了好几个女朋友，一个比一个漂亮，有一个红头发，两个黄头发，四个黑头发。结论：还是黑头发最好看，盖为中国人也。最近最亲密的一位女友是美国人，谈得非常投机，我常常带她到我的公寓里来玩，有一天大雷雨，她在我处共度了一夜，美极了。她芳龄四岁零三个月。皰皰怎样？如果她再不交男朋友，我只好回来的时候给她带个丈夫回来……爸爸好吗？希望他已恢复了咆哮的精神，可惜我不在，使他少了咆哮的对象。

问候嘉嘉，还有忆湄的小动物们！


我和皑皑听着，也笑着。中枫把信折了起来，笑着说："看信如见其人，还是那副老样子！"

"不过，到底是独立了。"我说。

"谁独立了？"

一个声音问，我抬起头，罗教授正站在我们面前，他的须发更加蓬乱，眼神黯然无光。半年的时间，他仿佛已经苍老了十年。背负着双手，他看来寥落而孤独。

"是皓皓的信，您要看吗？"中枫问。

"不，"他摇摇头，又闪动着眼睛、无法抑制一份本能的关切，"他好吗？有没有闯祸？"

"他很好，他问候您。"

"是吗？"罗教授转动着眼珠。

"他说，希望您早日恢复咆哮的精神。"

"唔，"罗教授的须发牵动着，他低下了头，又迅速地抬了起来，眼眶竟微微有些湿润，望着我，他说，"忆湄，我查了你的分数。"

"哦！"我叫，心脏猛跳，"很糟，是不是？我知道今年不会有希望！"

"三百六十八分，大概分发到第四五个志愿，第一个志愿是没有希望了！"罗教授慢慢地说，看得出来，他在竭力抑制他的高兴。

"噢!"我欢呼了一声,跳了起来,忘形地扑过去,一把抱住罗教授,我的脸碰上了他的胡子,挪远了一些,我说,"什么时候,您能把这些讨厌的胡子剃掉?嗯?罗——罗——爸爸!"

"爸爸"二字一经叫出口,我如释重负,浑身都轻松了。罗教授——不,爸爸凝视着我,他的须发乱动,眼眶真的湿润了,喃喃地,他不知道在喉咙里说些什么。好久,好久,我们都站在那儿,每个人心中都充满了东西,眼睛里都凝满了泪,谁也无法说话。终于,我轻轻地说:"我懂了,爸爸。"

"什么?"他问。

"你,妈妈和菟丝花。"我说,"你是棵女萝草,妈妈是松树,她是菟丝花。妈妈最伟大,而你们也没有过错。"我轻轻地念:"轻条不自引,为逐春风斜。百丈托远松,缠绵成一家。"

罗教授凄凉地笑了,用他的大手抚摸着我的头发,他说:"你是个善良的女孩,忆湄。"

我也含着泪笑了。远远地,嘉嘉的歌声,随着风飘送而来:"花非花,雾非雾,夜半来,天明去。来如春梦不多时,去似朝云无觅处!"

"噢!来如春梦不多时,去似朝云无觅处!"这是指的什么?一段爱情?一段生命?像爸爸(罗教授)、妈妈和雅筑的故事,也是一场春梦、一片朝云吗?

无论如何，这故事已经过去了。尽管世界上每天还有新的故事在产生，但，那些，也终将如春梦无痕，如朝云流逝！

——全书完——

一九六四年夏于台北

（京权）图字：01-2025-0195

**图书在版编目（CIP）数据**

菟丝花／琼瑶著 . -- 北京：作家出版社，2025.1.

（琼瑶作品大全集）. -- ISBN 978-7-5212-3236-3

Ⅰ. I247.5

中国国家版本馆 CIP 数据核字第 2025KG2337 号

**菟丝花（琼瑶作品大全集）**

作　　者：琼　瑶
责任编辑：邢宝丹
装帧设计：棱角视觉　纸方程·于文妍
责任印制：李大庆　金志宏
出版发行：作家出版社有限公司
社　　址：北京农展馆南里 10 号　　　邮　　编：100125
电话传真：86 - 10 - 65067186（发行中心）
　　　　　86 - 10 - 65004079（总编室）
E - mail: zuojia@zuojia. net. cn
http://www.zuojiachubanshe.com
印　　刷：中煤（北京）印务有限公司
成品尺寸：142 × 210
字　　数：165 千
印　　张：8.25
版　　次：2025 年 1 月第 1 版
印　　次：2025 年 1 月第 1 次印刷
ISBN 978 - 7 - 5212 - 3236 - 3
定　　价：2754.00 元（全 71 册）

品 琼 瑶 经 典

忆 匆 匆 那 年